CUANDO APAGAS LA LUZ

SOCIEDAD DE LAS PESADILLAS

CUANDO APAGAS LA LUZ

30 CASOS REALES QUE NO TE DEJARÁN DORMIR

Raiza Revelles · Claudia Ramírez Lomelí · Renata Revelles ·
Andrea Ramírez · Patricio Ramírez · Gerardo Avendaño

Planeta

© 2025, Raiza Revelles, Claudia Ramírez Lomelí, Renata Revelles, Patricio Ramírez, Gerardo Avendaño y Andrea Ramírez

Créditos de portada: Planeta Arte & Diseño / I. Jacqueline Cruz Méndez
Ilustración de portada: Arte realizado a partir de imágenes de © Getty Images
Fotografía de los autores: cortesía de La Sociedad de las Pesadillas
Ilustraciones de interiores (páginas 12 y 13, 14, 22, 36, 82, 100, 114, 134, 150, 158,164, 196, 210, 236: Sayonara Dreams (Mia Samantha Díaz Martínez).
Viñetas de interiores: Melisa Muñiz

Derechos reservados

© 2026, Editorial Planeta Mexicana, S.A. de C.V.
Bajo el sello editorial PLANETA M.R.
Avenida Presidente Masaryk núm. 111,
Piso 2, Polanco V Sección, Miguel Hidalgo
C.P. 11560, Ciudad de México
www.planetadelibros.com.mx

Primera edición en formato epub: octubre de 2025
ISBN: 978-607-39-3587-6

Primera edición impresa en México: octubre de 2025
Tercera reimpresión en México: enero de 2026
ISBN: 978-607-39-3276-9

No se permite la reproducción total o parcial de este libro ni su incorporación a un sistema informático, ni su transmisión en cualquier forma o por cualquier medio, sea este electrónico, mecánico, por fotocopia, por grabación u otros métodos, sin el permiso previo y por escrito de los titulares del *copyright.*

Queda expresamente prohibida la utilización o reproducción de este libro o de cualquiera de sus partes con el propósito de entrenar o alimentar sistemas o tecnologías de Inteligencia Artificial (IA).

La infracción de los derechos mencionados puede ser constitutiva de delito contra la propiedad intelectual (Arts. 229 y siguientes de la Ley Federal del Derecho de Autor y Arts. 424 y siguientes del Código Penal Federal).

Si necesita fotocopiar o escanear algún fragmento de esta obra diríjase al CeMPro (Centro Mexicano de Protección y Fomento de los Derechos de Autor, http://www.cempro.org.mx).

Impreso en los talleres de Litográfica Ingramex, S.A. de C.V.
Centeno núm. 162-1, colonia Granjas Esmeralda, Ciudad de México
Impreso y hecho en México – *Printed and made in Mexico*

Para todos aquellos a quienes nunca
les creyeron sus historias inexplicables.
Nosotros te creemos.

ÍNDICE

INTRODUCCIÓN

* * * * * * * *

Contar historias sobre sucesos inexplicables y escalofriantes es una tradición que comparten todas las culturas desde el inicio de la humanidad: espectros que se rehúsan a partir de este plano, apariciones extrañas, criaturas que no pueden ser consideradas ni humanas ni bestias, y todo aquello que no se puede ver.

Cada país tiene sus propias leyendas y la necesidad de transmitirlas a otras personas para advertirles de estos horrores existe, posiblemente, desde tiempos ancestrales.

Entre los primeros recuerdos de muchos de nosotros está el reunirnos con nuestros compañeros a compartir historias de fantasmas o las anécdotas aterradoras que nos contaba nuestra familia cuando se iba la luz en casa debido a una tormenta.

Algunos poseen desde pequeños una chispa que les detona la curiosidad por lo inexplicable, y otros la desarrollan con el tiempo, al ser testigos de cosas que van más allá del entendimiento mundano. Sea cual sea el caso, estas experiencias compartidas alrededor del mundo son lo que más nos une como sociedad.

Pero ¿estas vivencias resultan exclusivas solo para unos cuantos? ¿Se debe tener un contacto especial con el más

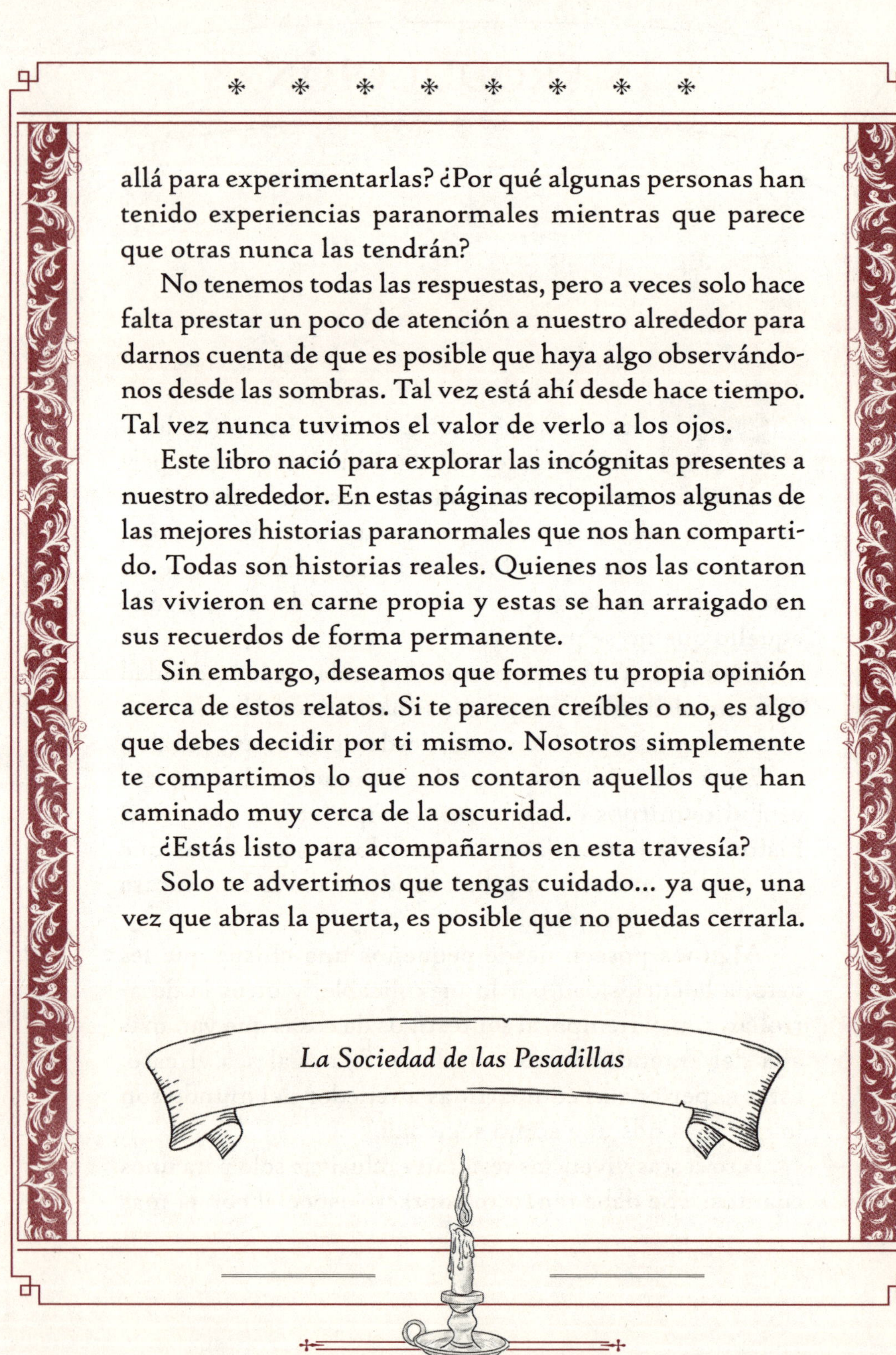

allá para experimentarlas? ¿Por qué algunas personas han tenido experiencias paranormales mientras que parece que otras nunca las tendrán?

No tenemos todas las respuestas, pero a veces solo hace falta prestar un poco de atención a nuestro alrededor para darnos cuenta de que es posible que haya algo observándonos desde las sombras. Tal vez está ahí desde hace tiempo. Tal vez nunca tuvimos el valor de verlo a los ojos.

Este libro nació para explorar las incógnitas presentes a nuestro alrededor. En estas páginas recopilamos algunas de las mejores historias paranormales que nos han compartido. Todas son historias reales. Quienes nos las contaron las vivieron en carne propia y estas se han arraigado en sus recuerdos de forma permanente.

Sin embargo, deseamos que formes tu propia opinión acerca de estos relatos. Si te parecen creíbles o no, es algo que debes decidir por ti mismo. Nosotros simplemente te compartimos lo que nos contaron aquellos que han caminado muy cerca de la oscuridad.

¿Estás listo para acompañarnos en esta travesía?

Solo te advertimos que tengas cuidado... ya que, una vez que abras la puerta, es posible que no puedas cerrarla.

La Sociedad de las Pesadillas

TERRORES NOCTURNOS

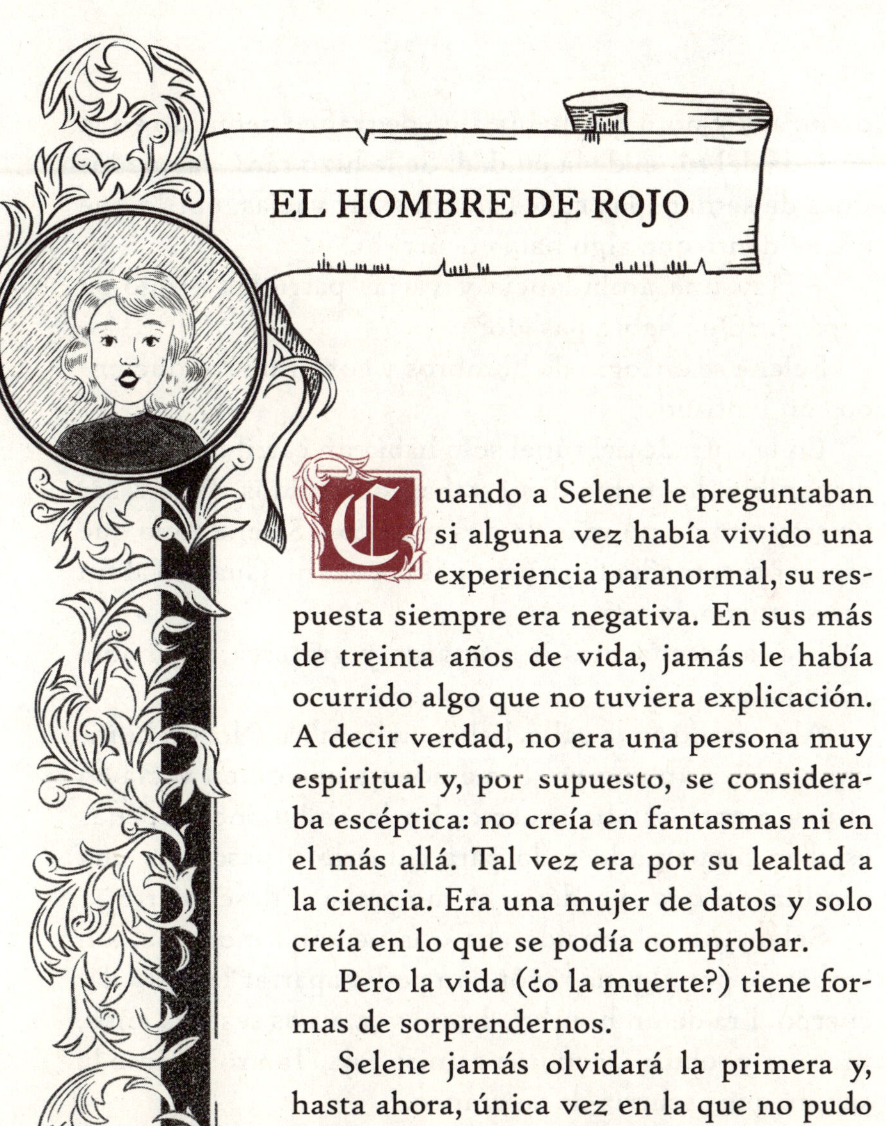

EL HOMBRE DE ROJO

Cuando a Selene le preguntaban si alguna vez había vivido una experiencia paranormal, su respuesta siempre era negativa. En sus más de treinta años de vida, jamás le había ocurrido algo que no tuviera explicación. A decir verdad, no era una persona muy espiritual y, por supuesto, se consideraba escéptica: no creía en fantasmas ni en el más allá. Tal vez era por su lealtad a la ciencia. Era una mujer de datos y solo creía en lo que se podía comprobar.

Pero la vida (¿o la muerte?) tiene formas de sorprendernos.

Selene jamás olvidará la primera y, hasta ahora, única vez en la que no pudo explicar un suceso que vivió.

Una tarde, más o menos a las seis, iba en el auto con su padre. Era domingo y acababan de pasar la tarde juntos. Selene

manejaba y notó que había algo de tráfico detenido en la entrada del túnel de la ciudad. Se le hizo raro, ya que los fines de semana las calles solían estar vacías, por lo que era evidente que algo había ocurrido.

—Hay una ambulancia y varias patrullas —dijo su papá—. ¿Qué habrá pasado?

Selene se encogió de hombros y continuó conduciendo con lentitud.

En la entrada del túnel solo había un carril de tránsito disponible, los otros dos estaban obstruidos. Pese a ser un trayecto de no más de dos minutos, Selene tuvo que esperar casi media hora para pasar por ahí. Cuando al fin fue su turno, lo vio.

Era la escena más impactante y grotesca que había visto jamás.

Ahí, tirado en la calle, había un hombre. No, un hombre no... era un cuerpo. Era evidente que quien yacía en el pavimento estaba muerto. En la ambulancia apenas estaban preparando todo para cubrirlo y pasarlo a una camilla, así que el cadáver se mostraba al descubierto.

Selene no se consideraba una persona morbosa, sin embargo, por alguna razón, no podía apartar la vista del cuerpo. Era de un hombre de, tal vez, unos sesenta años, moreno y robusto, con una camisa roja. Tan roja como la sangre que escurría de su cráneo.

—Dios mío, ¡lo atropellaron! —exclamó su padre al verlo y luego se persignó—. Que en paz descanse.

Ella no dijo nada, simplemente volvió a poner sus ojos en el camino para alejarse de ahí lo más pronto posible. Por el retrovisor pudo ver que los paramédicos ponían una sábana blanca sobre el cuerpo.

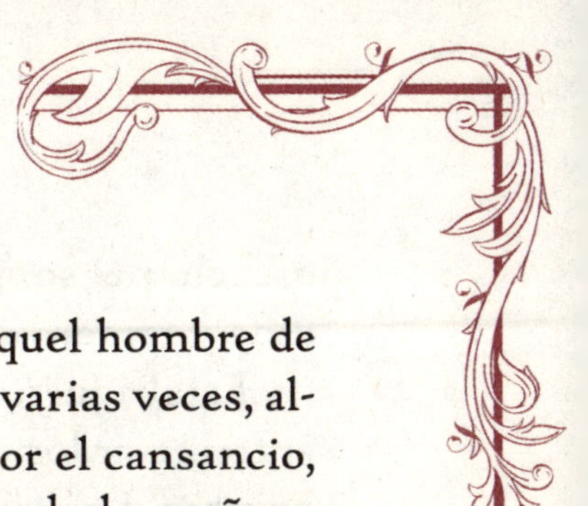

Esa noche no pudo dormir.

Tuvo pesadillas en las que la visitó aquel hombre de camisa roja y cráneo abierto. Se despertó varias veces, alterada, pero tan pronto se dejaba llevar por el cansancio, el hombre volvía a aparecer. A las cinco de la mañana se dio por vencida y decidió comenzar temprano su día haciendo ejercicio y tomándose una buena taza de café. Eso la despejó un poco, pero tal parecía que el accidente la había afectado más de lo que pensó en el momento.

Era lunes y tuvo un día pesado en el trabajo, lo cual agradeció, pues durante su jornada, solo pudo pensar en los códigos de programación que conocía tan bien. Salió de la oficina bastante tarde, pasadas las diez de la noche, y calculó que le tomaría unos quince minutos llegar a casa. A esas horas la ciudad estaba vacía y no había muchos automóviles circulando.

En el camino todo estaba oscuro y las luces mercuriales eran lo único que iluminaba la noche. No había luna en el cielo. O, por lo menos, Selene no la veía.

Iba escuchando la radio mientras conducía cuando divisó el túnel de la ciudad a lo lejos. Apretó el volante con ambas manos al recordar la escena del día anterior, pero no disminuyó la velocidad. Esa era su ruta de siempre.

—Soy una ridícula —susurró.

Pensó que no podía tenerle miedo al camino que tomaba todos los días.

Así que siguió manejando y, al llegar a la entrada del túnel, vio que alguien intentaba cruzar la calle de un extremo al otro. Tocó el claxon, pues ese no era un cruce peatonal. La persona no se inmutó, ni siquiera pareció

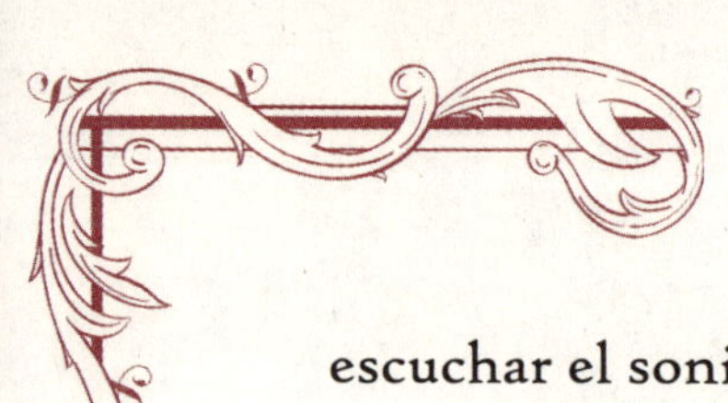

escuchar el sonido, pero tampoco cruzó. Parecía confundida y temerosa.

Estaba justo bajo una luz mercurial y Selene tuvo que entrecerrar los ojos para tratar de afinar su visión. Era un hombre. Lo primero que llamó su atención fue la camisa roja que traía puesta. Sintió que la sangre se le helaba y, sin poder evitarlo, un grito ahogado escapó de su garganta.

Era el cadáver del día anterior.

Moreno y robusto, con camisa roja, el cráneo abierto y sangre escurriendo por el rostro.

Era él, era él, era él.

Estaba segura porque lo había visto detenidamente el día anterior. Parpadeó varias veces para que desapareciera, pero seguía ahí, intentando cruzar la calle. ¡Era imposible! Los paramédicos lo habían cubierto con la sábana blanca. Ese hombre no debería estar ahí, sino en la morgue de un hospital.

No pudo más. Pisó el acelerador a fondo y salió del túnel en tiempo récord.

Debía haber enloquecido, no había otra explicación, porque lo que acababa de presenciar no la tenía. Por primera vez en su vida, había visto algo que desafiaba todo lo que conocía. Pasó días tratando de negárselo a sí misma, de olvidarlo, de ignorarlo. Pero fue inútil, todo estaba grabado en su cerebro de forma irreversible.

Por varias semanas decidió tomar otra ruta a su casa para evitar el túnel, pero hacía el doble de tiempo, así que se vio obligada a regresar a su camino habitual. Cada vez que pasaba por ahí, un escalofrío le recorría la espalda.

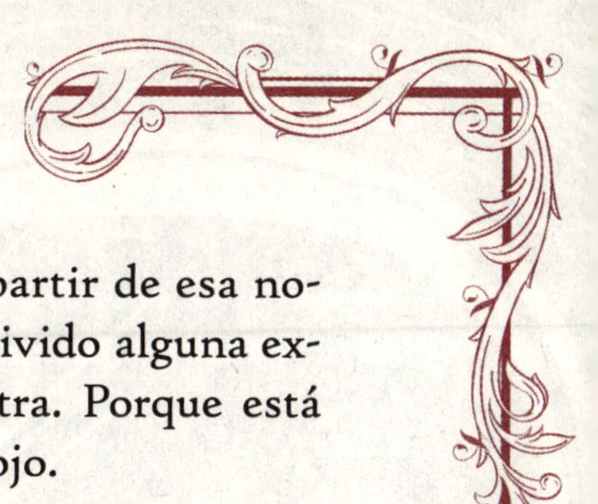

Aunque nunca volvió a ver nada, a partir de esa noche, cuando a Selene le preguntan si ha vivido alguna experiencia paranormal, su respuesta es otra. Porque está segura: vio al fantasma del hombre de rojo.

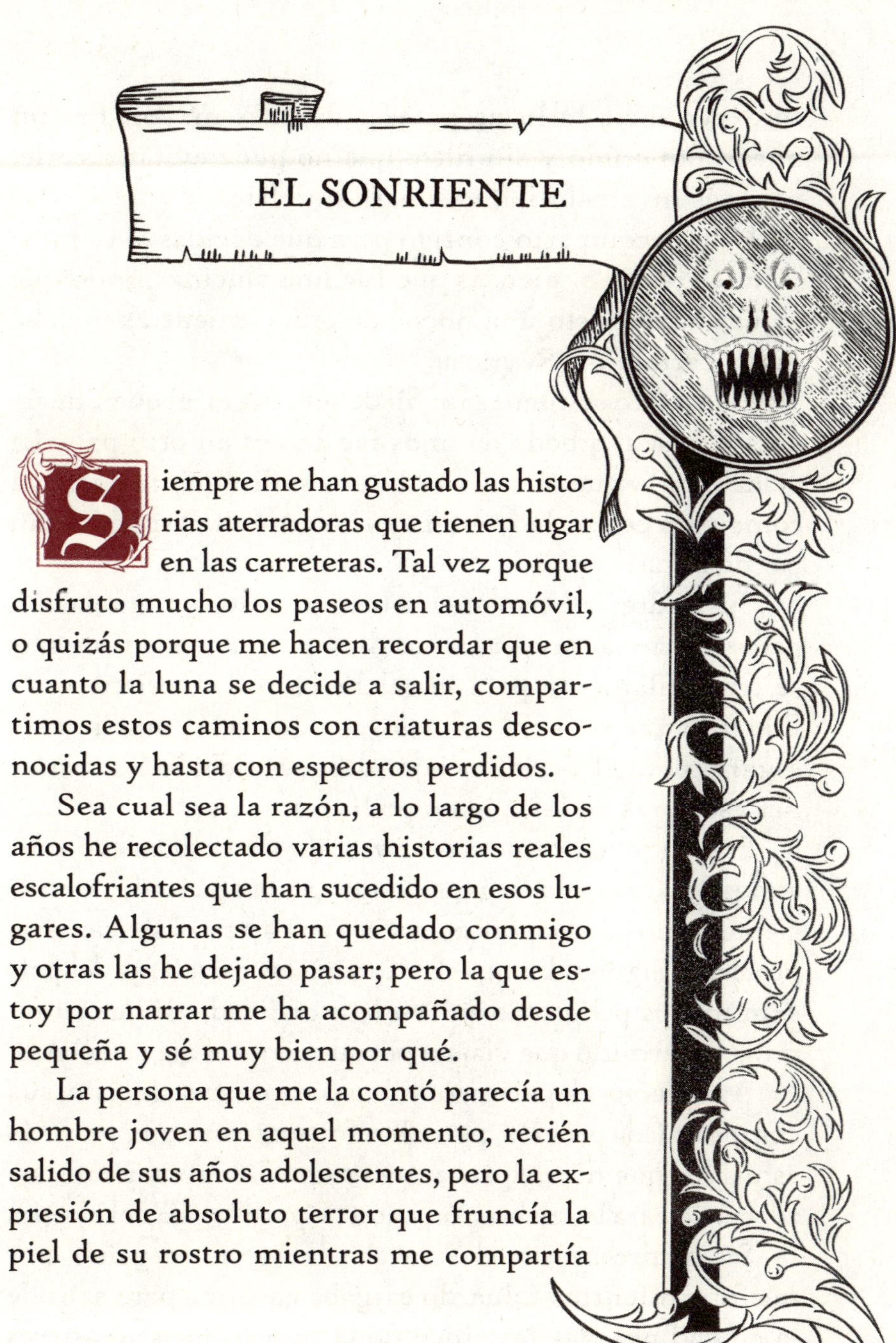

EL SONRIENTE

Siempre me han gustado las historias aterradoras que tienen lugar en las carreteras. Tal vez porque disfruto mucho los paseos en automóvil, o quizás porque me hacen recordar que en cuanto la luna se decide a salir, compartimos estos caminos con criaturas desconocidas y hasta con espectros perdidos.

Sea cual sea la razón, a lo largo de los años he recolectado varias historias reales escalofriantes que han sucedido en esos lugares. Algunas se han quedado conmigo y otras las he dejado pasar; pero la que estoy por narrar me ha acompañado desde pequeña y sé muy bien por qué.

La persona que me la contó parecía un hombre joven en aquel momento, recién salido de sus años adolescentes, pero la expresión de absoluto terror que fruncía la piel de su rostro mientras me compartía su experiencia lo hacía parecer décadas mayor. Era un miedo tan crudo y sin filtro que no pude evitar creerle, por más inverosímil que sonara su relato.

Hoy lo comparto contigo para que decidas si tú también le crees o si piensas que fue una alucinación lo que él jura haber visto una noche de otoño mientras viajaba por la carretera a Reynosa.

Este relato comienza un fin de semana en el que Eduardo asistiría a la boda de unos familiares en otro país. La ciudad en la que él vivía estaba lo suficientemente cerca como para cruzar la frontera en automóvil después de un par de horas.

Sus padres y hermanos habían partido con antelación para vacacionar unos cuantos días en aquel país y alistarse tranquilamente para la celebración. Le insistieron a Eduardo que se fuera con ellos, ya que sería mucho más seguro, pero él decidió viajar después debido a cuestiones escolares en las que no podía retrasarse.

Era un joven responsable y tenía un auto nuevo que, aunque no era nada elegante, estaba en buen estado, lo suficiente como para soportar un viaje en carretera sin causarle problema alguno. En aquel entonces, las carreteras del país eran menos peligrosas que en la actualidad, así que su familia le permitió que viajara por su cuenta el día de la boda.

Agradeció el permiso y buscó apresurarse con sus compromisos previos, pero desafortunadamente, por más esfuerzos que hizo, apenas tuvo tiempo de rentar un traje adecuado para la celebración antes de partir el día del evento.

Su madre casi le destrozaba la oreja a regaños por teléfono mientras Eduardo cargaba gasolina para salir de la ciudad pasadas las cinco de la tarde. Haría unas tres

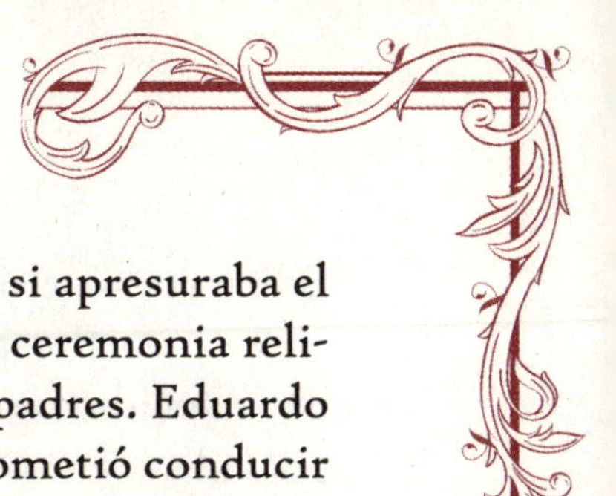

horas de viaje como mínimo, tal vez dos si apresuraba el paso, pero definitivamente se perdería la ceremonia religiosa y eso le parecía de mal gusto a sus padres. Eduardo se disculpó tantas veces como pudo y prometió conducir tan rápido como le fuera posible.

Esto hizo que su madre tomara un par de respiros.

—No. No te arriesgues. Conduce con cuidado, prefiero que llegues bien. No quiero que tengas un accidente.

Eduardo accedió a ser cuidadoso durante el camino.

Arrancó el auto y se puso en marcha. A pesar de las advertencias de su madre, estaba conduciendo a tanta velocidad como su pequeño auto gris se lo permitía. No solo con el objetivo de llegar a tiempo, sino también porque era apenas la tercera vez que conducía en carretera de noche, lo cual lo ponía un tanto nervioso.

Había escuchado varias historias de conocidos que colisionaron con animales y no nada más habían acabado con la vida de estos, sino que sus autos se dañaron y se quedaron varados a mitad del camino. Además, sabía bien que en la noche podía haber conductores exhaustos, por lo que corría el riesgo de tener un terrible accidente.

Sin embargo, era casi el final del otoño, el clima ya se empezaba a trenzar con la temporada invernal, por lo que el día fue mucho más corto de lo que Eduardo esperaba y poco a poco los rayos dorados del sol fueron apagándose, como si se le estuviera soplando a la flama de una vela que está por consumirse.

Después de una hora conduciendo, la carretera se tornó completamente oscura y desolada.

Un escalofrío le recorrió la espalda mientras encendía las luces para poder ver el camino con claridad. Aunque

Eduardo no era del todo creyente, llevaba un pequeño rosario en el espejo retrovisor por insistencia de su madre. Decidió que no estaba de más tocarlo para pedir un poco de seguridad extra.

Se esforzaba en recordar cada indicación de sus clases de manejo como si fuera un alumno recién egresado. Revisaba cada detalle del automóvil con cuidado y daba un vistazo a los espejos con frecuencia antes de regresar la mirada al frente de la carretera. Le parecía que algo estaba por suceder, como si su sexto sentido se lo estuviera advirtiendo, pero por más que miraba a su alrededor, no había nada fuera de lo común.

Fue entonces cuando algo en el espejo retrovisor llamó su atención. Su mandíbula sè tensó. Se veía todavía lejos, mas estaba avanzando hacia él. No tenía faros, así que no parecía ser un vehículo, pero emitía cierta luz que le permitía distinguir... algo raro.

Eduardo arqueó una ceja. ¿Qué podría ser aquello que iba tras su automóvil? ¿Un animal? No lograba encontrarle forma, pero su instinto le decía que no se trataba de algo bueno para él.

Quizá todo era causado por el nerviosismo con el que estaba cargando desde que salió de la ciudad; de todas formas, decidió acelerar para dejar esa cosa lo más atrás posible.

El timbre de su celular lo hizo saltar en su sitio y lo distrajo de sus cavilaciones. Intentó responder rápido, pero sus dedos estaban sudados y resbaladizos, así que tardó en contestar la llamada.

—¿Cómo vas? —preguntó su madre con un dejo de preocupación.

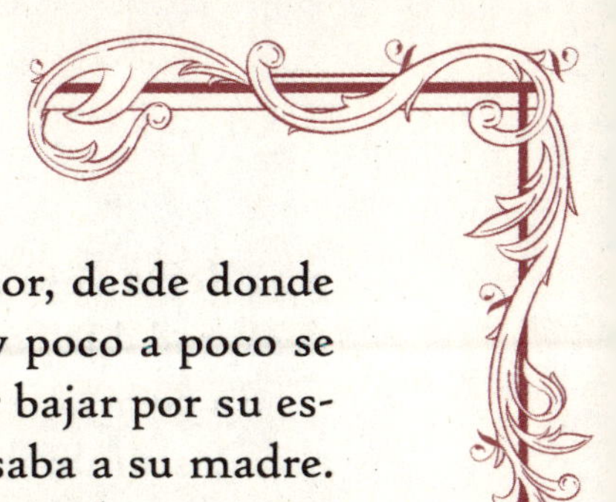

Eduardo fijó la mirada en el retrovisor, desde donde vio que la criatura seguía moviéndose y poco a poco se acercaba. Podía sentir las gotas de sudor bajar por su espalda y consideró comentarle lo que pasaba a su madre. Tal vez ella le daría una explicación lógica a lo que estaba sucediendo, o al menos algún consejo útil.

Pensándolo bien, no quería preocuparla. Seguro se trataba de algún animal, y al llegar a la fiesta, todo le resultaría una tontería.

—Todo bien. Llegaré a la frontera en una hora más —respondió Eduardo automáticamente, esperando sonar convincente.

Pero este pensamiento cambió abruptamente cuando lo que estaba tras él aumentó la velocidad y comenzó a alcanzarlo. Teniéndolo tan cerca, Eduardo aguzó la mirada para ver a través del retrovisor una extraña revelación que revolvió sus entrañas de forma dolorosa.

Detrás de él había lo que parecía una persona corriendo descalza.

Pero no se veía como una persona común, no; sus piernas eran mucho más largas de lo normal y sus brazos también tenían una longitud extraña y poco natural. No podía distinguirlo bien por la falta de luz, pero el tono de su piel era de un durazno traslúcido que casi permitía ver a través de este ser.

Pero ¿qué era? Su cerebro intentó hallar alguna información que pudiera ayudarlo a darle un nombre a lo que fuera que estaba viendo, pero no lograba dar con la respuesta.

Su respiración empezó a entrecortarse y sentía la garganta como si estuviera llena de paja. Intentó acelerar

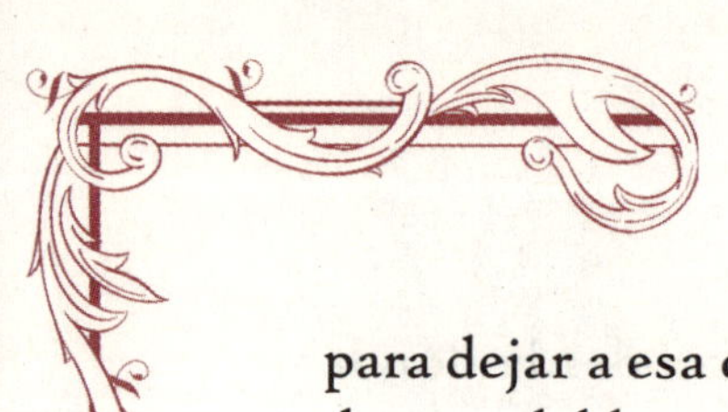

para dejar a esa criatura atrás, pero solo logró que aquella desagradable cosa aumentara aún más su velocidad.

Su cuerpo se tensó y no podía dejar de tiritar. Eduardo no acostumbraba beber, mucho menos antes de conducir. Además, se había asegurado de descansar bien antes de salir de casa, entonces ¿cómo podía explicarse lo que veía? ¿Cómo su imaginación era capaz de producir algo tan horrible y aterrador?

El peculiar ser luminoso iba ganando terreno y ya estaba a escasos metros de Eduardo, quien se humedeció los labios y trató de mantenerse centrado frente al terror sobrecogedor que estaba experimentando. ¿Qué quería esta criatura? ¿Qué iba a hacerle?

Sin importar qué tanto acelerara, la criatura no se detenía y seguía acercándose cada vez más. Estaba llegando al límite de lo que su auto podía hacer por él, ya no podría escapar si esa cosa decidía abalanzarse.

De pronto, el extraño ser ya no estaba detrás de él, sino corriendo a su lado.

Al verlo de cerca, Eduardo comprobó que, tal como había logrado distinguir momentos atrás, tenía un aspecto humano, pero al mismo tiempo parecía imposible que lo fuera. Por más que intentó distinguir sus facciones, no pudo hacerlo. Era como si aquella cosa careciera de rostro.

Eduardo me explicó que aquella entidad sí tenía ojos, de eso estaba seguro, pero que no lograba recordarlos con claridad. El único rasgo que se le grabó en la memoria como si hubiera sido marcado con acero caliente era que la extraña criatura le sonrió con dientes torcidos, amarillentos y afilados.

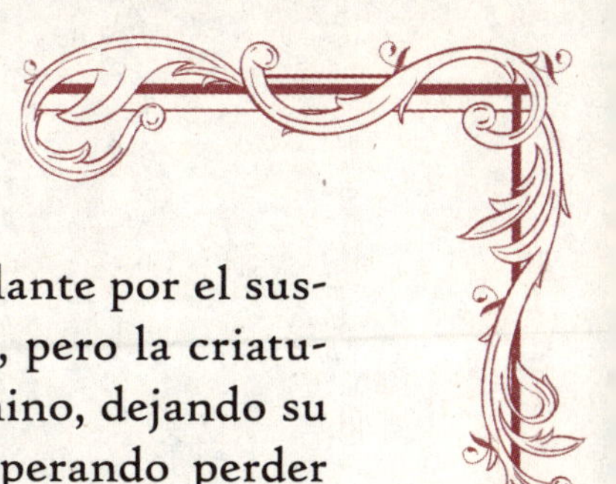

Eduardo casi perdió el control del volante por el susto tan grande que le produjo tal sonrisa, pero la criatura aumentó la velocidad y siguió su camino, dejando su auto atrás. Disminuyó la velocidad, esperando perder por completo a lo que fuera esa cosa. Observó cada uno de los espejos para asegurarse de que no vinieran más, pero la carretera estaba vacía.

Tardó bastante en regular su respiración; el volante estaba empapado de sudor a causa de su miedo.

Sin más opción, Eduardo siguió su camino y poco después ya compartía la carretera con un par de automóviles. Las luces de los faros lo hicieron sentirse más tranquilo, como si estuviera regresando a la realidad.

Esa noche llegó a la boda sano y salvo, pero no se atrevió a contarle a su familia lo que había vivido. Sintió que debía procesarlo primero. Cuando al fin lo hizo, su familia no le creyó. Sin embargo, él me ha jurado que lo que vivió es verdad. Nunca supo de qué se trataba, intentó investigar, pero no encontró información y prefirió no comentarlo con otras personas por miedo a sonar como un demente.

Eduardo me dijo que esto nunca le volvió a ocurrir, pero que, hasta la fecha, cuando debe conducir de noche, teme que esa extraña criatura de dientes horribles decida volver a encontrarse con él.

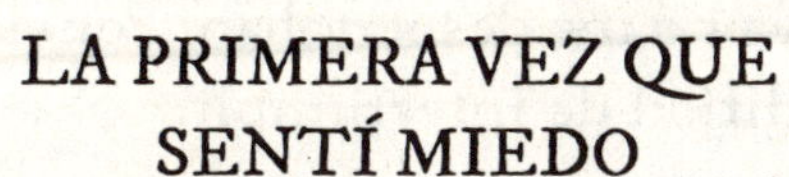

LA PRIMERA VEZ QUE SENTÍ MIEDO

Solo he sentido miedo tres veces en mi vida, y esta que estoy por relatar fue la primera.

A diferencia de mi hermana, no me considero una persona miedosa. Ella solía ser quien mantenía encendida una luz por las noches, la que veía sombras y no podía dormir, la que se sentía amenazada cuando caía la oscuridad.

Aunque mi hermana es la mayor, siempre fui yo la que le recordaba que todo lo que la asustaba era producto de su imaginación y le decía que no había nada rondando por ahí. Lo hacía para que me dejara dormir en paz, sobre todo porque compartíamos habitación. Cuando algo la asustaba, ella convertía su lámpara de noche en un faro y hacía rondines para asegurarse que no hubiera nada ocultándose en las penumbras.

Con mi hermana activa durante toda

la noche, sus ruidos y sus luces se volvieron parte de mi normalidad y ya no me despertaban. Por ello, soy alguien con un sueño difícil de interrumpir.

En medio de nuestras camas teníamos un escritorio grande que evitaba que la luz de su lámpara llegara hasta mi esquina del cuarto. Así que, si le daba la espalda, podía fingir que no había luz, tal y como me gustaba dormir: acogida por la oscuridad de nuestro clóset, el cual siempre permanecía abierto.

Una noche me empezó a dar sueño a la misma hora de siempre. Apagué mi videojuego y volteé a ver a mi hermana, que estaba leyendo. Como era de esperarse, su lámpara brillante estaba encendida.

Me giré hacia el armario, cerré los ojos y me dormí casi de inmediato. Como comenté, no soy una persona que se despierte con facilidad. Una vez dormida, no me levanto en toda la noche, ni siquiera para ir al baño. Por eso se me hizo muy extraño cuando por primera vez en mi vida me desperté sintiendo una presencia cerca de mí.

Recuerdo la sensación a la perfección. Parecía que algo estaba parado al lado de mi cama, viéndome dormir.

Abrí los ojos sin moverme, y la vi con tanta claridad como veía la ropa de mi clóset. No era una silueta abstracta o algo flotando. Era una persona vestida de negro con la cara cubierta por una tela y guantes abultados. No podía distinguir ni un centímetro de su piel, todo estaba cubierto de negro. Como si fuera una sombra.

Intenté hacer ruido y nada salió de mi boca. Intenté levantarme de la cama para correr hacia mi hermana, pero mi cuerpo no respondió. Mi mente recorrió mil escenarios posibles y aterrizó en que de seguro era un

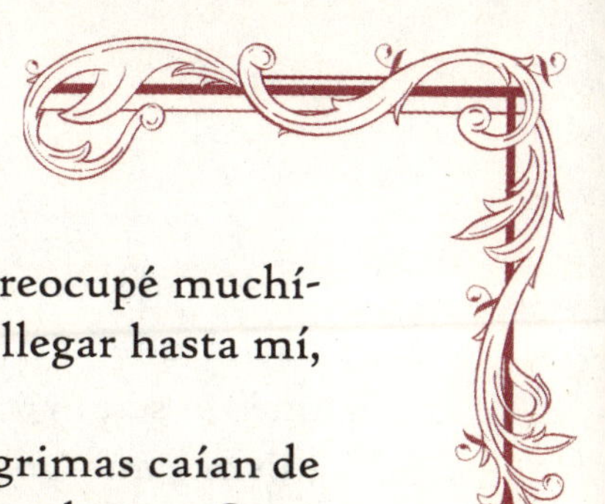

ladrón que había entrado a la casa. Me preocupé muchísimo, porque si el intruso había logrado llegar hasta mí, ¿qué había pasado con mi familia?

Comencé a llorar, sentía cómo las lágrimas caían de mis ojos, pero seguía sin emitir sonido alguno. Supe que mi hermana seguía despierta cuando vi pasar la luz de su lámpara haciendo de faro, como era costumbre. La vi de reojo y la luz brillante que tantas veces me molestó se sintió como una salvación. Era señal de que mi hermana estaba bien, vería a la persona parada a mi lado y podría ayudarme.

Pero el faro se movía demasiado lento; yo veía cómo, poco a poco, se acercaba el momento de descubrir al intruso, mas, justo antes de que la luz lo alcanzara, pasó algo que estará marcado en lo más profundo de mi mente por el resto de mi vida.

El hombre sombra se movió.

Su cuerpo cambió de lugar con una rapidez inhumana e imposible, en un movimiento limpio y calculado. Se metió al clóset, entre la ropa, donde podía camuflarse un poco. Sin embargo, yo todavía podía verlo.

Cuando la luz pasó por donde se escondía, advertí algo brillante en su mano, de color plateado.

La preocupación se volvió más fuerte, ¿podría ser un cuchillo? ¿Qué quería hacer con él? La urgencia me hacía querer saltar de la cama, pero el cuerpo aún no me respondía. El brillo que vi duró tan solo un segundo, pues la luz de mi hermana siguió su rondín como si ella no hubiera visto nada.

No entendía por qué, pues yo lo seguía viendo con claridad oculto en el clóset.

Pasado un tiempo, mi hermana apagó su luz y escuché que cerraba su libro. Moría de ganas de gritarle que no se durmiera, que volteara al clóset y que viera lo mismo que yo. Quería que saliéramos del cuarto para avisarle a mamá del intruso, pero mi cuerpo se negaba a obedecerme.

Lo vi moverse con la poca luz que entraba por la ventana. Desde que se escondió en el clóset, el hombre sombra se mantuvo de perfil, pero en cuanto el cuarto quedó a oscuras, giró la cabeza hacia mí, para verme.

No podía distinguir sus ojos, pero sentía su mirada. Imagino que así se sienten los venados cuando un cazador los está vigilando. Por ese instinto que te avisa que alguien te quiere hacer daño y está preparándose para cuando bajes la guardia.

Sin embargo, lo único que pude hacer en ese momento, fue mantenerme despierta y no quitarle los ojos de encima.

Toda la noche intenté moverme, pero no logré nada. Perder el control de mi cuerpo siempre había sido uno de mis peores miedos, por lo que vivirlo me estaba volviendo loca. En la oscuridad, el intruso nunca dejó de observarme, ni yo a él.

Empezó a amanecer y la luz del sol se colaba por la ventana. Un alivio me inundó porque, en poco tiempo, mi familia despertaría. ¡Al fin podrían ayudarme a salir del trance en el que estaba!

De pronto mi cuerpo se relajó. Por fin logré moverme un poco por mi cuenta. Me giré bocarriba y pude ver el techo por primera vez en lo que me pareció una eternidad. En cuanto recuperé la movilidad por completo, me

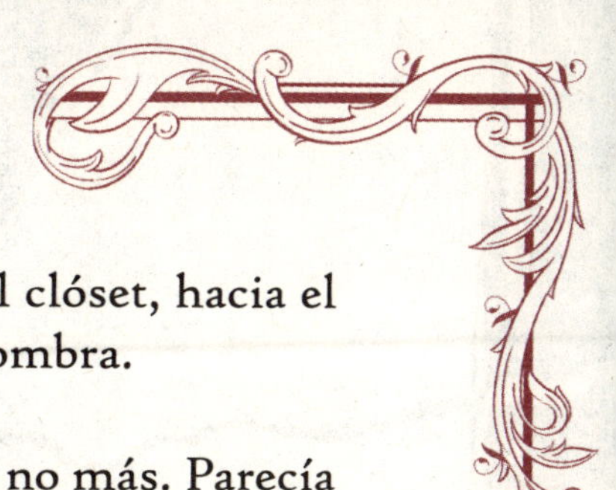

incorporé en la cama y miré de nuevo el clóset, hacia el mismo punto donde estaba el hombre sombra.

Pero ya no había nadie.

La luz del sol iluminaba la ropa, pero no más. Parecía imposible que alguien hubiera estado allí.

Las lágrimas se desbordaron por mis mejillas. Corrí de inmediato al cuarto de mi mamá para despertarla. Le conté todo lo que viví esa noche, y me creyó al instante. Tal vez fue por la desesperación que vio en mis ojos, por las ojeras y el cansancio plasmado en mi rostro.

Además, yo no solía ser la hija con miedos nocturnos. Esta era la primera vez que le contaba algo así. Me acompañó a mi habitación, y mi hermana se despertó con nuestra llegada. Al contarle lo que había vivido, también se sorprendió.

Revisamos el clóset a fondo, pero no había nada. Mi mamá me dijo que intentara dormir en su cama para que descansara, pero mi mente, aunque estaba cansada, se rehusaba a apagarse.

¿Qué era lo que vi esa noche? ¿Qué me impedía moverme o emitir sonidos? ¿Qué quería de mí esa criatura? ¿Qué era lo que había visto en su mano?

Son respuestas que jamás obtendré, pero agradezco el no haber vuelto a vivir algo así.

Si alguien se lo pregunta, esta experiencia no me volvió miedosa. La noche siguiente pude dormir sin ningún problema y mi vida continuó con normalidad. Pero lo que sí cambió es que desde ese suceso, empecé a dormir dándole la espalda al clóset. Ya no me importó la lámpara encendida de mi hermana, es más, la agradecía, porque nunca se olvida la primera vez que sentiste miedo.

LAS LUCES EN EL CIELO

Andrés había planeado el viaje perfecto con sus amigos. Como ninguno vivía en la misma ciudad, requirieron varios meses para que poder coordinar todo. No había forma de que algo saliera mal.

La idea era visitar distintos lugares de Estados Unidos para turistear, probar algo de comida y simplemente divertirse. Tenían todo preparado y bien organizado. Andrés se encargó de encontrar los hospedajes y las mejores rutas, como acostumbraba a hacer siempre. Cintia eligió los restaurantes y Elías planeó a qué lugares saldrían de fiesta.

El viaje estaba planeado para cuatro, pero en el último minuto una amiga canceló, así que solo serían tres. Andrés había contado con que esa amiga le ayudara a sobrellevar la ansiedad social de conocer en persona a sus amistades a distancia, pero no permitiría que eso le amargara las vacaciones.

A excepción de ese pequeño desaire, nada más podía salirse de lo planeado. Cada detalle estaba cuidado: desde el presupuesto hasta la gasolina del automóvil para cuando debieran trasladarse por carretera. Todo avanzaba con la facilidad con la que la mermelada de fresa se desliza sobre una rebanada de pan caliente.

Sin embargo, eso estaba por cambiar y Andrés sería testigo de algo que nunca en su vida creyó que presenciaría.

Él jamás había sido una persona particularmente espiritual o creyente en el más allá, pero tampoco estaba cerrado a ningún tema. En algunas ocasiones, sus amigos le llegaron a preguntar sobre su fe y sin dudarlo respondía que se consideraba agnóstico. Cualquier tema místico o sobrenatural no era algo que rondara en su mente durante el día a día. No podría decir que se tratara de asuntos a los que les temiera, pero tampoco le resultaban indiferentes.

Simplemente eran asuntos en los que no pensaba. Y así vivía más tranquilo.

Por eso, lo que ocurrió durante aquella noche de verano se quedó en su memoria para siempre. Hasta hoy es uno de esos pocos hechos sin explicación racional que ha podido atestiguar.

Andrés es un amigo muy cercano, así que cuando me relató lo que estoy por contar, yo quedé bastante intrigada.

En una parte del viaje, sus amigos y él conducirían a través de San Francisco, Los Ángeles, Las Vegas y zonas aledañas. Andrés recuerda claramente que la noche del

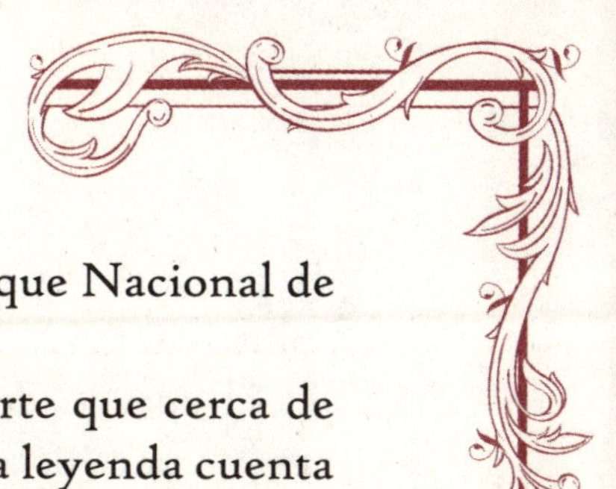

suceso estaban manejando rumbo al Parque Nacional de las Secuoyas.

Por si no lo sabes, permíteme revelarte que cerca de ahí se encuentra la afamada Área 51, cuya leyenda cuenta que ahí se han podido captar encuentros con seres intergalácticos. El lugar abraza esta creencia con gran sentido del humor y sus tiendas tienen temática de extraterrestres y platillos voladores.

No obstante, Andrés y su grupo de amigos no se interesaban en estos temas, por lo que ese dato no estaba presente en sus mentes mientras el cielo nocturno se cubría de un tono índigo y las estrellas empezaban a titilar.

Mientras Elías conducía, Andrés, como copiloto, elegía la música del viaje. Todo estaba tranquilo, cuando de repente una fuerte luz que parecía provenir de una lámpara gigante acaparó su atención. El extraño suceso logró estremecer hasta el rincón más profundo de sus mentes.

La luz provenía directamente del cielo. Andrés solo pudo reaccionar frunciendo el ceño confundido, y se tomó unos cuantos segundos para procesar lo que estaban contemplando. Era un fulgor intenso y de tonalidad blanca, que podría compararse con un reflector iluminando al protagonista de una obra de teatro.

Pronto las cosas se tornaron aún más extrañas, pues la luz comenzó a expandirse y a cubrir cada vez más terreno al tiempo que adquiría tonos violetas y rosados.

Si Andrés tuviera que comparar lo que estaba observando con algo de nuestro planeta, diría que la luz de ese extraño reflector estaba emulando los tonos del atardecer.

¿Pero cómo era posible? Era medianoche, el atardecer ya había pasado. ¿Qué tipo de astro u objeto era capaz

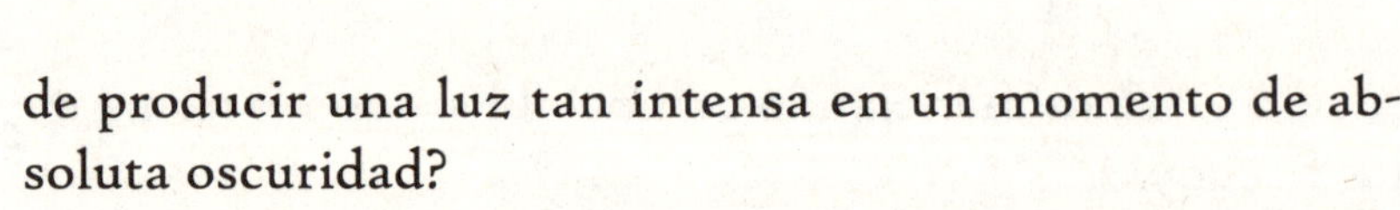

de producir una luz tan intensa en un momento de absoluta oscuridad?

El cuerpo de Andrés se entumeció mientras su corazón martillaba contra su caja torácica. Aterrorizado, pensó que presenciaba el fin del mundo y que estaba por fallecer. A pesar de eso, no podía despegar los ojos de la intensa luz y alzó su teléfono para captar la evidencia en video de lo que estaba presenciado.

Poco a poco la luz comenzó a bajar de intensidad, hasta que desapareció por completo en un parpadeo.

Los tres amigos se miraron, tratando de asegurarse de que habían presenciado lo mismo y que ninguno lo había imaginado. Andrés revisó el reloj. Jura que todo pasó en menos de diez minutos, pero los sintió como horas.

¿Qué vieron aquella noche? Tal vez nunca lo sabremos. Un dato interesante es que, aunque Andrés y sus amigos documentaron el suceso con sus celulares, todos esos videos desaparecieron sin dejar rastro.

Ninguno sabe por qué o cómo ocurrió, y Andrés intentó buscar en numerosas ocasiones las pruebas de que lo que vivió fue real. Sin embargo, parecían haber sido eliminadas por alguna fuerza superior.

Después de aquel día Andrés no ha tenido otra experiencia de esta índole, pero ahora se considera un creyente de la vida extraterrestre. Sin embargo, la duda que aún lo carcome desde ese día es si, así como él vio y grabó algo inexplicable... ¿eso también lo observó a él?

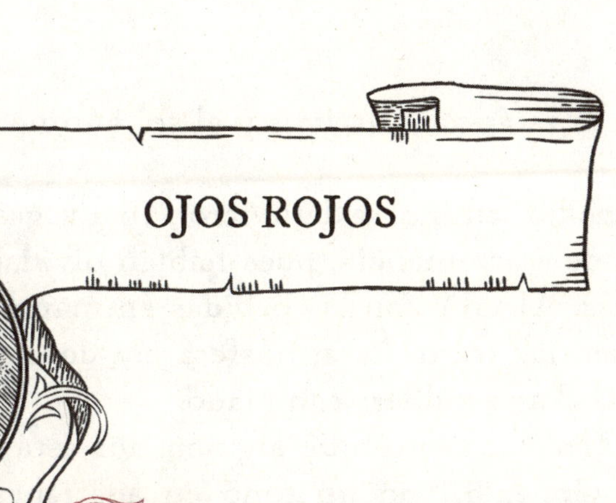

OJOS ROJOS

Era un fin de semana de pesca. Gonzalo y su mejor amigo, Mateo, se dirigían a las afueras de la ciudad, rumbo a una zona semidesértica llena de terracerías, montes y calor implacable. Sin embargo, en medio de ese paisaje árido existía un oasis: una enorme presa conocida por su abundancia de róbalo.

Llevaban todo lo necesario para pasar dos días pescando. Viajaban en una *pick-up* que remolcaba la lancha de motor de Mateo. Habían empacado provisiones como tacos, sándwiches y agua, además del equipo de pesca: cañas de *spinning*, sedales, anzuelos, carnada y una parrilla portátil para cocinar lo que pescaran.

Salieron de la ciudad alrededor de las cinco de la mañana. Querían aprovechar las primeras horas del día, cuando los peces están más activos y el sol aún no castiga con fuerza.

A medio camino, se detuvieron en una gasolinera con tienda de conveniencia, pues habían olvidado comprar cervezas. Al salir con las bebidas en mano, el ambiente se sentía... raro. La atmósfera era densa, silenciosa, como si el aire hubiera cambiado.

—Mateo..., siento que alguien nos está observando —dijo Gonzalo, con un tono en apariencia calmado, aunque sus ojos mostraban lo contrario.

Mateo siempre había sido el más valiente de los dos. Gonzalo, en cambio, se caracterizaba por sentir el peligro antes de verlo.

—¿Ya vas a empezar con tus cosas? Ni siquiera hemos llegado. No seas cobarde —respondió Mateo, quitándole importancia al asunto.

Apenas había terminado la frase cuando, un matorral cercano comenzó a agitarse.

Ambos se quedaron inmóviles, observando. Estaban en medio de la nada, y la tenue luz de la gasolinera no alcanzaba a iluminar esos arbustos.

Una criatura los miraba desde la oscuridad. No era un animal grande, pero tampoco era un simple conejo. Luego, salió corriendo hasta perderse entre la oscuridad.

—Un coyote —dijo Mateo casi aliviado—. ¿Ves? No era nada. Relájate.

Gonzalo intentó calmarse. Aunque había sido solo un animal, algo en su interior seguía inquieto.

Llegaron a la presa poco antes del amanecer. El lugar estaba completamente desierto. Solo estaban ellos,

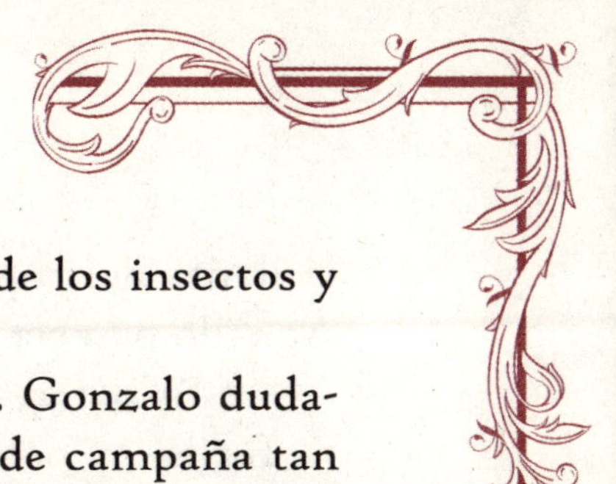

el inmenso cuerpo de agua, los cantos de los insectos y la tenue luz del alba.

Decidieron montar el campamento. Gonzalo dudaba de si era buena idea armar la casa de campaña tan temprano, ya que estarían varias horas en la lancha y temía que alguien les robara el equipo. Pero Mateo, siempre impulsivo, insistió en dejar todo listo para no batallar al volver. Gonzalo cedió, aunque no estaba muy convencido.

Armada la casa de campaña, acomodaron las cajas con el equipo de pesca y desplegaron un par de sillas para descansar y disfrutar del paisaje. El amanecer reflejándose en el agua era hipnótico.

Después acercaron la *pick-up* a la orilla, bajaron la lancha al agua y se alistaron para zarpar.

Ya en el centro de la presa, Gonzalo se dio cuenta de que había olvidado su caja de pesca. Preguntó si podían regresar por ella, pero Mateo le dijo que no hacía falta, con lo que él traía, tenían suficiente para ambos.

Pasaron horas navegando mientras escuchaban música en la bocina, bebían y buscaban el mejor punto para lanzar los anzuelos. Finalmente, hallaron un sitio donde los peces comenzaron a picar. Aunque no fue fácil, lograron pescar seis róbalos de buen tamaño. Eran suficientes para una buena comida.

El sol, sin embargo, comenzó a arder en lo alto. El bloqueador ya no bastaba, y decidieron volver.

Lo que encontraron al regresar fue desolador.

La casa de campaña había sido destrozada. Las sillas estaban rotas; la caja de pesca, abierta, y la carnada, ausente. La camioneta tenía un golpe extraño cerca de

la llanta del copiloto. Pero no había sido un robo. No. Aquello parecía la obra de un animal... o algo peor.

—¡Te lo dije, Mateo! ¡Te lo advertí! —exclamó Gonzalo, furioso y nervioso a la vez—. ¡Pudieron habernos robado..., o lo que sea que hizo esto pudo habernos atacado!

—Ya, tranquilo. Ya está hecho. No vamos a dejar que esto nos arruine el fin de semana —respondió Mateo, siempre despreocupado—. Aún tenemos la parrilla. Podemos cocinar los pescados, escuchar música y relajarnos un rato.

Encendieron la parrilla, colocaron los peces y se sentaron a comer. Con el atardecer acercándose, la conversación fluyó. Por un momento, olvidaron el incidente.

Pero al ver que el sol comenzaba a esconderse, Gonzalo mencionó que era hora de regresar.

Cargaron todo, subieron la lancha de nuevo al remolque y se alistaron para volver a la ciudad.

La noche cayó más rápido de lo esperado.

Gonzalo iba conduciendo cuando un estallido los hizo saltar del asiento. La camioneta se desvió bruscamente pero logró controlarla y se detuvo a un lado del camino.

Ambos bajaron. La llanta del copiloto estaba destrozada, no ponchada: desgarrada. Como si unas garras la hubieran despedazado.

—¡Esto no es una coincidencia! —gritó Gonzalo, fuera de sí—. ¡El golpe de antes! ¡La llanta! ¡Todo está conectado! ¡Desde la tienda algo nos ha estado siguiendo!

Mateo intentó mantener la calma.

—Tenemos una llanta de refacción. La cambiamos y nos vamos. No hay por qué entrar en pánico.

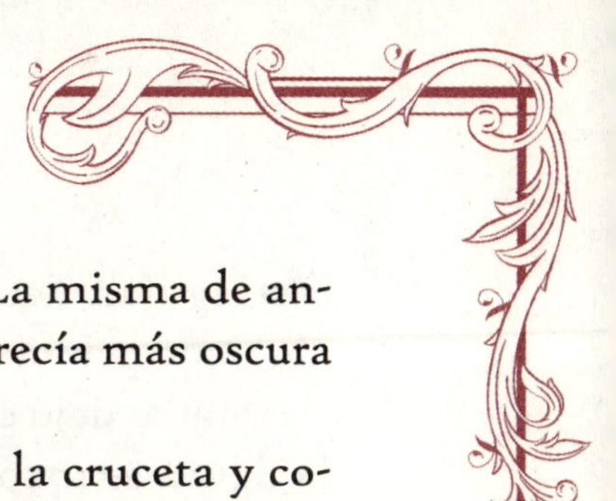

Pero entonces volvió esa sensación. La misma de antes. El aire se volvió espeso y la noche parecía más oscura de lo normal.

Mateo sacó el gato hidráulico, colocó la cruceta y comenzó a trabajar. Gonzalo, tembloroso, no dejaba de mirar hacia los matorrales.

—Mateo... no estamos solos —susurró.

—¡Ayúdame o cállate! —gritó Mateo, intentando mantenerse enfocado.

Y entonces algo ocurrió.

—¡Ahí! ¡Algo nos está mirando! —gritó Gonzalo, señalando hacia un punto en la oscuridad.

Dos ojos rojos brillaban desde los arbustos.

Mateo se quedó helado, con la cruceta en la mano, incapaz de moverse. Gonzalo, con la voz entrecortada, apenas susurró:

—¿Lo estás viendo también?

Mateo no respondió. Solo asintió levemente, sin despegar su mirada de aquellos ojos. De pronto, algo crujió en la maleza. Las ramas se partían como si algo pesado caminara sobre ellas.

Mateo se agachó para poner el último birlo, pero sus manos temblaban y se le cayó la cruceta.

La criatura seguía avanzando. Los ojos rojos parecían elevarse poco a poco, como si estuviera poniéndose de pie. Ya no era un animal. La silueta se alargó. Una figura humanoide emergió lentamente de los matorrales.

—No es un coyote —susurró Gonzalo—. No es un maldito coyote...

La criatura se detuvo justo al borde del camino, iluminada apenas por la luz trasera de la camioneta. No se

distinguían detalles, solo una sombra alta, cubierta de algo que parecía pelo. Sus ojos no dejaban de brillar.

Mateo dejó caer la cruceta de nuevo, y en ese instante la figura avanzó dos pasos más.

Gonzalo no esperó. Corrió, tomó la cruceta, enroscó el último birlo como si su vida dependiera de ello, bajó el gato con manos temblorosas y gritó:

—¡SÚBETE YA!

Mateo no discutió. Se lanzó al asiento del copiloto mientras Gonzalo guardaba el gato a la carrera, sin dejar de mirar de reojo la silueta.

Gonzalo arrancó la camioneta y pisó el acelerador a fondo. En el retrovisor alcanzó a ver que la criatura no los perseguía. Solo los observaba... hasta que desapareció, absorbida por la oscuridad del desierto.

Durante el resto del camino no hablaron. Solo los acompañaban el sonido del motor y el golpeteo de sus corazones.

A veces, cuando cierran los ojos por la noche, Gonzalo y Mateo aún pueden ver esos ojos rojos fijos en ellos y se hacen las mismas preguntas: ¿De quién eran? ¿Realmente había algo o sus mentes, agotadas por el cansancio y el alcohol, les jugaron una mala pasada?

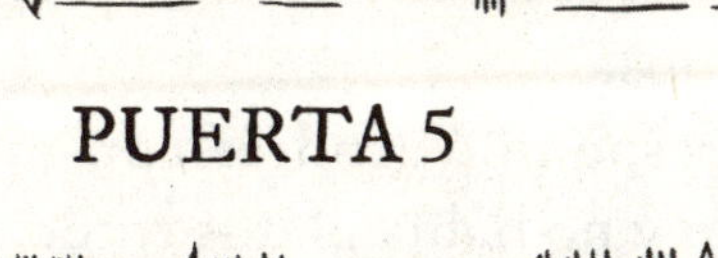

PUERTA 5

Quizá en todos los trabajos hay secretos, pero para Mei eran más bien maldiciones: siempre le tocaban lugares embrujados. Era normal que se apareciera un fantasma o se escucharan voces del más allá en cada oficina que pisaba, y su nuevo trabajo no fue la excepción.

Apenas era su primera semana en la agencia de eventos y ya todos sus compañeros le hablaban de Tito, un niño que según decían, se aparecía por las noches y disfrutaba hacer travesuras.

—Te lo juro —dijo Andrés—. Una vez encerró a Héctor en el baño. Y en otra ocasión nos pasó algo loquísimo a Val y a mí. Escuchamos ruidos en la planta baja, solo estábamos ella y yo. Nos habíamos quedado tarde trabajando y de repente, *izas!* Sonó como si se cayeran unos platos.

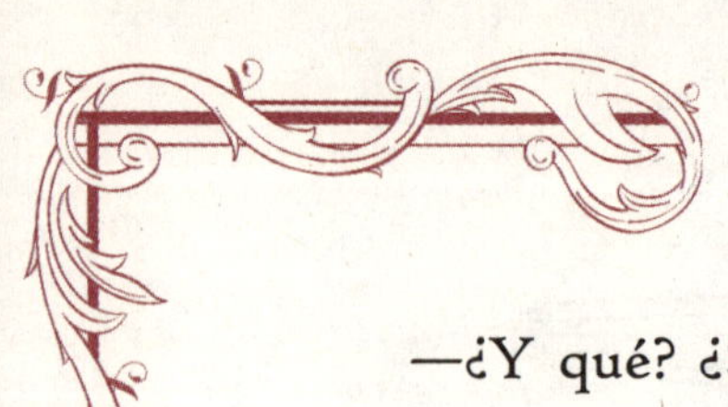

—¿Y qué? ¿Sí se cayeron? —preguntó Mei con una sonrisa nerviosa.

—No —respondió Andrés con más seriedad—. Bajé de inmediato y no había platos rotos. No había nada fuera de lugar.

—Ay, no te creo —dijo Mei, intentando sonar tranquila.

—¡Es en serio! —insistió Andrés, señalando con el tenedor a su compañera—. ¿Verdad que sí, Val?

Valeria hizo su comida a un lado, miró a Mei de reojo y asintió despacio.

—Fue la noche antes de un evento importante. Nos tocó quedarnos hasta tarde... y, desde entonces, no lo he vuelto a hacer ni pienso hacerlo.

—Creo que solo quieren asustarme, pero no les va a funcionar —dijo Mei, intentando cambiar el rumbo de la conversación.

Ya había escuchado suficientes historias de fantasmas por hoy.

La agencia estaba instalada en una casa vieja y grande que había sido adaptada como oficina. Mei quería pensar que todo tenía una explicación lógica: tuberías oxidadas, estructuras viejas o una broma pesada de alguien antes de salir. Pero algo en el tono de sus compañeros le decía que no estaban jugando.

—¿A poco no crees en esas cosas? —preguntó Andrés en tono burlón.

—Yo creo en todo y a la vez en nada —respondió ella sin titubear—. Pero siempre busco una explicación lógica. Y *siempre* la hay.

—¡¿Nunca te ha pasado nada raro?! —exclamó Valeria incrédula.

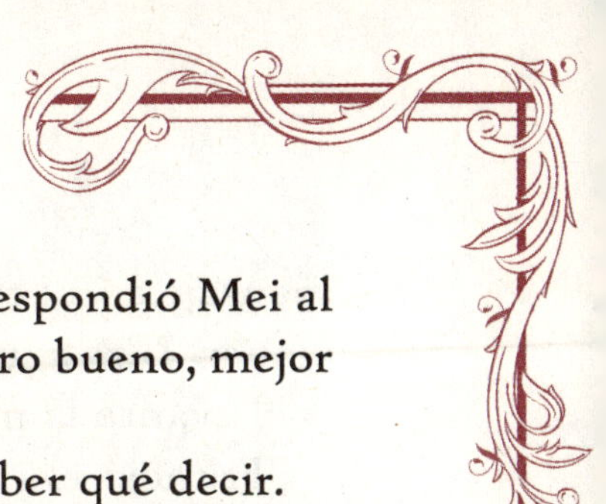

—Nada que no se pueda explicar —respondió Mei al tiempo que se encogía de hombros—. Pero bueno, mejor cambiemos de tema.

Todos se quedaron en silencio, sin saber qué decir.

—Ya me llegó la propuesta para el evento de la próxima semana —soltó después de unos minutos de silencio incómodo.

Valeria suspiró.

—No hablemos de trabajo en la hora de la comida —dijo, y luego se metió un bocado en la boca y masticó—. Mejor cuéntanos tus planes para el fin de semana.

Mei soltó una risa de alivio ante la propuesta de un nuevo tema de conversación, pues ya no quería hablar de cosas paranormales, no le gustaban las historias de fantasmas. A pesar de que siempre había dicho que no creía en eso, había algo en ese tipo de relatos que la dejaba un poco inquieta.

Los meses pasaron sin novedades.

Sí, a veces se escuchaban cosas extrañas (pero Mei se decía que era su imaginación) o algún compañero contaba una historia rara (que de seguro era inventada). Ella no le daba importancia a nada de eso.

Un día en que todo transcurría como en cualquier otro, Mei estaba trabajando en el evento más grande y ambicioso en la historia de la agencia. No se había despegado ni un segundo de su computadora: tenía mil pendientes y todo debía estar listo esa misma tarde. Estaba concentrada en terminar cuando de pronto sintió la urgencia de ir al baño.

Se levantó de golpe, caminó rápido por el pasillo y entró. Mientras hacía lo suyo, respondía distraída un mensaje en su celular... hasta que un sonido la hizo reaccionar. ¿Era agua corriendo?

Levantó la mirada. El grifo del lavabo estaba abierto.

Frunció el ceño. Eso no tenía sentido. El lavabo no era automático, había que girar la llave para que saliera agua. Su mente empezó a buscar una explicación. Tal vez alguien le estaba jugando una broma. Quizá habían instalado algún tipo de mecanismo. Sí, de seguro era eso.

Se apresuró a terminar, se lavó las manos con rapidez, cerró la llave y salió del baño con el corazón acelerado.

—¿Quién fue el gracioso que descompuso el lavabo? —preguntó tratando de sonar casual.

—¿De qué hablas? —respondió Andrés.

—Estaba en el baño y, de la nada, la llave del lavabo se abrió sola —dijo, temerosa—. ¿Quién fue? Recuerden que si descomponen algo, tienen que reportarlo para que lo arreglen rápido.

—Fue Tito —dijo Valeria, como si fuera lo más normal del mundo.

—Ay, no empiecen con eso. ¿Cómo va a ser un fantas...?

Pero no alcanzó a terminar la frase, pues la puerta se abrió de golpe.

Era Héctor, lucía muy alterado y corría hacia ellos.

—¡No saben lo que acabo de ver!

—¿Qué pasó? ¿Por qué tanto escándalo? —inquirió Andrés.

—Ayer en la madrugada sonó la alarma de movimiento —explicó mientras sacaba su celular del bolsillo—. Me metí a revisar las cámaras desde la aplicación, pero no vi nada raro. Pensé que era una falsa alarma y me volví a dormir. Solo que hoy, ya en la oficina, decidí revisar las

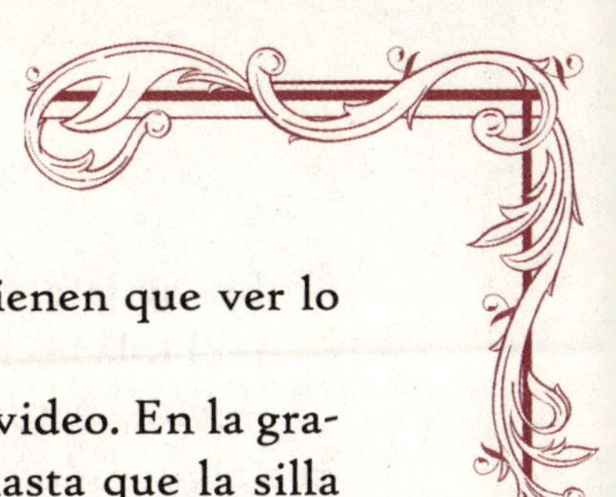

grabaciones desde la computadora y... tienen que ver lo que pasó a las tres de la mañana.

Todos se acercaron para poder ver el video. En la grabación se observaba la oficina vacía... hasta que la silla de Andrés se movió violentamente de un lado a otro, como si alguien la hubiera lanzado con fuerza.

—¡No te pases! —exclamó Andrés dando un paso atrás.

—Este día se acaba de volver diez veces más raro —dijo Mei, al mismo tiempo que cerraba su computadora portátil con rapidez y la guardaba en su mochila—. Lo bueno es que ya nos vamos y no tenemos que venir en todo el fin de semana.

—Habla por ti —replicó Valeria con resignación—. Andrés y yo tenemos el evento de los refrescos y acaba hasta tarde.

—Por lo menos no es aquí —comentó Héctor.

—No, pero tenemos que regresar a guardar las estructuras y todo el material en la bodega —se quejó Valeria—. Y ya sabes que el desmontaje siempre tarda horas.

Mei se sintió mal por su compañera, pero respiró aliviada dado que ella no tenía que volver a la agencia. Tenía miedo y no quería estar allí, mucho menos de noche. ¿Primero la llave y luego la silla? Ya no era tan fácil buscar explicaciones lógicas, pero el fin de semana tendría tiempo para pensar en eso y lo intentaría. Por ahora, solo quería salir de ahí.

Más tarde Mei ya estaba en casa, completamente desconectada del caos de ese día. Estaba muy entretenida con un juego en su celular, cuando la interrumpió una llamada entrante.

Era su jefe.

—¿Hola? —respondió muy a su pesar.

—Mei, Andrés tuvo una emergencia y necesitamos que alguien lo cubra, ¿puedes venir?

Se quedó callada.

No quería ir. Estaba cansada y recordar lo de esa tarde la inquietaba. Pero también estaba en la contienda por un ascenso, y negarse a la petición de su jefe podría echar a perder todo su esfuerzo.

—Sí, sí puedo ir —dijo resignada—. ¿Me mandas la ubicación, por favor?

El evento fue un éxito. Todo salió perfecto. La única parte difícil fue el desmontaje, que se alargó más de lo previsto. A tan solo quince minutos para la medianoche, Mei y Valeria iban en una camioneta hacia la oficina, con todo el material que debían dejar en la bodega.

—Muero de sueño —susurró Val.

—Yo también, ya quiero llegar a mi cama —dijo Mei con las manos en el volante.

Faltaban solo unos minutos para llegar.

—Oye, ¿y cómo le vamos a hacer para dejar todo? Hay cosas muy pesadas.

—Bajamos todo entre las dos y listo. Ya el lunes acomodamos las cosas con más calma —contestó Mei—. No quiero estar ahí de noche.

—Ni yo —respondió Valeria, que lucía algo asustada.

—No te preocupes, Val, no va a pasar nada —expresó Mei, más para tranquilizarse a sí misma que a su compañera.

Para consolarse, en su mente se repetía una y otra

vez que todo iba a estar bien. Pero no podía estar más equivocada.

Para cuando llegaron a la oficina ya era medianoche. No había ningún alma, solo ellas dos. Comenzaron a descargar la camioneta: estructuras, mobiliario, cajas, y las botellas de vidrio personalizadas que se habían hecho exclusivamente para el evento.

Ya estaban por terminar cuando Valeria fue por unos papeles a la camioneta, mientras que Mei se quedó colocando las últimas cosas dentro de la bodega para cerrarla lo antes posible.

Al tomar la perilla para cerrar la puerta sintió resistencia. Como si alguien jalara la puerta desde adentro.

—¿Val? —preguntó con voz temblorosa—. ¿Sigues en la bodega?

Sabía que no era su compañera, pero tal vez había regresado rápido, sin que Mei se diera cuenta.

Empujó la puerta con sigilo y asomó la cabeza. Su corazón se detuvo por un segundo.

No había nadie.

Tragó saliva y cerró la puerta de golpe. Sintió alivio, pero solo por un instante. Apenas soltó la perilla y esta empezó a moverse con desesperación, como si alguien o algo quisiera salir de la bodega.

Mei gritó y sostuvo la perilla con ambas manos, jalando la puerta hacia ella. No iba a permitir que lo que fuera que estuviera adentro saliera de allí.

—¡Mei! —gritó Valeria, corriendo desde el pasillo—. ¡Las computadoras se encendieron solas!

Valeria se detuvo en seco al verla forcejeando con la puerta.

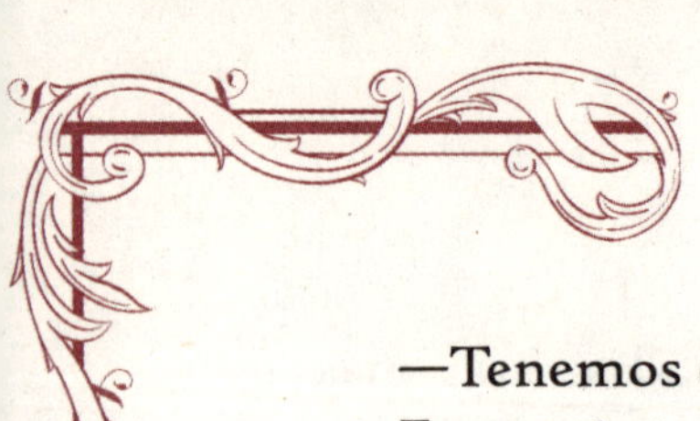

—Tenemos que irnos, ¡YA! —gritó Mei.

En ese instante la presión en la perilla cesó. Mei la soltó poco a poco.

—¿Todo bien? —preguntó Val, nerviosa.

—Sí —contestó Mei, respirando agitada—. Vámonos antes de que pase algo más.

Se dieron la vuelta para salir, pero un estruendo detrás de ellas las detuvo.

La puerta de la bodega se estaba abriendo... lentamente.

En el interior se podía ver la caja donde habían dejado las botellas que ahora estaban hechas añicos, como si hubieran explotado. Valeria y Mei se miraron, aterradas.

—Si no cerramos la puerta, no podremos activar la alarma —dijo Valeria en voz baja—. Tiene que estar todo cerrado.

—Yo no pienso volver a tocar esa puerta —dijo Mei—. Me quiero ir de aquí ya.

—Nos van a regañar si no lo hacemos.

Valeria se armó de valor y dio dos pasos grandes hacia la puerta para cerrarla rápido y con fuerza.

—Vámonos ya.

Caminaron hasta la entrada para activar la alarma.

Error.

El sistema marcaba que la puerta 5 estaba abierta, lo cual era imposible, porque esa era la puerta de la bodega, la que Valeria acababa de asegurarse de cerrar.

Se asomaron por el pasillo y al final de este vieron que, efectivamente, la puerta de la bodega estaba abierta otra vez. Y no solo eso, la luz estaba encendida.

Intercambiaron miradas en silencio. No hacía falta

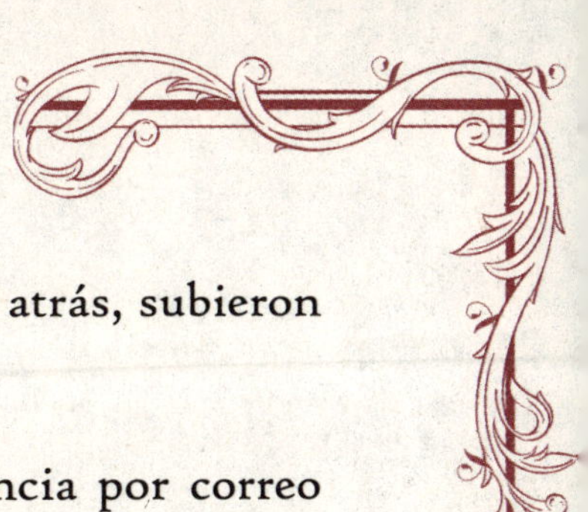

decir nada. Salieron corriendo sin mirar atrás, subieron a la camioneta y arrancaron.

El lunes Valeria se reportó enferma.

Mei, por su parte, presentó su renuncia por correo electrónico. No estaba dispuesta a volver a ese lugar. No después de lo que vivieron esa noche.

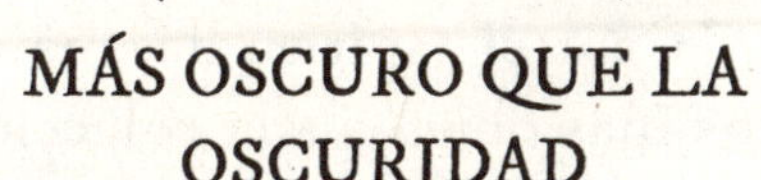

MÁS OSCURO QUE LA OSCURIDAD

Usualmente los amigos comparten intereses similares: géneros de películas, artistas favoritos y actividades como ir al cerro o salir de fiesta. Pero mis amigos y yo compartimos uno muy peculiar: el gusto por lo paranormal. Y aunque muchos también disfrutan las películas y libros de terror o, los más valientes, se atreven a usar la ouija, lo que nosotros hacemos va más allá de eso.

Todo comenzó con Raiza. Ella siempre había tenido afinidad por lo inexplicable, pero curiosamente eso parecía mantenerse alejado de ella. Así que decidió que si lo paranormal no se manifestaba por sí solo, ella iría a buscarlo.

Reunió a un grupo de amigos que estuviera dispuesto a acompañarla. Así fue como seis personas nos unimos para dedicarnos a buscar respuestas del más allá.

Lo que dio inicio a todo fue Blanquita, una muñeca de porcelana poseída por el espíritu de una chica. A partir de ahí, sumamos más objetos a la colección y comenzamos a hacer investigaciones de campo en lugares embrujados. Nuestra tarea era justamente averiguar el origen de los fenómenos reportados.

Siempre me he considerado de los más escépticos del grupo. Mientras que el resto tiende a buscar motivos paranormales para cualquier situación extraña, Renata y yo solemos pensar primero en una explicación racional.

Supongo que por eso en varias ocasiones no me tomé tan en serio el tema de protegerme antes de las investigaciones. Raiza insistía bastante en que usáramos los amuletos o accesorios confeccionados por ella: pulseras, collares, anillos... Pero muchas veces no hice caso, ¿qué podría pasar?

Todo cambió a raíz de una intensa semana de investigaciones que realizamos en un antiguo orfanato. Esa noche, como muchas otras, yo no estaba bien protegido.

Exploramos el lugar junto a un grupo especializado que hace recorridos paranormales. Ellos llevaban su equipo de trabajo, habían convocado a investigadores y aficionados; juntos intentamos comunicarnos con lo que habita el más allá.

Llegamos cuando ya había caído la noche. Desde la banqueta, se podía ver claramente el frente de la propiedad: un jardín amplio apenas iluminado por la luz de la calle, donde crecían dos o tres árboles de ramas delgadas que parecían más torcidas en la sombra. Al cruzar la reja baja que separaba la banqueta del terreno, un camino de concreto conducía hacia la entrada principal.

La mansión estaba completamente construida con ladrillos blancos envejecidos. No era un blanco limpio, estaba manchado por la humedad, el tiempo... y algo más difícil de nombrar. Las ventanas estaban enmarcadas con ladrillos rojos que contrastaban con la pálida fachada, y por la noche resaltaban aún más, como ojos encendidos en la oscuridad.

El edificio tenía tres pisos. El techo inclinado y desigual remataba la silueta, haciéndolo parecer más viejo y pesado bajo la noche. Del lado derecho una torre se alzaba como un punto de vigilancia, con estrechas ventanas verticales. Era una arquitectura fuera de lo común que el tiempo había tratado con rudeza. Se veía sólida, sí, pero había algo en su forma —en su quietud demasiado perfecta— que hacía pensar que el edificio estaba más despierto de lo que aparentaba.

Algunas luces estaban encendidas en el interior. Emanaban una vibra cálida, antigua, como si viniera de lámparas de otra época. No percibimos movimiento hasta que llegamos a la reja: vimos una figura a través de una de las ventanas del segundo piso. Caminó rápido, sin mirar hacia afuera. No fue una sombra. Fue alguien, o algo, que quería que lo viéramos.

La investigación consistía en dos partes. Primero haríamos un recorrido guiado por cada piso, donde nos contarían las historias acaecidas en esas habitaciones. Al finalizar cada planta, tendríamos tiempo para explorar por nuestra cuenta. La segunda parte sería una sesión de comunicación grupal y terminaríamos con una investigación en el ático.

Desde el momento en que entramos sentimos una tristeza silenciosa que nos envolvía como una niebla invisible.

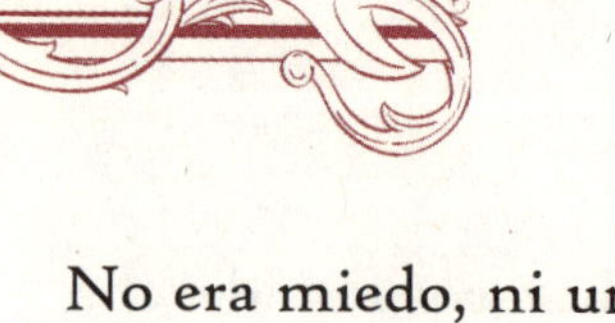

No era miedo, ni una presencia clara, pero sí una carga. Como si las paredes, el piso y el aire mismo llevaran encima demasiadas memorias.

A pesar de ello, la mansión se encontraba impecable. Cada rincón estaba limpio y cuidado. Los pisos brillaban, las molduras estaban pulidas y no había polvo. Pero conservaba su alma antigua: todo, desde los vitrales hasta los picaportes, mantenía una estética *vintage* que no se podía imitar: elegante y viva, pero también profundamente cargada.

El vestíbulo principal nos recibió con una gran escalera de madera oscura que crujía con cada paso. Las paredes, cubiertas de paneles, mostraban vetas profundas y rastros secos de humedad, como cicatrices antiguas.

En los pisos superiores los pasillos parecían más estrechos. Las habitaciones eran austeras: camas de hierro, espejos viejos, armarios empotrados que olían a madera encerrada. Aunque todo estaba limpio, nada parecía nuevo. Era como si el tiempo se hubiera detenido en 1890.

Ahí, dentro de esos muros, vivieron niños: algunos sin padres o lastimados por adultos, otros enfermos. Estaban solos, y muchos morían en habitaciones silenciosas, sin familia, atendidos por manos bienintencionadas, pero incapaces de detener el avance de la fiebre o la tos.

Nos explicaron que varios pequeños habían fallecido a causa del sarampión, la fiebre escarlatina y la tuberculosis. Se les cuidaba lo mejor posible: los aislaban y les inyectaban medicamento a diario. Las agujas eran parte de su rutina. El miedo, también.

Tal vez por eso no nos sorprendió, aunque sí nos dejó paralizados, lo que sucedió después.

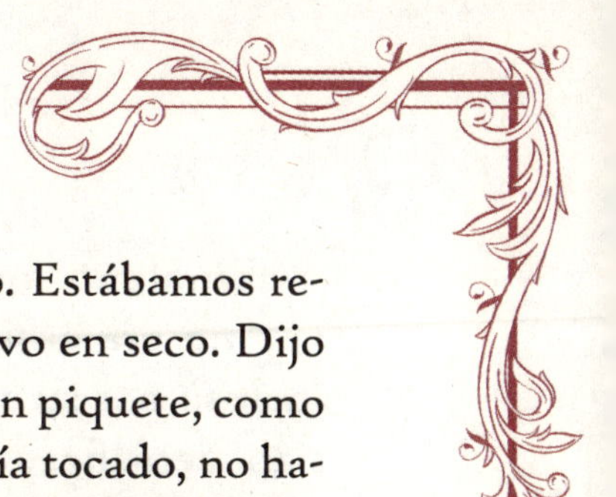

Renata fue la primera en mencionarlo. Estábamos recorriendo el segundo piso cuando se detuvo en seco. Dijo que había sentido algo en el brazo, como un piquete, como si le hubieran inyectado algo. Nadie la había tocado, no había nada a su alrededor. Pero al mirar su piel, todos la vimos: una pequeña marca roja comenzaba a aparecer en su hombro, justo donde se suelen poner las inyecciones.

Minutos después le sucedió algo muy similar a Claudia. Comentó que, a diferencia de Renata, ella no había sentido un piquete, pero su dolor se parecía al de una sustancia que bajaba por todo su brazo, provocándole pesadez y ardor.

El ambiente empezaba a volverse más denso. Era como si la tristeza inicial se transformara en una especie de presencia. No era agresiva, pero sí insistente. No escuchábamos voces ni veíamos apariciones, pero nuestros cuerpos comenzaban a experimentar el mismo dolor, la misma vulnerabilidad que esos niños debieron sentir.

Y entonces pasó algo más. Renata llevaba una funda para cámara tipo Polaroid colgada al hombro. Solemos cargarlas porque a veces esas cámaras logran captar cosas que nuestros ojos no ven.

La primera vez que se le cayó la bolsa pensamos que se había resbalado. Pero Renata dijo que había sentido claramente que algo o alguien la había jalado. No había sido algo suave sino… un tirón. Con fuerza.

Después volvió a pasar. En otro cuarto de otro piso. La bolsa se desprendía de su hombro bruscamente, como si algo invisible la sujetara y tirara hacia abajo. Parecía como si algo la estuviera siguiendo, como si alguien quisiera jugar con ella.

En algún momento lo comentamos en voz baja. Tal vez no era casualidad. Quizá, por su aspecto juvenil o incluso por su energía, los espíritus de esos niños se sentían identificados con ella. Probablemente, de entre todos nosotros, Renata era la que les resultaba más cercana. Tal vez, con ella... se sentían seguros.

La sesión de comunicación grupal no reveló nada particularmente claro. Utilizamos el Spirit Chat, el método Estes, el REM Pod y una tira de luces EMF. Todo estaba activado, pero ninguna manifestación fue tan potente como las que vendrían después.

Continuamos con la investigación en el ático. Antes de subir, los guías nos comentaron algo que nos dejó con un nudo en el estómago: existe una leyenda, sobre una persona que se habría quitado la vida ahí arriba. Por eso mismo, decían, el ático era uno de los lugares con mayor carga energética en toda la mansión. Según algunos expertos, habían logrado tener comunicación directa con esa presencia, y en una ocasión, lo que sea que se manifiesta ahí les confirmó lo mismo: alguien se había suicidado en ese espacio.

Para llegar al ático, debíamos subir por unas angostas escaleras, en forma de caracol. Arriba, nos encontramos con una habitación de techo bajo, toda de madera. El acceso estaba decorado con luces tenues de colores, muñecos tétricos, telarañas artificiales y otros adornos pensados para darle un aspecto más escalofriante... como si el lugar necesitara ayuda para parecer siniestro.

Pero a medida que nos adentrábamos más, la decoración desaparecía. Había zonas sin iluminar y habitaciones donde el piso parecía frágil, hecho con una madera tan

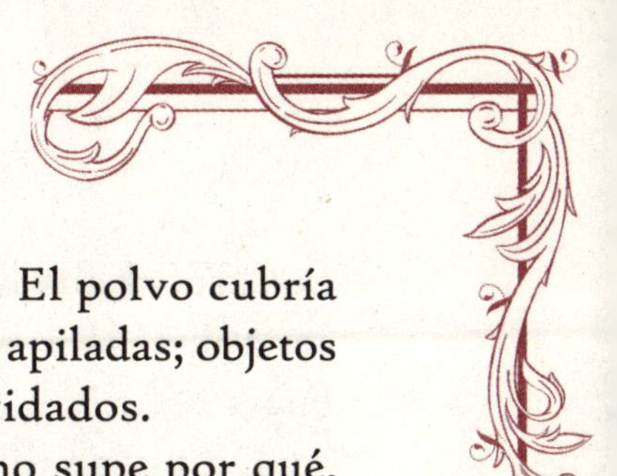

vieja que se hundía bajo nuestros pasos. El polvo cubría todo: baúles, muebles arrinconados, cajas apiladas; objetos que no habían sido desechados, sino olvidados.

Encontramos un pupitre. Al verlo, no supe por qué, pero sentí que tenía que sentarme. Fue una sensación extraña, urgente. No lo pensé pero tampoco dudé. Era como si no tuviera otra opción. Como si algo invisible me hubiera guiado hasta él.

Lo percibí en cuanto me senté: un golpe seco de emoción me atravesó el pecho. No era miedo, sino tristeza. De pronto, un desconsuelo imposible de explicar me invadió por completo.

Mis ojos comenzaron a humedecerse sin motivo. No estaba pensando en nada triste, solo me encontraba ahí, con esa emoción desbordante. Aunque toda la mansión ya guardaba un aire melancólico, después de ese momento la angustia se intensificó. Como si el acto de sentarme en ese pupitre hubiera activado algo que llevaba mucho tiempo dormido.

Como siempre me ha costado mostrar mi lado vulnerable frente a los demás, me levanté de inmediato. Así que, como suelo hacer, me escudé en mi sentido del humor. Me refugié en la broma. Y mientras lo hacía, no podía dejar de pensar: «¿Qué sentí realmente? ¿Esa tristeza provenía de un niño que alguna vez se sentó en ese mismo pupitre? ¿O tal vez estaba conectada con la persona que, según la leyenda, se había quitado la vida ahí arriba?». Fuera quien fuera, parecía que algo me había prestado su tristeza por un momento. Algo que seguía ahí.

Me escondí en una de las habitaciones oscuras del ático mientras Patricio comenzaba una lectura de tarot.

Los escuchaba hacer preguntas, pedir señales... y entonces golpeé la madera del otro lado del muro. Varias veces. Fuerte.

Después salí gritando de golpe, provocando que todos dieran un brinco. Me reí. Ellos también. Fue un momento de ligereza entre tanta pesadumbre.

Esa ha sido desde siempre mi manera de lidiar con estas situaciones. Cuando algo me desborda, me cubro con una capa de humor. No para reírme de lo que pasa, sino para poder soportarlo; para pretender que al menos por unos segundos, tengo el control de lo que estoy sintiendo.

Bajamos a la cocina, un espacio amplio con gabinetes antiguos, una mesa grande al centro y una luz cálida que no alcanzaba a disipar la atmósfera que se había creado. La tristeza no se iba. Se volvía más densa y todos la sentíamos. Era una sensación que se quedaba en el pecho, como un peso sin explicación lógica.

Colocamos el *REM Pod* en la entrada de la cocina y retomamos la lectura del tarot. Durante esa sesión Patricio recibió una respuesta inesperada. Decía que el espíritu de una niña había percibido a Renata como una amiga desde el momento en que la vio entrar en la mansión. Que su presencia la reconfortaba. Que gracias a ella había sido capaz de enfrentar algunos de sus miedos.

Según las cartas, varios espíritus deseaban que Renata se quedara, que no se fuera.

Renata guardó silencio. Luego dijo con la voz un poco quebrada, que había querido llorar durante toda la lectura. Estoy seguro de que la tristeza también se intensificó para ella.

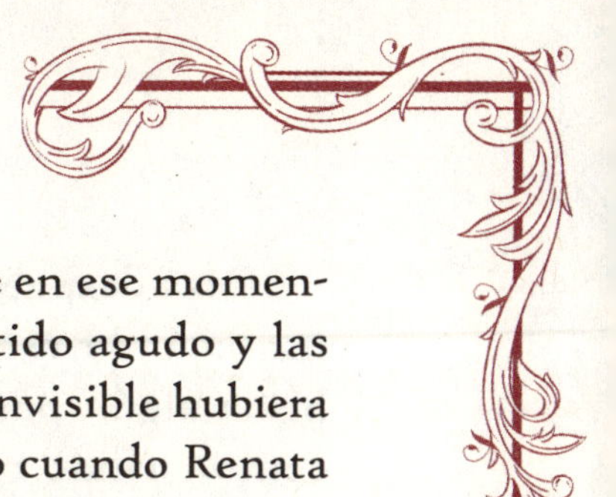

Y fue en ese momento —exactamente en ese momento— cuando el *REM Pod* se activó. El pitido agudo y las luces rojas se encendieron como si algo invisible hubiera cruzado su campo electromagnético justo cuando Renata terminaba de hablar.

No había duda. No era coincidencia: era una confirmación.

Entonces, como si el tiempo hubiera estado perfectamente calculado, llegaron los guías del recorrido. La puerta principal se abrió. Sus pasos resonaron por el vestíbulo y una voz tranquila nos avisó que el tiempo se había acabado. Era hora de irnos. No hubo objeción, pero todos lo sabíamos: esa casa no quería dejarnos ir.

Durante esa semana continuamos con nuestras investigaciones. Pero desde mi regreso a casa empecé a sospechar que tal vez algo aún me acompañaba.

Una noche, tras varios días de trabajo e investigaciones, me fui a dormir. Cerré las persianas y apagué las luces, porque prefiero dormir en absoluta oscuridad. Me acosté y cerré los ojos.

No habían pasado ni dos minutos cuando comencé a *ver* algo.

Tenía los ojos cerrados, pero dentro de esa oscuridad, algo todavía más oscuro comenzaba a formarse. No sabría describir qué era, ni su forma, pero era negro y venía hacia mí. Desde arriba, como si yo estuviera bajo una cascada y el agua cayera sobre mí... pero era oscuridad. Me cayó encima. Me empapó.

Nunca había experimentado una situación parecida. Abrí los ojos en shock. Me senté. Miré a mi alrededor y no descubrí nada. Pero algo no estaba bien.

Días después, comenzaron a sucederme cosas extrañas cuando estaba a solas en mi habitación. Volteaba hacia algún punto, y de reojo veía una figura humana, como cuando miras una luz intensa y, al parpadear, tu vista reproduce una mancha brillante. Pero en vez de luz, era una silueta... humana.

Lo peor sucedió una tarde. Me recosté para tomar una siesta y como hacía frío me cubrí con la cobija por completo, incluso la cara. No pasaron muchos minutos antes de que lo sintiera: primero, un crujido muy suave, como si alguien hubiera apoyado el peso de una mano contra la puerta. Luego, escuché el clic del picaporte y el rechinido lento, muy lento, de la puerta al abrirse.

Pensé que eran mi mamá o mi hermana. Pero nadie dijo nada. No distinguí ningún paso, ninguna voz.

Esperé con los ojos cerrados y el cuerpo tenso bajo las cobijas. De pronto sentí cómo algo o alguien se sentaba en mi cama. Lo sentí con una claridad brutal: el colchón se hundió justo a mi lado, como si un peso real, físico, se hubiera dejado caer lentamente junto a mí.

Contuve la respiración. Esperaba que me hablara, que me tocara el hombro, que hiciera algo. Pero no pasó nada. Esa presencia muda e inmóvil solo se quedó a mi lado. Pasaron varios segundos, quizás más. Lo suficiente para que el silencio se volviera insoportable.

La presión desapareció de repente, como si aquello sentado a mi lado se hubiera levantado. Sin embargo, seguía sin escuchar la puerta. Ni un solo sonido.

Con el corazón latiendo con fuerza me destapé lentamente la cara y... no había nadie. La habitación se encontraba en completo silencio. La puerta... estaba cerrada.

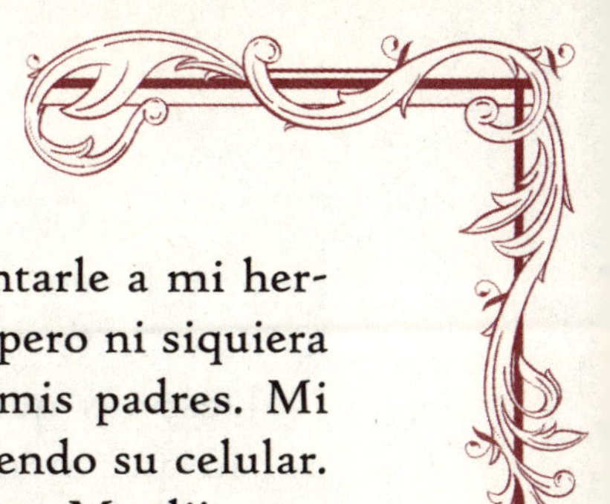

Me asusté todavía más. Fui a preguntarle a mi hermana si había entrado a mi habitación, pero ni siquiera estaba en la casa. Entonces acudí con mis padres. Mi mamá estaba sentada en la cama atendiendo su celular. Le pregunté si había estado en mi cuarto. Me dijo que no, que llevaba rato en una llamada.

En ese momento comprendí que todo estaba conectado. La oscuridad que cayó sobre mí. Las formas humanas. La presencia en mi cama. Todo había comenzado después de aquella investigación.

Hablé con Raiza. Le pedí que me hiciera una limpia y un hechizo de protección. Me ayudó usando hierbas, agua florida y un huevo. Luego me extendió una bolsita de tela que estaba sellada y me dio instrucciones para limpiar mi cuarto y expulsar cualquier entidad que hubiera en él: quemar un incienso de arriba hacia abajo y desde el fondo hacia la puerta. Además, debía colgar la bolsita en la entrada para evitar que algo más pasara.

Seguí todo al pie de la letra. Desde entonces, nada más ha vuelto a pasar.

En una ocasión, Patricio nos leyó el tarot a cada uno de nosotros. Él estaba al tanto de lo que yo había vivido los últimos días y de que había recurrido a Raiza para una limpia y un hechizo de protección. Así que durante mi lectura me preguntó si quería saber si algo me estaba siguiendo.

Formulé la pregunta: «¿Algo me siguió después de alguna de las investigaciones?». La carta que salió fue la de la Suma Sacerdotisa. La interpretación de Patricio fue clara: en efecto, algo me había seguido. Pero además, dijo que era una carga espiritual considerable, una presencia pesada, fuerte, y que probablemente por eso aquello se había manifestado con tanta claridad.

Después quisimos saber el origen de la presencia, por lo que mencionamos cada una de nuestras salidas a campo; así, fuimos descartando lugares ante la negativa de las cartas, hasta que llegamos al orfanato, y la carta que salió fue la Carroza, que se interpreta como un sí rotundo. Lo que me había seguido venía de ahí, del orfanato.

Finalmente, preguntamos si esa presencia ya se había ido de mi casa. La respuesta fue afirmativa. Además, según las cartas, mis guías me estaban enviando un mensaje: tenía que protegerme más. No podía seguir tomándolo a la ligera.

Y tengo que admitirlo: después de esa experiencia soy menos escéptico. He aprendido a la mala que hay cosas que no siempre se pueden ver, pero sí se pueden sentir; que hay lugares que guardan secretos inexplicables y que pueden afectarnos si no estamos preparados. Tal vez no me volví creyente de golpe, pero sí entendí que hay seres que no necesitan mostrarse para dejar marca. Que la oscuridad no siempre grita, a veces solo se queda quieta... y eso es lo que más pesa.

Aprendí que no basta con ser valiente para visitar un lugar cargado de energías, y que no se trata solo de curiosidad o morbo. Hay que ir con respeto, consciencia y protección.

Ahora, cada vez que me preparo para una investigación, me coloco mis amuletos como quien se pone una armadura. Ya no es una sugerencia: es una necesidad.

Porque lo viví.

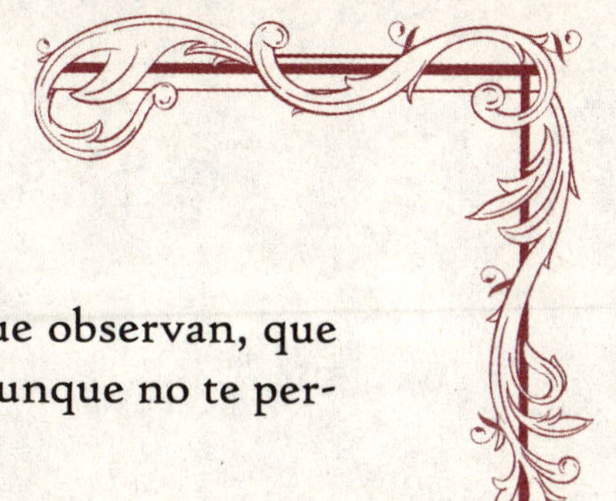

Porque lo sentí.

Porque en la oscuridad, hay cosas que observan, que escuchan, que cargan con dolores que, aunque no te pertenecen, pueden quedarse contigo.

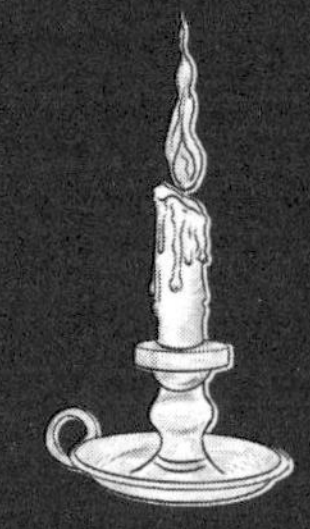

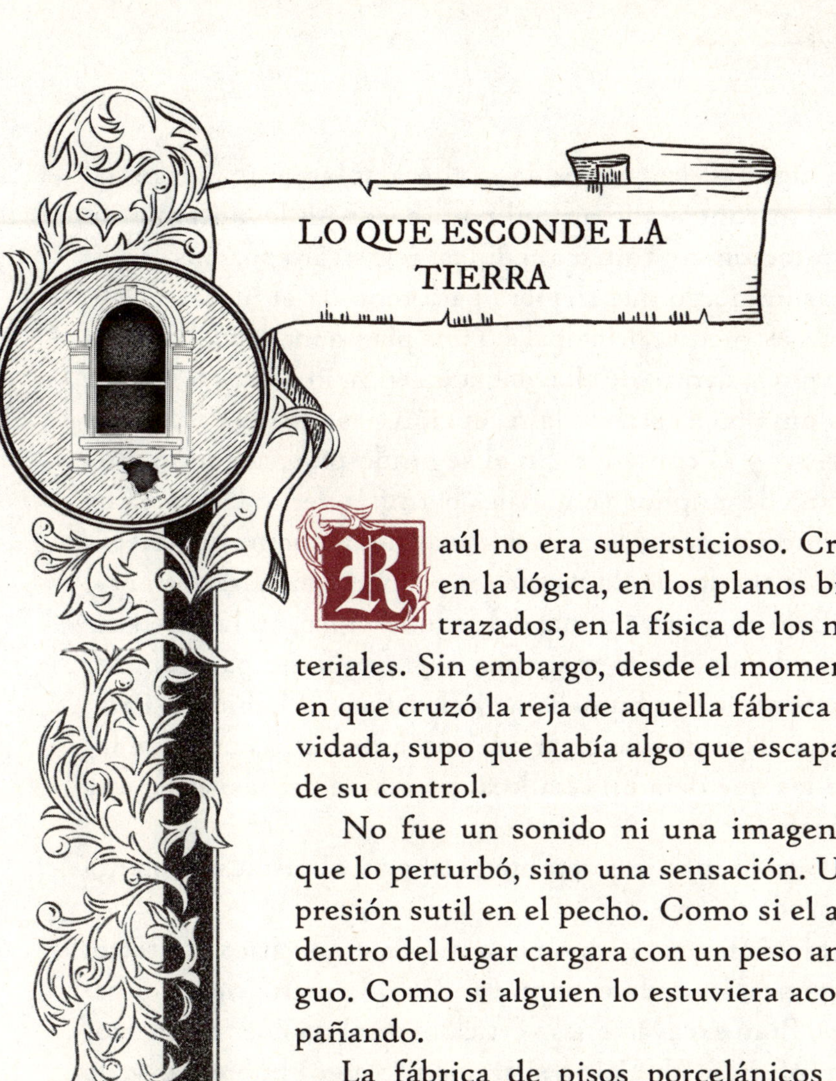

LO QUE ESCONDE LA TIERRA

Raúl no era supersticioso. Creía en la lógica, en los planos bien trazados, en la física de los materiales. Sin embargo, desde el momento en que cruzó la reja de aquella fábrica olvidada, supo que había algo que escapaba de su control.

No fue un sonido ni una imagen lo que lo perturbó, sino una sensación. Una presión sutil en el pecho. Como si el aire dentro del lugar cargara con un peso antiguo. Como si alguien lo estuviera acompañando.

La fábrica de pisos porcelánicos no estaba abandonada por completo, pero se sentía como si lo estuviera. La maquinaria aún operaba a medias: había motores oxidados que giraban con quejidos metálicos, bandas transportadoras cubiertas de polvo, y una vibra general de un lugar que alguna vez tuvo vida y ahora solamente... resistía. Habían contratado a Raúl para hacer un levantamiento arquitectónico: tomar medidas, registrar espacios y elaborar un plano que sirviera para renovar el lugar.

La estructura principal era una planta industrial de gran tamaño y, dentro de ella, había un edificio de dos pisos. En la planta baja estaban la recepción, las oficinas administrativas y el comedor. En el segundo piso, al fondo, una oficina de amplios ventanales permitía ver toda el área de producción desde lo alto; era la antigua oficina del dueño.

Fue ahí donde Raúl notó los primeros detalles extraños.

Bajo el gran ventanal del segundo piso, en la pared exterior, había varias manchas negras que no parecían ser causadas por la humedad ni el deterioro habitual. Parecían marcas de fuego, círculos oscuros que recordaban las huellas que deja un cerillo al acercarse demasiado a una superficie.

Pero lo más inquietante estaba en el piso de la planta de producción.

Había hoyos. Pero no uno ni dos, eran varios y estaban dispersos, irregulares y profundos. No eran grietas ni baches. Eran excavaciones verticales de al menos tres metros de profundidad. Como si alguien (o algo) hubiera cavado en la oscuridad sin rumbo fijo. No había maquinaria alrededor, solo tierra removida y huecos sin explicación.

Raúl no dijo nada al principio. Tomó medidas, registró datos, hizo su trabajo. Pero la curiosidad fue más fuerte.

Se acercó a uno de los guardias de seguridad, un hombre mayor con la mirada baja, y le preguntó con naturalidad:

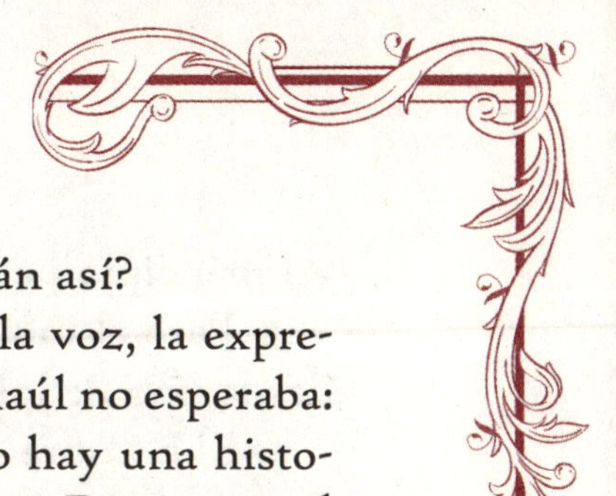

—¿Y esos hoyos? ¿Desde cuándo están así?

El guardia lo miró en silencio. Bajó la voz, la expresión de sus ojos cambió y dijo algo que Raúl no esperaba:

—Usted no escuchó esto de mí. Pero hay una historia... —Y entonces comenzó a contarla—: Dicen que el dueño anterior... se volvió loco.

El guardia se aseguró de que nadie más estuviera cerca. Miraba alrededor como si temiera que las palabras pudieran despertar algo.

—Hace unos años, le llegó un rumor: alguien, no se sabe quién, le dijo que debajo de la fábrica había un tesoro. No dijeron qué clase de tesoro. Solo que era antiguo, que había estado ahí desde antes de que se construyera la planta.

Raúl frunció el ceño.

—¿Y empezó a cavar?

El guardia asintió.

—Primero lo hizo en secreto. Mandó a excavar cuando todos se iban. Pero luego... luego se obsesionó. Detuvo la producción. Trajo gente, herramientas. Decía que lo iba a encontrar. Que *eso* estaba ahí para él.

—¿Lo encontró?

El guardia tardó en responder. Su voz bajó aún más:

—No lo sé. Pero una noche... pasó algo. Algo que no tiene sentido. El dueño solía quedarse hasta tarde. Desde su oficina, tenía vista completa de toda la planta. Esa noche el edificio estaba vacío. Las luces fluorescentes que colgaban del techo parpadeaban de vez en cuando, bañando la maquinaria con un brillo frío y artificial.

»Estaba por irse cuando algo se movió. Era una figura pequeña, apenas una sombra que cruzó entre los equipos.

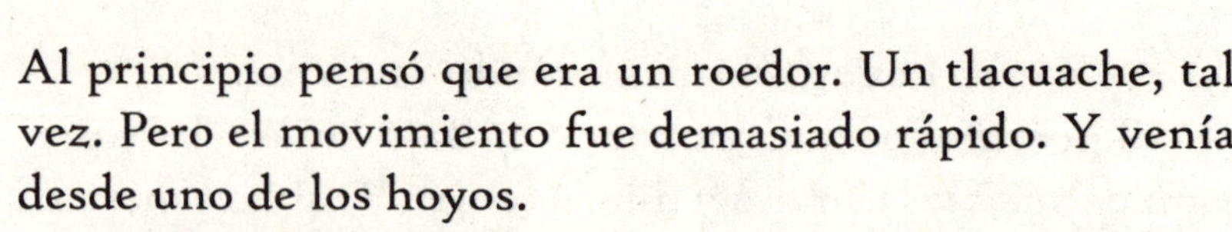

Al principio pensó que era un roedor. Un tlacuache, tal vez. Pero el movimiento fue demasiado rápido. Y venía desde uno de los hoyos.

»El hombre se acercó a la ventana y se frotó los ojos. Pensó que tal vez estaba cansado, pero volvió a ver a una criatura emerger del interior de uno de los huecos. Era pequeña, de no más de treinta centímetros de alto, delgada, encorvada y de movimientos nerviosos. Su rostro, demasiado humano para su tamaño, estaba cubierto de arrugas profundas. Tenía barba, largo cabello gris y ojos diminutos que brillaban con inteligencia.

»La criatura se quedó quieta por un instante y lo miraba. Luego, con una agilidad imposible, saltó fuera del hoyo y avanzó unos pasos...

Raúl escuchaba con mucha atención. El guardia ni siquiera parpadeó mientras narraba.

—¿Y qué hizo el dueño?

—No se movió. No podía. Estaba en shock. Pero lo peor fue lo que vino después... La criatura comenzó a correr, pero no hacia la salida o hacia otro hoyo..., sino hacia él.

»Saltó. De un solo impulso, alcanzó el segundo piso. Sus dedos pequeños se aferraron al borde de la ventana. Sus ojos seguían fijos en el hombre. Y entonces... saltó de nuevo, impulsándose hacia atrás. Levantó la mano y una esfera de fuego, pequeña pero intensa, emergió de su palma y voló hacia el vidrio.

»El dueño gritó y cayó de espaldas. Otra bola de fuego chocó con el marco, dejando una marca negra...

Quizás la misma que Raúl había visto.

—Corrió sin mirar atrás. Salió de la fábrica, huyó como un niño aterrorizado. —El guardia guardó silencio

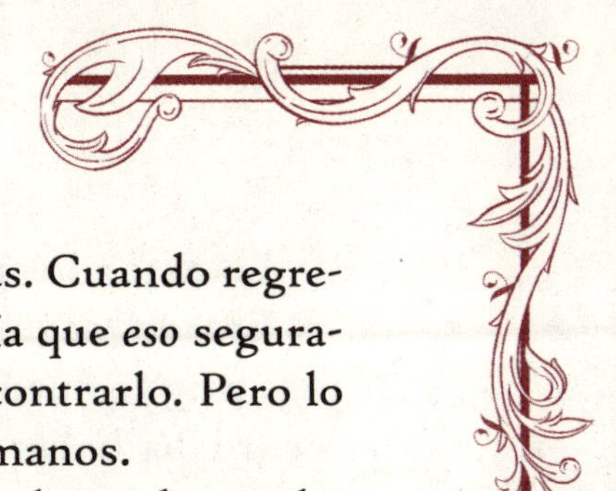

y solo añadió—: No volvió en varios días. Cuando regresó, pidió que siguieran excavando. Decía que *eso* seguramente protegía algo. Que tenía que encontrarlo. Pero lo único que hallaron... fueron huesos humanos.

Raúl se quedó en silencio. No sabía si el guardia estaba exagerando, si creía lo que decía pero alguien se lo había contado... o si simplemente lo había vivido de cerca.

—Después de eso —continuó el guardia, bajando aún más la voz—, el patrón nunca volvió a ser el mismo. Quedó tocado de la cabeza. No hablaba con nadie, pasaba los días encerrado en su oficina, murmurando cosas que nadie entendía. Caminaba como si siempre estuviera escuchando algo detrás de él... como si lo siguieran.

Raúl sintió un escalofrío leve.

—Duró así unas semanas —siguió el guardia—, hasta que un día vendió la fábrica. Dicen que ni siquiera le importó el precio. Solo quería irse. Desaparecer. Y desde entonces, nadie volvió a saber de él. El nuevo dueño fue quien lo contrató a usted.

Raúl no respondió. No supo qué decir. Solo siguió trabajando. Ignoró las marcas, los hoyos y las miradas silenciosas de los obreros que parecían saber más de lo que decían.

Terminó su trabajo y entregó los planos.

Un par de semanas después, Raúl decidió organizar el material del levantamiento. Quería dejar todo en orden antes de pasar al siguiente proyecto.

Abrió su portafolios y comenzó a revisar los planos. Uno de ellos, doblado de forma distinta al resto, llamó su atención. Era un croquis a lápiz, uno de los primeros que había hecho a mano mientras recorría la fábrica.

Lo extendió sobre la mesa.

Era del segundo piso, justo donde estaba la oficina del antiguo dueño. Pero había un pequeño círculo que no recordaba haber marcado. No era un trazo profesional, sino tembloroso, casi infantil, como si una mano nerviosa lo hubiera hecho a toda prisa. Estaba trazado sobre el área junto a la ventana.

Debajo del círculo, escrita con letra minúscula, irregular, y con una presión tan tenue que apenas se veía, había una sola palabra:

tesoro

Raúl la observó en silencio durante unos segundos. Luego dobló el croquis con calma y lo guardó en una carpeta al fondo del cajón.

A veces, lo más sabio no es buscar lo que brilla bajo la tierra, sino saber cuándo dejar de cavar.

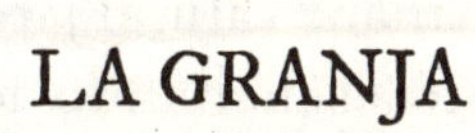

LA GRANJA

Cuando Alejandro era joven, su familia se mudó al norte de Estados Unidos debido al trabajo de su padre. Dejaron atrás su ciudad natal y llegaron a un pueblo perdido entre bosques y nieve, un lugar donde las casas eran grandes, las distancias, largas, y el silencio, absoluto.

Su nuevo hogar estaba recién construido en un fraccionamiento repleto de casas nuevas: todas demasiado limpias, ordenadas y vacías.

Detrás de la suya había un patio enorme que colindaba con un río. Al otro lado, una reserva natural cubría el horizonte con un muro de árboles oscuros. El paisaje era hermoso, pero Alejandro no tardaría en descubrir que la belleza también puede esconder cosas podridas debajo.

Su hermana tenía apenas cuatro años

y él ya era un adolescente. Prácticamente tenían toda la casa para ellos dos. Amaba salir al jardín, correr, explorar, recostarse en el pasto escuchando los sonidos del bosque. Su madre solía observarlo desde el ventanal, a veces por horas. Vivían tranquilos y felices.

Todo cambió el día en que su hermanita gritó desde la sala:

—¡Mamá, hay un señor aquí!

Alejandro y su madre cruzaron la casa, pero no había nadie. Ni huellas ni ventanas abiertas. Nada.

—Seguramente está confundida con los muebles nuevos —dijo su madre sonriendo, pero su mirada se detuvo unos segundos más en la ventana.

Esa noche Alejandro se despertó sobresaltado. Un gruñido bajo y áspero, venía del otro lado de su puerta. Se sentó en la cama confundido, aún entre el sueño y la vigilia. Sonaba como un perro grande... pero ellos no tenían mascotas. Cuando cesó el gruñido, lo envolvió el silencio. De pronto se oyeron pasos en el techo. Parecía, como si una jauría invisible corriera sobre la casa. Alejandro se acercó a la ventana. No llovía ni hacía viento. Solo escuchaba ese sonido seco de pasos en el techo. Luego..., solo silencio.

Pasaron los días. Una tarde, vio a su madre en el porche hablando con la vecina. A pesar de la barrera del idioma, su madre tenía una facilidad extraña para conectar con las personas. Desde entonces, comenzaron a verse seguido: ella y la vecina intercambiaban palabras en inglés y español, aprendiendo mutuamente. Pero había algo raro... nunca hablaban dentro de sus casas, siempre era afuera, incluso cuando el frío se volvía cortante.

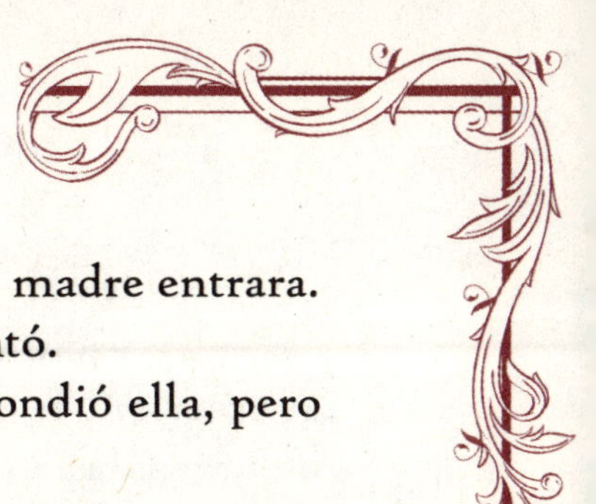

Una noche Alejandro esperó a que su madre entrara.

—¿Todo bien con la vecina? —preguntó.

—Sí... solo hablamos un poco —respondió ella, pero había algo diferente en su voz.

—¿Qué te dijo?

—No te quiero asustar, Alex. No te preocupes —dijo su mamá mientras caminaba a la cocina por un vaso de agua.

—Te prometo que no me asusto, cuéntame, ya estoy grande.

Su madre dudó. Bebió agua del vaso y luego lo miró.

—¿Has oído o visto cosas raras en la casa?

Alejandro pensó en los gruñidos, en los pasos.

—Sí, como perros, o algo que caminaba por el techo.

Su madre asintió despacio. Bebió un sorbo más.

—Prométeme que no te vas a asustar.

Alejandro asintió. No mentía ni sentía miedo... todavía.

—He visto cosas —empezó ella en voz baja—, la otra noche escuché ruidos en el jardín. Pensé que eran mapaches. Desde el segundo piso miré por la ventana... y vi algo. Eran animales, pero no como los que conocemos, parecían sacados de una película de terror. Algunos no tenían patas, otros tenían dos cabezas, o alas rotas. Eran mezclas horribles, como si alguien hubiera juntado piezas de distintas criaturas. Eran decenas... no, cientos. Y no solo en nuestro jardín, en el de los vecinos también. Entonces cerré la cortina, no quería que me vieran.

Alejandro no respondió en ese instante. Estaba procesando lo que había escuchado, no con miedo, sino con una creciente sensación de que algo mucho más grande que ellos había sido enterrado bajo esas casas nuevas.

—¿Qué crees que sean? —preguntó por fin.

—La vecina dice que no ha visto nada, pero no sé si creerle. Me contó que antes todo esto fue propiedad de una sola familia, granja tras granja por generaciones. Hasta que vendieron el lugar y construyeron el fraccionamiento.

—¿Y si... aquí pasaron cosas malas? He oído historias de lugares donde experimentan o maltratan no solo animales, también personas. Lugares donde las almas no pueden descansar.

Su madre lo miró, luego le tomó la mano con fuerza.

—No importa lo que haya pasado aquí. Tú estás protegido. Lo estamos todos. Nada te va a hacer daño.

Alejandro le creyó. Siempre había sentido que algo lo protegía, como si una sombra amable estuviera siempre cerca, velando por él. Pero se sentía mal por cualquier criatura que hubiera sufrido en esas tierras, ya fuera animal o persona. Le parecía triste que se quedaran en este plano sin poder avanzar.

Caminaron juntos a la sala. Su hermanita estaba allí, sentada en el suelo frente al ventanal, mirando hacia el jardín.

—¿Qué ves, mi amor? ¿Un animalito?

La niña entrecerró los ojos.

—Creo que sí, pero... se ve raro. —No apartaba la vista de la ventana.

Alejandro y su madre se miraron en silencio.

Sabían que lo que la niña veía no era un animal.

Después de eso llenaron la casa con sus propios adornos, sus muebles y sus recuerdos. Con el paso del tiempo, Alejandro dejó de experimentar cosas extrañas. Pero

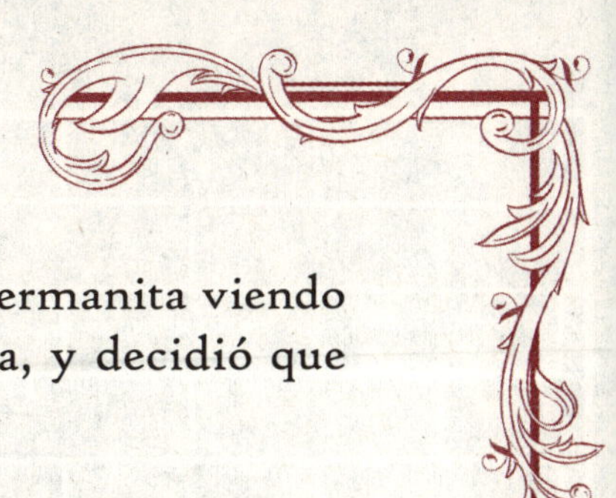

en algunas ocasiones encontraba a su hermanita viendo fijamente por la ventana o hacia arriba, y decidió que era mejor no preguntarle qué veía.

Él no quería escuchar la respuesta.

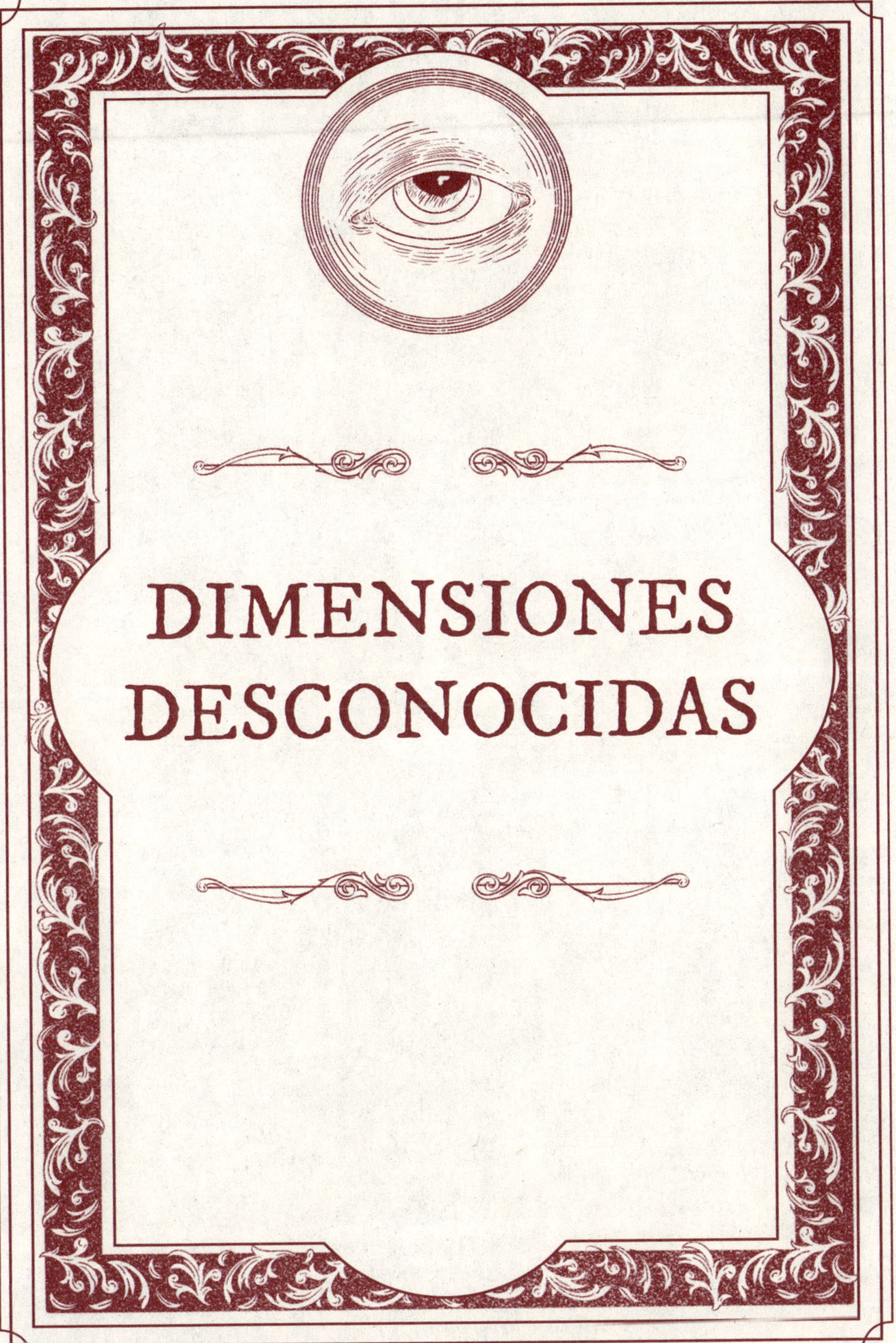

DIMENSIONES DESCONOCIDAS

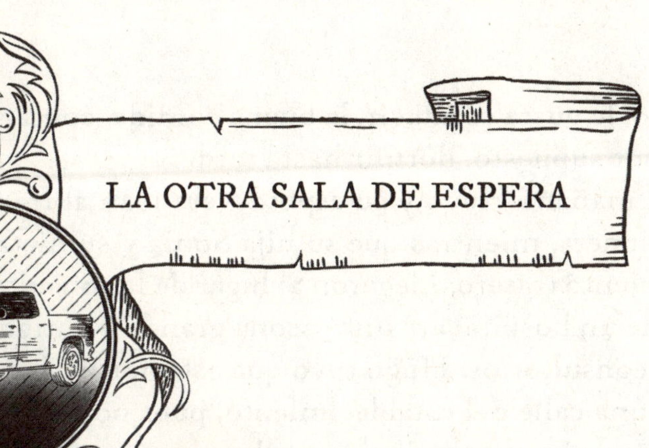

LA OTRA SALA DE ESPERA

¿Alguna vez te has preguntado si existe otra dimensión? Es posible, ¿no? El universo es tan vasto e infinito, que parece poco probable que solo haya una dimensión, y que esa sea la nuestra.

Esta es la historia de Hugo, y serás tú quien juzgue si lo que le ocurrió es cosa de otra dimensión (aunque a decir verdad, yo no le encuentro otra posible explicación).

Todo ocurrió en la cita mensual de su nieta con el pediatra.

Hugo acababa de ser abuelo y su nieta se volvió la adoración de sus ojos, por lo que cuando llegó el momento de su revisión pediátrica, no dudó en ofrecerse a acompañar a su hija.

A Hugo siempre le han gustado las camionetas grandes estilo *pick-up*. En general, nuestro protagonista es bastante

relajado: le gusta conducir, la buena comida, contar chistes y, por supuesto, dormir hasta tarde.

Esa mañana Hugo y su esposa Vera iban al frente en la camioneta, mientras que su hija Sonia y su nieta iban en el asiento trasero. Llegaron al lugar de la consulta, que más que un hospital era una casona grande y antigua con varios consultorios. Hugo tuvo que estacionar su camioneta a una calle del establecimiento, pues no había lugar en los espacios dispuestos para ello en la casona.

Es importante describir este lugar lo mejor posible para poder comprender (o no) lo sucedido. Imagina que es una casona con tan solo dos pisos. Al entrar, el primer piso consta de una recepción principal y una escalera que lleva a los consultorios del segundo piso.

Una sola escalera. La única vía para subir y bajar.

La familia entró al establecimiento y rápidamente los dirigieron al segundo piso. Subieron y se sentaron en la sala de espera que se encontraba justo frente al consultorio del pediatra de la bebé. Mientras esperaban su turno para pasar, Hugo se percató de algo al palpar los bolsillos de su pantalón de mezclilla.

—Olvidé mi billetera en la camioneta.

Vera suspiró.

—¿Puedes ir por ella? Le prometimos a Sonia que nosotros pagaríamos la consulta.

Hugo asintió. No habría mucho inconveniente pues la camioneta no estaba nada lejos. Tal vez tardaría unos cinco minutos en ir y venir. Bajó las escaleras, salió del lugar y sin percance alguno recuperó su billetera. Tal como lo había pensado, volvió a la casona en un abrir y cerrar de ojos.

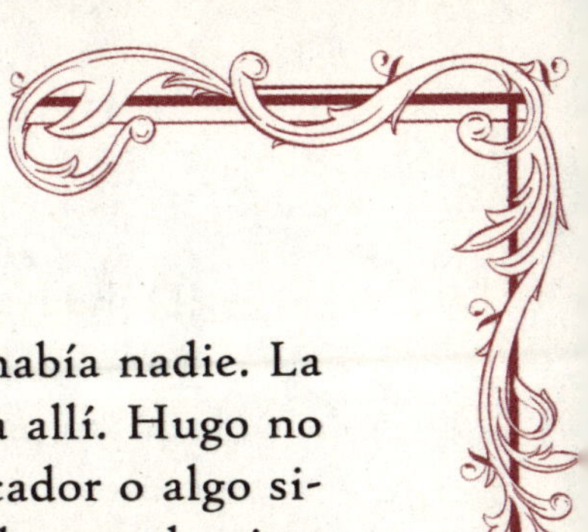

Solo que había algo... raro.

En la recepción del primer piso no había nadie. La señora que los había atendido no estaba allí. Hugo no lo pensó mucho, seguro había ido al tocador o algo similar, así que subió las escaleras hacia el segundo piso, pero las cosas también lucían distintas ahí. La luz, que normalmente era blanca y potente, ahora era muy tenue y difusa. Eso le daba un aire tétrico a la pequeña sala de espera.

Además, había personas que antes no estaban: una señora con su bebé y una pareja con un niño de unos seis años. Hugo supuso que habían llegado cuando él fue por su billetera, así que, sin darle importancia, se dirigió a donde sabía que estaban las mujeres de su familia y, a pesar de no verlas, se sentó.

«Supongo que ya entraron con el pediatra...», se dijo.

Y se dispuso a esperarlas.

El tiempo que pasó en esa sala de espera fue extraño, pues las personas que se encontraban ahí no hablaban y tampoco se movían mucho. El pequeño de seis años era el niño mejor portado que Hugo había visto jamás. Estaba sentado en el piso jugando con unos carritos sin hacer ruido alguno.

Hugo miró su reloj y se dio cuenta de que solo habían pasado tres minutos desde que se sentó, lo cual no tenía sentido, pues sentía que llevaba ahí más de media hora.

En ese momento entró una llamada a su celular. En la pantalla vio que se trataba de su esposa, Vera.

—Hola, ¿todo bien? —contestó Hugo, pensando que tal vez necesitaban que entrara al consultorio.

—¿Dónde estás? —preguntó Vera.

—En la sala de espera.

Hubo un par de segundos de silencio.

—No es cierto, Sonia y yo acabamos de salir con la bebé y no te vimos —dijo Vera.

—Eso no es posible, estoy sentado justo frente a la puerta del consultorio, las hubiera visto salir. —La mente de Hugo estaba trabajando a mil por hora—. ¿Hace cuánto salieron?

—Hace un minuto.

Imposible.

—Es broma, ¿verdad?

—No, ¿cómo va a ser broma? —respondió Vera algo exasperada—. El doctor atendió a la bebé y ya salimos, te estamos esperando abajo para que pagues.

Hugo terminó la llamada y se levantó para bajar las escaleras a toda prisa. Las piezas no encajaban. El corazón le latía en los oídos una sensación parecida al miedo lo invadía con cada paso que daba.

—¡Pensamos que te habías quedado en la camioneta! —exclamó Sonia al verlo—. No te vimos al salir del consultorio.

Hugo negó con la cabeza.

—¿Cuánto duró la consulta?

Sonia se encogió de hombros.

—Fue una cita médica normal, de unos cuarenta minutos.

Hugo volvió a mirar su reloj y, al ver las manecillas, se le erizó la piel. Sonia tenía razón, había pasado más de media hora desde que había ido a la camioneta por su billetera y volvió a la casona. ¡Pero eso no podía ser!

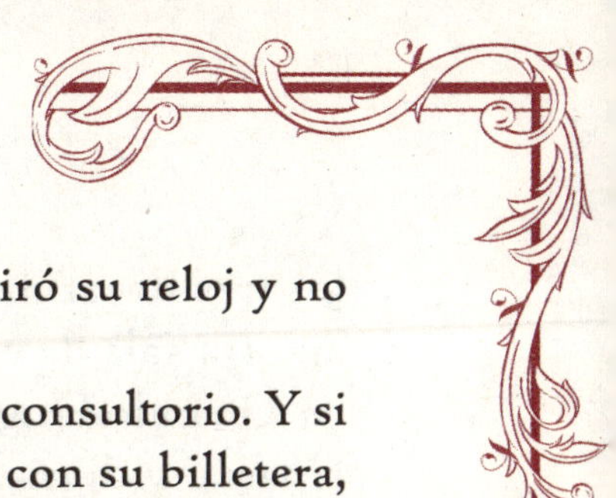

Mientras estuvo en la sala de espera, miró su reloj y no habían transcurrido ni cinco minutos.

Además de eso, jamás las vio salir del consultorio. Y si hubieran salido antes de que él volviera con su billetera, se las hubiera encontrado en las escaleras.

—¿Estás bien? Te ves muy pálido —dijo Vera.

—Al salir del consultorio, ¿vieron a otros pacientes? —preguntó Hugo temeroso.

Vera se quedó pensativa.

—Sí, había una jovencita con gemelos.

Hugo explotó y le contó a su familia su versión de los hechos. Vera y Sonia lo miraron con extrañeza, evidentemente no creían lo que les estaba diciendo. La bebé empezó a desesperarse, y a Hugo no le quedó más que ir a pagar la consulta.

—Disculpe, ¿usted ha estado aquí todo el tiempo? —le preguntó Hugo a la señora de la recepción.

—Así es, mi compañera faltó el día de hoy, así que no puedo moverme si no hay nadie más atendiendo la recepción.

Hugo asintió, aceptando la realidad.

No tenía idea de qué era lo que había pasado, pero distintas ideas, cada una más descabellada que la otra, empezaron a dispersarse en su cabeza.

Una vez pagada la consulta, toda la familia regresó a la camioneta. En el regreso a casa, Hugo aprovechó para relatar con lujo de detalle su versión de los hechos, y su familia hizo lo mismo. Mientras intercambiaban información, ambas partes cayeron en cuenta de que nada de lo que decían coincidía.

Al final, tanto Vera como Sonia le creyeron y entre

los tres llegaron a la siguiente teoría: Hugo había estado en otra sala de espera, en una dimensión paralela.

Cuando Hugo me contó esta historia, me pareció fascinante y digna de compartir, porque te deja pensando, ¿cierto? O por lo menos te hace cuestionar varias cosas: ¿cómo es posible que hayan transcurrido más de cuarenta minutos en lo que se sintió como solo cinco? ¿Será que el tiempo transcurre de forma distinta de una dimensión a otra? ¿Es posible cruzar entre dimensiones? O... ¿siquiera existen otras dimensiones?

Hugo cree que sí. Yo también. ¿Qué opinas tú?

Desde ese día, Hugo ha regresado varias veces a la casona para acompañar a su nieta a sus consultas con el pediatra, pero no ha vuelto a ocurrir nada raro. No le ha tocado volver a visitar la otra sala de espera.

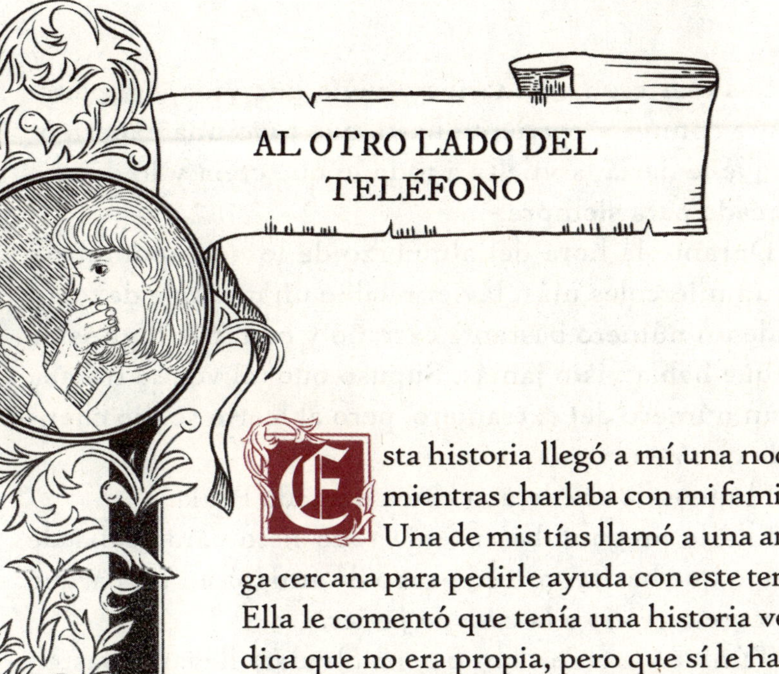

AL OTRO LADO DEL TELÉFONO

Esta historia llegó a mí una noche mientras charlaba con mi familia. Una de mis tías llamó a una amiga cercana para pedirle ayuda con este tema. Ella le comentó que tenía una historia verídica que no era propia, pero que sí le había ocurrido a un amigo cercano.

Cuando mi tía me contó esta historia, me sonó bastante improbable pero de lo más intrigante, así que el día de hoy quiero relatártela a ti, para que tú decidas si la crees o no.

Ocurrió en Buenos Aires, Argentina, a principios de la primera década de este siglo. Javier era un hombre de veintitantos años que trabajaba como oficinista en una empresa sin renombre alguno. Tenía cabello castaño, piel clara y una mandíbula atractiva, sin embargo, estos rasgos no lo hacían resaltar entre los demás.

Sus días eran ordinarios y vivía una vida completamente común y corriente hasta que tuvo una experiencia que le daría la vuelta a todo lo que creía y lo dejaría marcado para siempre.

Durante la hora del almuerzo de lo que apuntaba a ser un miércoles más, Javier recibió un mensaje de texto desde un número bastante extraño y con más dígitos de los que había visto jamás. Supuso que tal vez se trataba de un número del extranjero, pero al leerlo se dio cuenta de que no era así.

El mensaje era de una chica llamada Paula.

Ella le preguntaba si tenía todo listo para el día de campo que harían con su grupo de amigos en un parque bastante cercano a la casa de Javier.

También le recordaba que no olvidara llevar el pastel, ya que era esencial para celebrar el cumpleaños de su amigo.

Javier se tomó unos segundos para analizar el mensaje. Era evidente que el número estaba equivocado. Reconocía el parque y, curiosamente, un amigo suyo también cumplía años en la misma fecha, pero no había ningún día de campo planeado ni mucho menos le había tocado encargarse del pastel.

Se rascó la barbilla pensando ignorar el mensaje y seguir como si nada, pero los hilos del destino movieron sus dedos y decidió que respondería, con tal de no perjudicar el plan de esta desconocida.

Javier: Hola, discúlpame, pero creo que tienes el número equivocado.

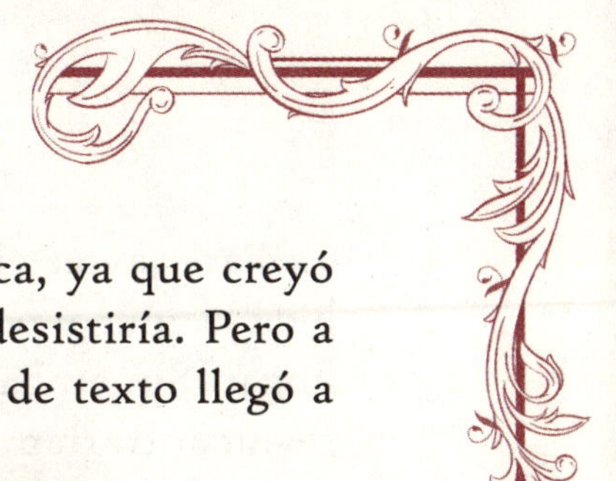

No pensó que fuera a recibir una réplica, ya que creyó que al darse cuenta del error, la chica desistiría. Pero a los pocos segundos, un nuevo mensaje de texto llegó a su teléfono.

Paula: Oh, vaya. Tal parece que nos quedaremos sin el postre. Una lástima.

Las comisuras de los labios de Javier se alzaron al leer la respuesta. Algo en esta le había gustado, así que decidió escribirle una vez más.

Javier: Si llevo el pastel, ¿puedo unirme a la celebración, aunque seamos desconocidos?

Paula lo tomó con humor y la conversación siguió con naturalidad.

Los días fueron pasando y Javier no intentó ir a la reunión en el parque, pero sí continuó en contacto con Paula a través de mensajes.

Lentamente, ella se fue colando dentro de su corazón y, después de un par de meses, Javier se sentía completamente enamorado de ella. Un día decidió confesárselo y recibió una respuesta positiva por parte de Paula. Ella le correspondía.

Decidieron al fin conocerse en persona, ya que al parecer, ambos vivían relativamente cerca y tal vez incluso se habían cruzado sin saberlo. Eligieron una fecha conveniente para los dos y, para conmemorar aquel primer mensaje que se enviaron, tomaron la decisión de verse en el parque que mencionaron cuando se conocieron de forma virtual.

Para Javier esto funcionaba perfecto, ya que conocía bien la zona y podía llegar al parque caminando desde su hogar. Sin embargo, debían decidir en qué punto exacto se encontrarían, pues era un espacio bastante extenso.

Paula mandó las instrucciones de dónde sería el tan esperado encuentro, pero Javier notó algo un tanto extraño. Ella indicó que debían verse en el punto donde la calle Cerezo se cruzaba con la calle Buganvilia. Según Paula, sería fácil encontrarse y reconocerse allí, ya que esta zona del parque tenía unas bancas de tonos llamativos y un distintivo carrusel.

Javier se quedó un poco pensativo cuando vio el mensaje. Si bien era cierto que esa área del parque era así de atractiva, la calle Buganvilia no cruzaba con la calle Cerezo, sino con otra de nombre completamente distinto.

Decidió no dar importancia a los detalles y se alistó para conocer en persona a quien había despertado en él los tan conocidos revoloteos en la boca del estómago.

Sintiendo hormigas de nerviosismo por todo el cuerpo, se peinó y se aseguró de que su aliento oliera a menta. Pensó en llevar flores, pero tal vez era demasiado, así que al final optó por no hacerlo.

Una vez en el parque, se arrepintió y consideró correr a una florería por un ramo, pero se contuvo y se quedó sentado en la banca, con los pies inquietos debido a que la expectativa no dejaba que su cuerpo parara de vibrar.

El parque estaba casi vacío ese día, con excepción de una anciana que tejía en la banca frente a él. El aire olía a pasto recién cortado y Javier revisó su reloj de muñeca para ver cuánto faltaba para la hora del encuentro.

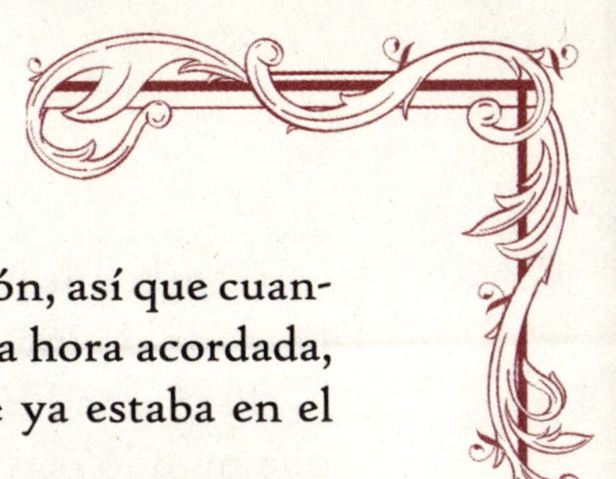

Había llegado con bastante anticipación, así que cuando solo faltaban un par de minutos para la hora acordada, decidió enviar un mensaje avisando que ya estaba en el lugar.

Javier: Ya estoy aquí. Estoy en una de las bancas.

Paula: Yo también ya estoy aquí.

Su estómago dio un salto. Se irguió y revisó toda el área cercana, pero no había absolutamente nadie además de la anciana. ¿Tal vez Paula había querido decir que ya estaba por llegar?

Los minutos siguieron pasando y pronto transcurrió media hora. Javier, sintiéndose extrañado, decidió mandar un mensaje más.

Javier: ¿Está todo bien? ¿Por qué no has llegado?

Paula: ¿De qué hablas? Estoy aquí esperándote.

Javier frunció el ceño.

La única persona frente a él seguía siendo la anciana de semblante amable, pero fuera de ella, no había nadie más en el parque que pudiera ser Paula.

Sintió que un gusano de preocupación se deslizaba por su espalda. ¿Estaría siendo víctima de una broma? Trató de mantenerse confiado, había estado hablando

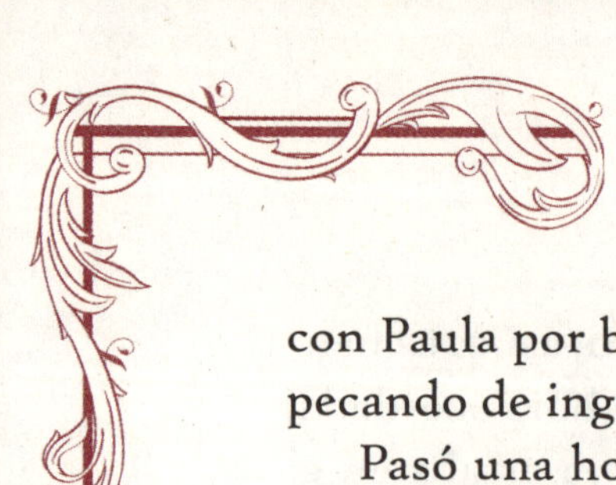

con Paula por bastante tiempo ya, aunque tal vez estaba pecando de ingenuo.

Pasó una hora más y Javier ya se sentía molesto, así que mandó otro mensaje.

Javier: Ya esperé bastante. Si esto es broma, es una de muy mal gusto.

Paula: Lo mismo digo. Estoy justo en las bancas frente al carrusel y me parece de lo más grosero que me dejaras esperando.

Javier pasó saliva, sintiéndose descolocado. Una vez más, la única persona en el parque era la anciana frente a él, quien ya guardaba sus cosas y parecía a punto de irse. El pensamiento de que esta mujer pudiera ser Paula le cruzó por la mente un par de veces, pero en ningún momento la vio con un teléfono en la mano.

Empezó a sudar y hasta se desabotonó un par de botones de la camisa para permitirse respirar mejor. ¿Qué estaba ocurriendo?

Decidió dar un pasó mucho más directo y llamar a Paula en vez de seguir con los mensajes de texto. El teléfono apenas timbró y ella atendió la llamada sonando tan exasperada como Javier se sentía.

—¿De verdad no me estás jugando una broma? —preguntó Javier en tono firme.

—Te digo que no. Estoy en las bancas del lugar en el que quedamos —respondió Paula.

—Repíteme cuál zona es. Tal vez estamos en puntos diferentes del parque —ofreció Javier como posible

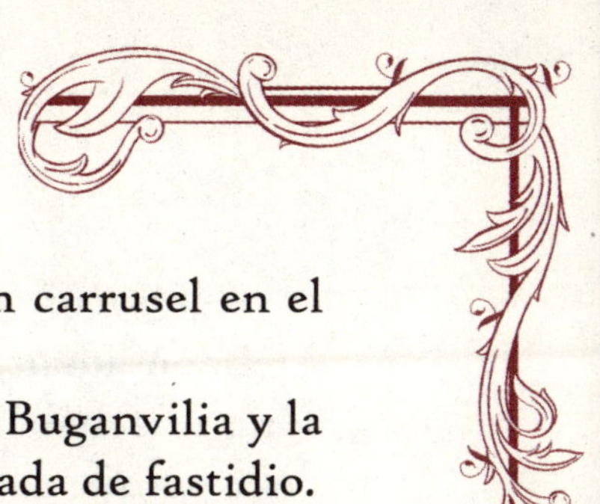

explicación a pesar de que solo había un carrusel en el lugar y era inconfundible.

—Es la entrada que está entre la calle Buganvilia y la calle Cerezo —dijo Paula con la voz cargada de fastidio.

Los engranes en la cabeza de Javier empezaron a girar al tiempo que la llamada empezaba a entrecortarse. Algo estaba ocurriendo, su cerebro parecía querer darle una respuesta que no lograba sostener. Era como intentar atrapar una mariposa que volaba alto y rápido, pero que a veces bajaba para burlarse de él.

—La calle Buganvilia no cruza con la calle Cerezo, cruza con la calle Hortaliza —dijo Javier al fin.

—¿De qué estás hablando? Llevo años viniendo a este parque. No hay una calle llamada Hortaliza —respondió Paula.

La llamada se entrecortaba, Javier sentía que su corazón bombeaba sangre más rápido que nunca en su vida. Se estaba acercando a esa mariposa, lo sabía, pero al mismo tiempo no entendía con qué se encontraría.

—¿Por qué tu número telefónico tiene tantos dígitos? —preguntó Javier con un temblor en la voz que ni siquiera se iba a molestar en ocultar.

Eso hizo que Paula guardara silencio por unos segundos.

—¿Por qué el tuyo tiene tan pocos? —fue su respuesta.

Javier cerró los ojos con fuerza mientras su cerebro creaba un revoltijo de ideas. Probablemente Paula estaba igual, puesto que su siguiente pregunta fue bastante extraña.

—¿Quién es el presidente actual de Argentina? —lo cuestionó titubeando.

Javier dio la respuesta sin pensarlo dos veces.

—¿Quién? —exclamó Paula notablemente confundida.

Era evidente que no tenía ni idea de quién era la persona que había nombrado Javier, lo cual era más que raro, ya que se trataba del presidente de la nación en la que ambos vivían.

Justo en ese instante, los hilos del destino que habían movido a Javier a responder aquel primer mensaje cortaron la comunicación y la llamada se desconectó.

Él intentó remarcar inmediatamente, pero ni siquiera lograba que entrara el tono; después de todo, Paula tenía un número telefónico bastante inusual. Mandó otro mensaje de texto, pero ni siquiera se logró enviar.

A partir de ese momento, Javier jamás pudo volver a contactar a Paula. Lo intentó por días, semanas y meses, pero nunca logró conectarse con ella. El número telefónico no existía, no pertenecía a ningún país.

La decepción se sintió fría como tragar un cubo de hielo. No volvió a saber jamás de Paula, y su corazón terminó por romperse.

En este punto de la historia, la amiga de mi tía le comentó que Javier tenía la teoría de que por un error del destino, había tenido acceso a otra dimensión y una vez que ambos se dieron cuenta, la comunicación se perdió.

Me aseguran que es una historia completamente cierta, pero ¿tú qué opinas? ¿Crees que Javier en verdad tuvo contacto con alguien en una dimensión paralela? ¿O crees que solo fue víctima de una mala broma?

Tal vez no encontramos a nuestra pareja perfecta porque se encuentra en otro plano, buscándonos también.

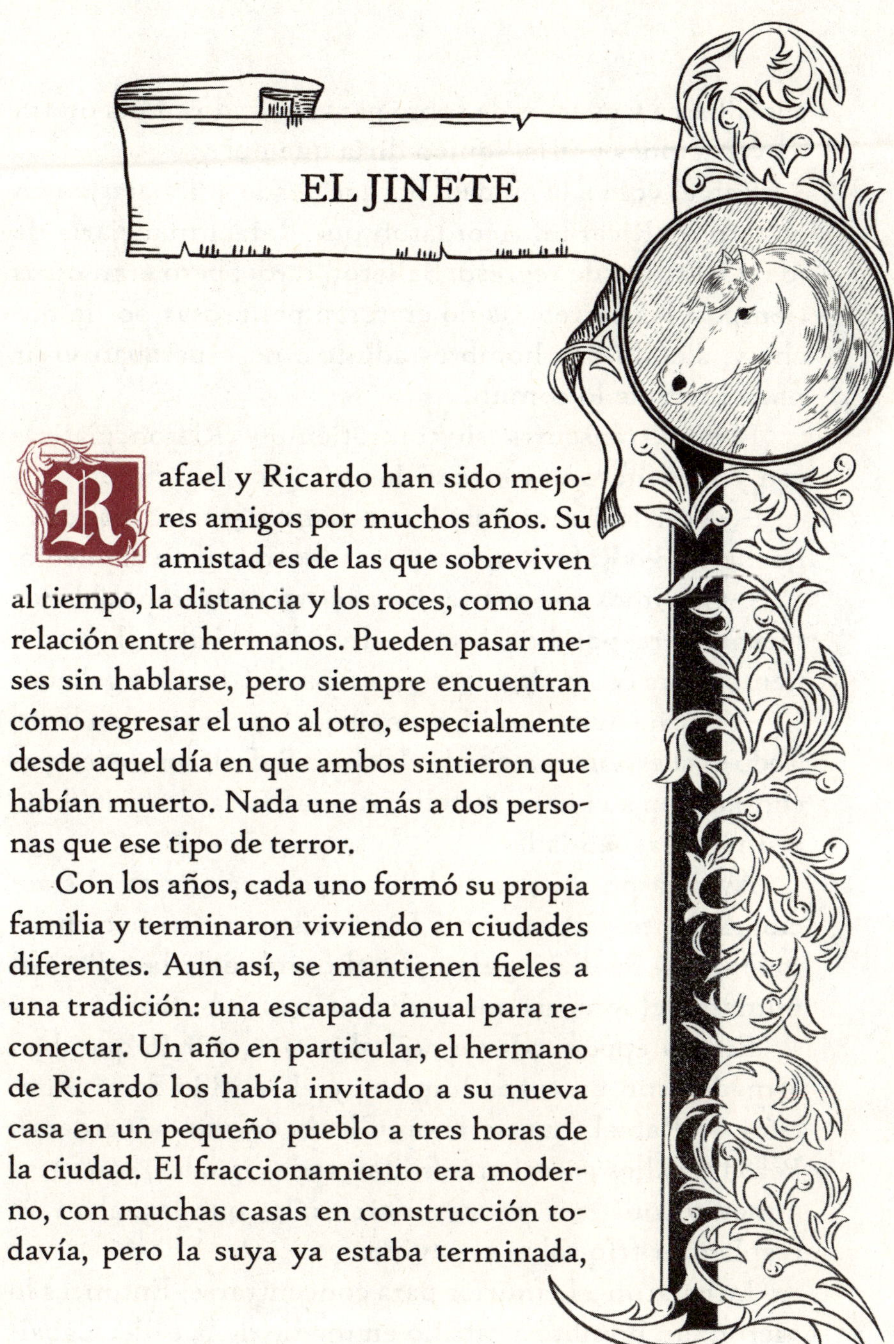

EL JINETE

Rafael y Ricardo han sido mejores amigos por muchos años. Su amistad es de las que sobreviven al tiempo, la distancia y los roces, como una relación entre hermanos. Pueden pasar meses sin hablarse, pero siempre encuentran cómo regresar el uno al otro, especialmente desde aquel día en que ambos sintieron que habían muerto. Nada une más a dos personas que ese tipo de terror.

Con los años, cada uno formó su propia familia y terminaron viviendo en ciudades diferentes. Aun así, se mantienen fieles a una tradición: una escapada anual para reconectar. Un año en particular, el hermano de Ricardo los había invitado a su nueva casa en un pequeño pueblo a tres horas de la ciudad. El fraccionamiento era moderno, con muchas casas en construcción todavía, pero la suya ya estaba terminada,

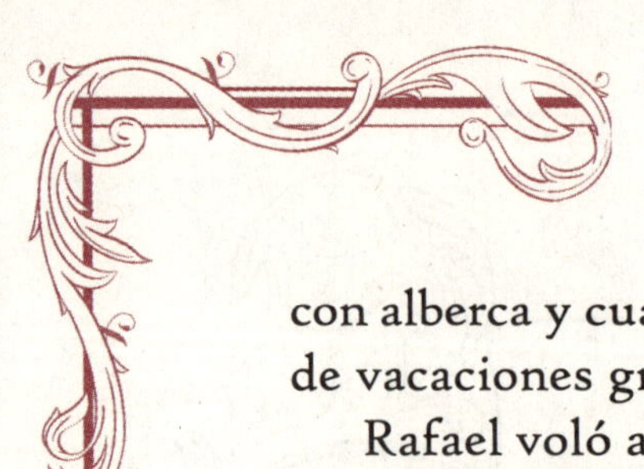

con alberca y cuartos de sobra para invitados. Una oferta de vacaciones gratis, ¿quién diría que no?

Rafael voló a la ciudad, porque desde ahí viajarían en el auto de Ricardo. Acordaron que Rafael manejaría de ida y Ricardo, de regreso. Salieron tarde, pero eran otros tiempos: las carreteras no eran tan peligrosas por la noche y, siendo dos hombres adultos, no esperaban vivir nada fuera de lo común.

El viaje transcurrió sin contratiempos. Rieron, platicaron y escucharon casetes viejos.

—¿Ves? Hicimos muy buen tiempo, son las 8:05 de la noche —dijo Rafael mientras se adentraban en el pueblo.

—Corrimos con suerte. Esta carretera es imposible los viernes —respondió Ricardo, aliviado de haber llegado a tiempo para cenar algo decente y no solo frituras y galletas.

—Te dije que cuando yo manejo, las cosas salen bien. Todo es cuestión de actitud —bromeó Rafael, como siempre confiado en su buena estrella, aunque Ricardo lo atribuía a simple casualidad.

Avanzaron un par de kilómetros más hasta el fraccionamiento. Era enorme. Las casas parecían haciendas modernas. Se distinguían por el nombre de la calle y el número del lote, así que se dispusieron a buscar.

En esa época todavía no había GPS, por lo que iban armados con un mapa impreso y el sentido de orientación de Rafael, que se enorgullecía de nunca perderse. Pero las calles parecían infinitas, todas iguales, con casas a medio construir y luces mercuriales que lanzaban un resplandor frío sobre el pavimento.

Le bajaron a la música para concentrarse. Entonces lo vieron: un hombre a caballo en medio de la calle. Cabal-

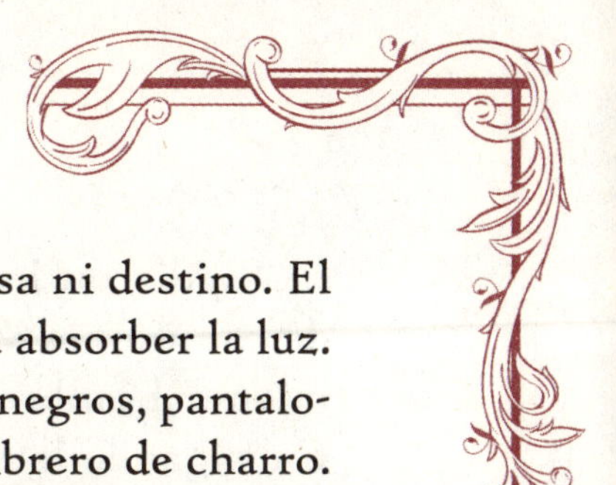

gaba lentamente, como si no tuviera prisa ni destino. El caballo era negro, tan oscuro que parecía absorber la luz. El jinete vestía camisa a cuadros rojos y negros, pantalones de mezclilla , botas negras y un sombrero de charro. Extraño, pero no imposible. Pensaron que tal vez era el vigilante del fraccionamiento, así que decidieron acercarse a pedirle indicaciones.

Cuando se emparejaron con él, bajaron la ventanilla del auto. El hombre los miró y sonrió. Se notaba que era más grande que ellos, aunque no lo describirían como un viejo; más bien, lucía sabio y tenía un aire amigable, una de esas caras que te invitan a hablarles.

—Buenas noches —saludó Rafael—. Buscamos el lote 33. ¿Nos puede orientar?

—Ya es tarde para andar por estos rumbos. No es tan seguro como creen —respondió el jinete, aún sonriendo.

—Sí, salimos tarde de la ciudad. Solo queremos llegar, ¿sabe por dónde?

El hombre desvió la mirada hacia el camino, pensativo. Pasaron unos cuantos segundos que hicieron que una sensación extraña invadiera el ambiente, pero no se atrevieron a interrumpir el silencio.

—Todo derecho. Primera vuelta a la izquierda. Al fondo encontrarán lo que buscan.

—Gracias, buenas noches —respondió Rafael, cerrando la ventanilla rápidamente. Había algo en esa sonrisa que lo incomodaba.

—¿Eso fue raro o es mi imaginación? —preguntó Ricardo.

—De seguro es un viejo excéntrico, no hay que darle importancia. Ya casi llegamos y me muero de hambre.

Siguieron las instrucciones. Pero tras unos minutos de camino, lo vieron otra vez. En medio de la calle, el mismo hombre, el mismo caballo, la misma sonrisa. Cabalgando lento y tranquilo. Ricardo sintió como si el corazón se le cayera hasta los pies. Rafael estaba completamente desconcertado.

—No puede ser... —murmuró Ricardo.

—Debe de ser otra persona, no puede haberse adelantado —dijo Rafael, fingiendo una seguridad que no sentía.

—Pásate lento para verlo bien, pero no te detengas —sugirió Ricardo, sintiendo cómo el ambiente se tensaba. Todo parecía... incorrecto.

Rafael así lo hizo y se comprobó lo que temían: era el mismo jinete. Su sonrisa inquebrantable no se había movido ni un milímetro y los miraba con placidez mientras pasaban junto a él.

—No puede ser —exclamó Rafael, intentando convencerse de que solo era una coincidencia. Tal vez el hombre había tomado un atajo para espantarlos.

—Esto me da mala espina, avanza por donde nos dijo para ver si encontramos la calle donde vive mi hermano.

—No sé si confío en él. Vuelve a sacar el mapa, busquemos otra ruta y así perdemos al señor. No me gusta su jueguito —propuso Rafael.

Tomaron una ruta distinta a la que les había indicado el jinete y, después de un par de calles, lo vieron otra vez.

—Rafael... —dijo Ricardo en voz baja—. ¡Ahí está de nuevo!

Por tercera vez, ahí estaba el jinete, la misma persona, en su caballo negro.

Rafael sintió cómo algo en él se quebraba y empezó a

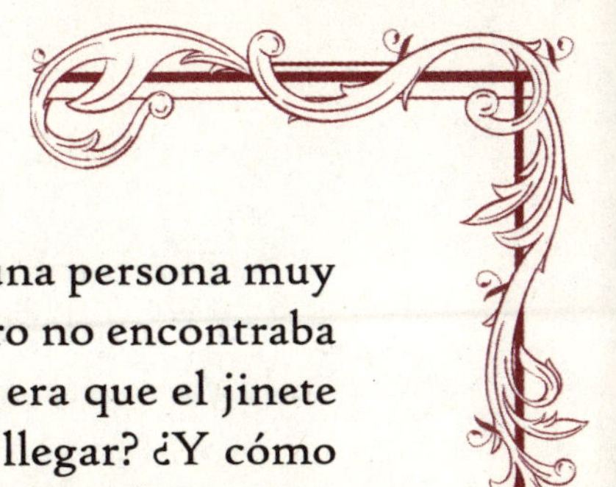

dudar de sus propias convicciones. Era una persona muy racional y no creía en lo paranormal, pero no encontraba una explicación lógica para esto: ¿cómo era que el jinete aparecía frente a ellos sin que lo vieran llegar? ¿Y cómo llegaba antes? ¿Cómo era que parecía estar en todas partes?

El aire dentro del auto parecía más denso. Esto no era gracioso.

—Le voy a preguntar la dirección otra vez —dijo Rafael en un tono más sombrío.

Se acercaron de nuevo, lentamente. El jinete los miró, tenía los ojos más negros que Rafael había visto. Su sonrisa ahora le pareció artificial. Como si estuviera pegada a su rostro, forzada. No lucía humana.

—Disculpe otra vez —comenzó Rafael, tratando de sonar tranquilo—, nos perdimos, no encontramos el lote 33, ¿nos podría repetir el camino?

—Esta no fue la dirección que les di —respondió el jinete. Su tono era el mismo, pero ahora sonaba un poco más… siniestro—. Les dije que todo derecho y en la primera a la izquierda, ¿se creyeron más listos que yo?

—No, claro que no. En serio nos perdimos, si pudiera decirnos cómo llegar desde donde estamos, se lo agradeceríamos.

—Todo derecho y en la primera vuelta a la izquierda. Al fondo encontrarán lo que buscan —indicó el jinete, usando las mismas palabras de antes.

—Gracias, buenas noches —dijo Rafael y aceleró, vigilando al jinete desde el retrovisor.

El hombre los observaba fijamente, manteniendo esa maldita sonrisa que les erizaba la piel. Dieron vuelta a la izquierda, tal como les indicó. No querían hacerlo enojar.

—¿Tú también sientes que esto no es normal? —preguntó Ricardo, con voz temblorosa—. Tal vez morimos en la carretera o algo así...

—Sí. No sé si estamos muertos, atrapados en una dimensión rara o qué demonios, pero le voy a hacer caso. Si llegamos al purgatorio o a la casa de tu hermano, me da igual. Solo quiero dejar de conducir.

También quería dejar de ver al jinete, pero no lo dijo en voz alta. ¿Su mente le estaba jugando trucos o todas las casas se veían iguales?

—Solo sigue sus instrucciones y veamos a dónde llegamos —dijo Ricardo.

La figura del jinete se fue haciendo pequeña en el retrovisor, pero su sonrisa seguía visible. Siempre visible.

Cuando ya estaban lo bastante lejos como para ya no distinguir la cara del jinete, Rafael se concentró en el camino. Estaba determinado a avanzar hasta llegar a su destino. Podía sentir físicamente el terror de su amigo; era tan envolvente que estaba intoxicándolo. Quería que esto se terminara. No llevaban mucho tiempo en este lugar, pero ya estaba harto.

—Si estamos muertos, por lo menos morimos juntos —dijo Ricardo con resignación.

—Por lo menos —contestó Rafael entre broma y no.

Subieron una loma que les impedía ver el camino. Al bajarla, vieron el final de una calle y algo curioso ocurrió: un zumbido del que no se habían percatado hasta entonces se apagó. El aire se sintió más ligero y familiar.

Y de pronto, frente a ellos estaba el lote 33.

Se estacionaron y se miraron, incrédulos y felices a la vez. Bajaron del auto en silencio, muy confundidos por

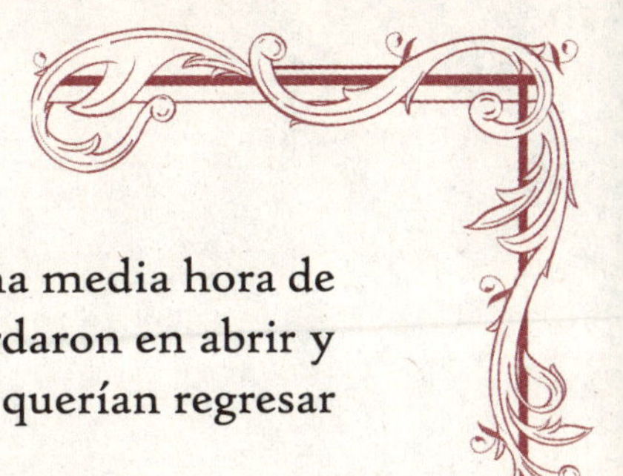

lo que habían experimentado en la última media hora de su existencia. Tocaron la puerta, pero tardaron en abrir y eso les causó algo de ansiedad, pues solo querían regresar a la normalidad.

Cuando la puerta se abrió, el hermano de Ricardo apareció en pijama, despeinado y somnoliento.

—Pensé que ya no llegarían hoy y el sueño me ganó. ¿Necesitan que les ayude a bajar sus cosas?

—No sabía que ahora eres de los que se duermen temprano —dijo Ricardo.

Su hermano alzó una ceja.

—¿Temprano? ¡Ya casi son las dos de la mañana!

Ambos voltearon lentamente hacia el reloj de la pared. Marcaba la 1:55 a. m.

Se quedaron mudos. Eso no era posible. Habían llegado al pueblo a las 8:05 p. m. y estuvieron perdidos tal vez unos veinte minutos, se habrían dado cuenta si hubiera pasado tanto tiempo, ¿no? ¿Qué había ocurrido? ¿Dónde habían estado durante esas casi seis horas que perdieron?

No dijeron nada esa noche ni nunca, nadie iba a creerles, pero, hasta el día de hoy, hay varias preguntas que los persiguen en sueños:

¿Quién era ese jinete? ¿Una advertencia? ¿Un guardián? ¿Un eco de otro mundo?

Lo único que saben con certeza es que esa sonrisa, aquella sonrisa que parecía cosida a un rostro que no era completamente humano, los siguió hasta que salieron del otro lado.

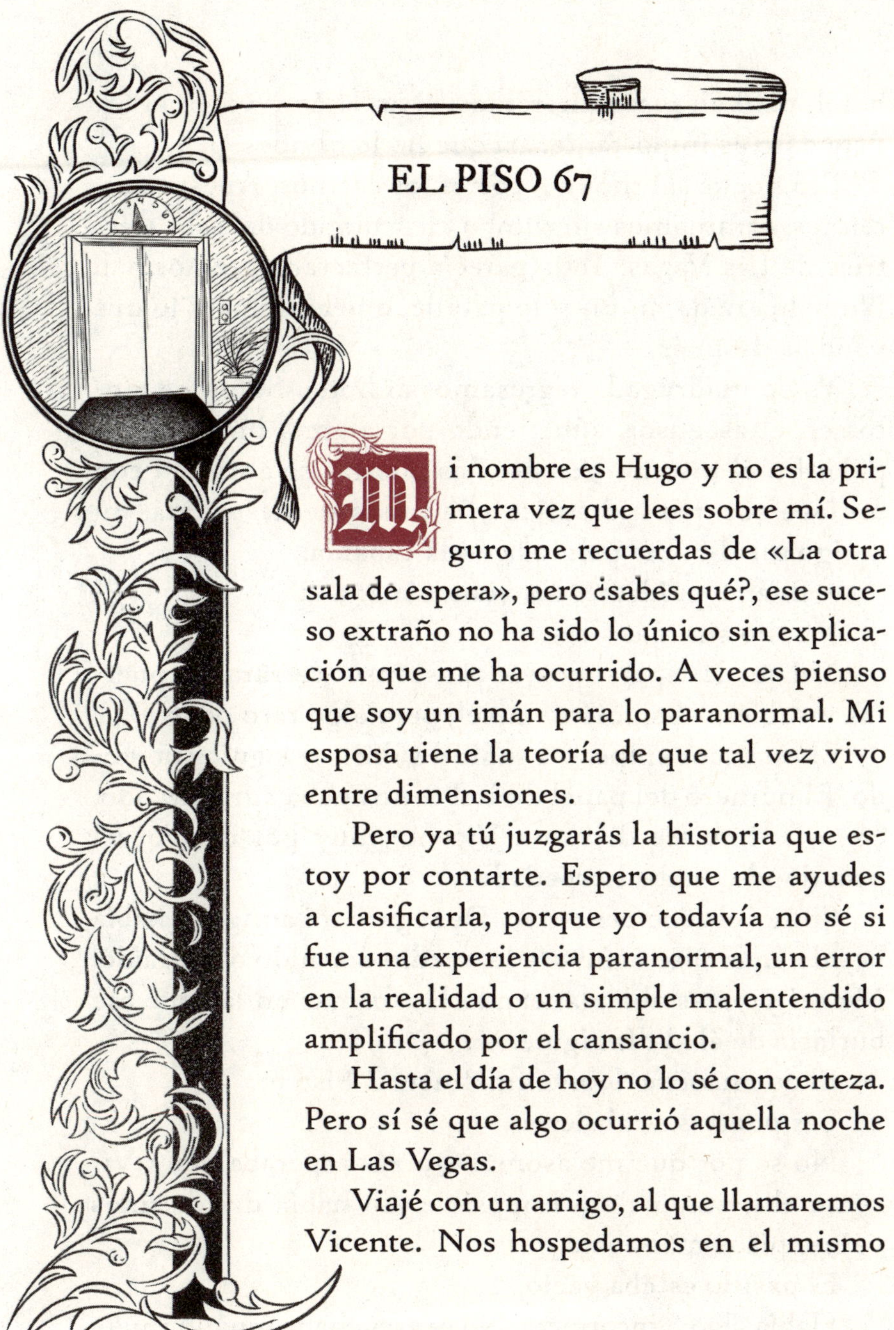

EL PISO 67

Mi nombre es Hugo y no es la primera vez que lees sobre mí. Seguro me recuerdas de «La otra sala de espera», pero ¿sabes qué?, ese suceso extraño no ha sido lo único sin explicación que me ha ocurrido. A veces pienso que soy un imán para lo paranormal. Mi esposa tiene la teoría de que tal vez vivo entre dimensiones.

Pero ya tú juzgarás la historia que estoy por contarte. Espero que me ayudes a clasificarla, porque yo todavía no sé si fue una experiencia paranormal, un error en la realidad o un simple malentendido amplificado por el cansancio.

Hasta el día de hoy no lo sé con certeza. Pero sí sé que algo ocurrió aquella noche en Las Vegas.

Viajé con un amigo, al que llamaremos Vicente. Nos hospedamos en el mismo

hotel, pero en pisos diferentes: él en el 67 y yo en el 68. Este dato es importante, así que no lo olvides.

Esa noche salimos a recorrer los casinos. Apostamos, reímos, caminamos sin rumbo, disfrutando del caos eléctrico de Las Vegas. Todo parecía perfectamente normal. No había nada, ni un solo detalle, que anticipara lo que vendría después.

Ya de madrugada regresamos al hotel. Subimos juntos en el ascensor, aún riendo por alguna broma estúpida. En el piso de Vicente, las puertas se abrieron con un leve susurro hidráulico y, a modo de despedida, mi amigo me dio una palmada en la espalda.

—Bueno, cuídate. Nos vemos mañana.

Y salió sin más.

Me quedé esperando que el ascensor cerrara sus puertas y subiera al siguiente nivel, pero algo raro ocurrió.

El ascensor empezó a subir y subir... y siguió subiendo. El número del panel digital continuaba aumentando, como si hubiese dejado a Vicente muy por debajo del piso donde estaba hospedado.

Fruncí el ceño pensativo. De seguro mi amigo se había bajado en el piso equivocado, medio dormido o distraído. Me reí y ya estaba planeando las formas en las que me burlaría de él al día siguiente.

El ascensor se detuvo finalmente. Piso 67.

Las puertas se abrieron.

No sé por qué me asomé. Quizás esperaba ver a Vicente allí, aunque era imposible. Lo había dejado unos veinte pisos más abajo.

El pasillo estaba vacío.

Había algo... incorrecto. No se escuchaba ningún ruido.

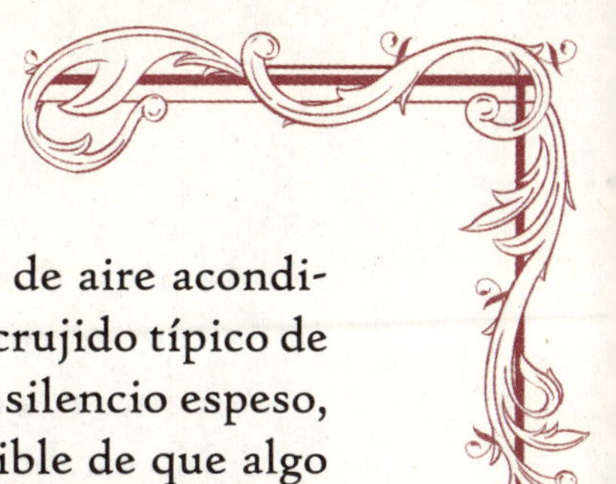

No se oía el zumbido lejano del sistema de aire acondicionado, ni el eco de pasos, ni siquiera el crujido típico de una estructura envejecida. Solo había un silencio espeso, antinatural. Y una sensación inconfundible de que algo no estaba bien, como si aquel pasillo no perteneciera al hotel, como si no perteneciera al mundo que conocía.

Algo en mí sintió la urgencia de bajar del ascensor ahí mismo, de explorar, como si me estuvieran llamando desde el fondo del pasillo del piso 67. Una curiosidad oscura que me erizó la piel.

Pero no me moví.

Las puertas se cerraron solas, y el elevador finalmente subió al piso 68. Entré en mi habitación, me acosté en la cama y traté de dormir, aunque esa sensación me persiguió incluso entre sueños.

Al día siguiente, durante el desayuno, no pude evitar mencionarlo.

—Te pasaste —le dije a Vicente con una sonrisa—. ¿Cuándo te diste cuenta de que te bajaste en el piso equivocado?

Vicente frunció el ceño.

—¿De qué hablas?

—Anoche te bajaste como en el piso 40, después el ascensor subió un montón antes de detenerse en tu piso, el 67.

Vicente me miraba confundido, como si genuinamente no supiera de lo que estaba hablando.

—No... —dijo al fin—. Yo me bajé en el piso 67 y llegué directo a mi habitación.

Me reí, pensando que me estaba jugando una broma.

—¡Claro que no! Te bajaste mucho antes. ¡Subí como

veinte pisos después de que saliste del ascensor! Y luego se detuvo en tu piso.

Vicente negó con la cabeza.

—No estaba tan borracho, si me hubiera bajado en otro piso, me habría dado cuenta. Te digo, llegué a mi habitación sin problema.

Intenté explicarle lo ocurrido, pero él simplemente lo descartó, como si no tuviera importancia, como si yo lo hubiera imaginado todo.

Hasta hoy no sé qué sucedió realmente esa noche.

¿Un fallo en el sistema del ascensor? ¿Una alucinación? ¿Un error en la realidad? ¿O será que, por unos minutos, crucé a otra dimensión?

No sería la primera vez que me pasaba.

A mí me gusta describir estos sucesos como un pequeño desliz en la lógica del mundo, en el que algo se desajustó y me permitió cruzar, por un instante, a una dimensión paralela.

Lo ocurrido en el ascensor no tuvo testigos, Vicente insiste en que tal vez bebí más alcohol del que pensaba, como suele pasar en Las Vegas, pero no fue así. Esa noche estaba bastante sobrio y yo sé lo que vi. Y, más que eso... sé lo que *sentí*: una curiosidad insaciable, casi irresistible; una urgencia oscura de salir y explorar aquel pasillo imposible en cuanto las puertas del ascensor se abrieron.

A veces me pregunto qué habría pasado si hubiera salido, pero algo me dice que hice lo correcto al no bajarme en el piso 67.

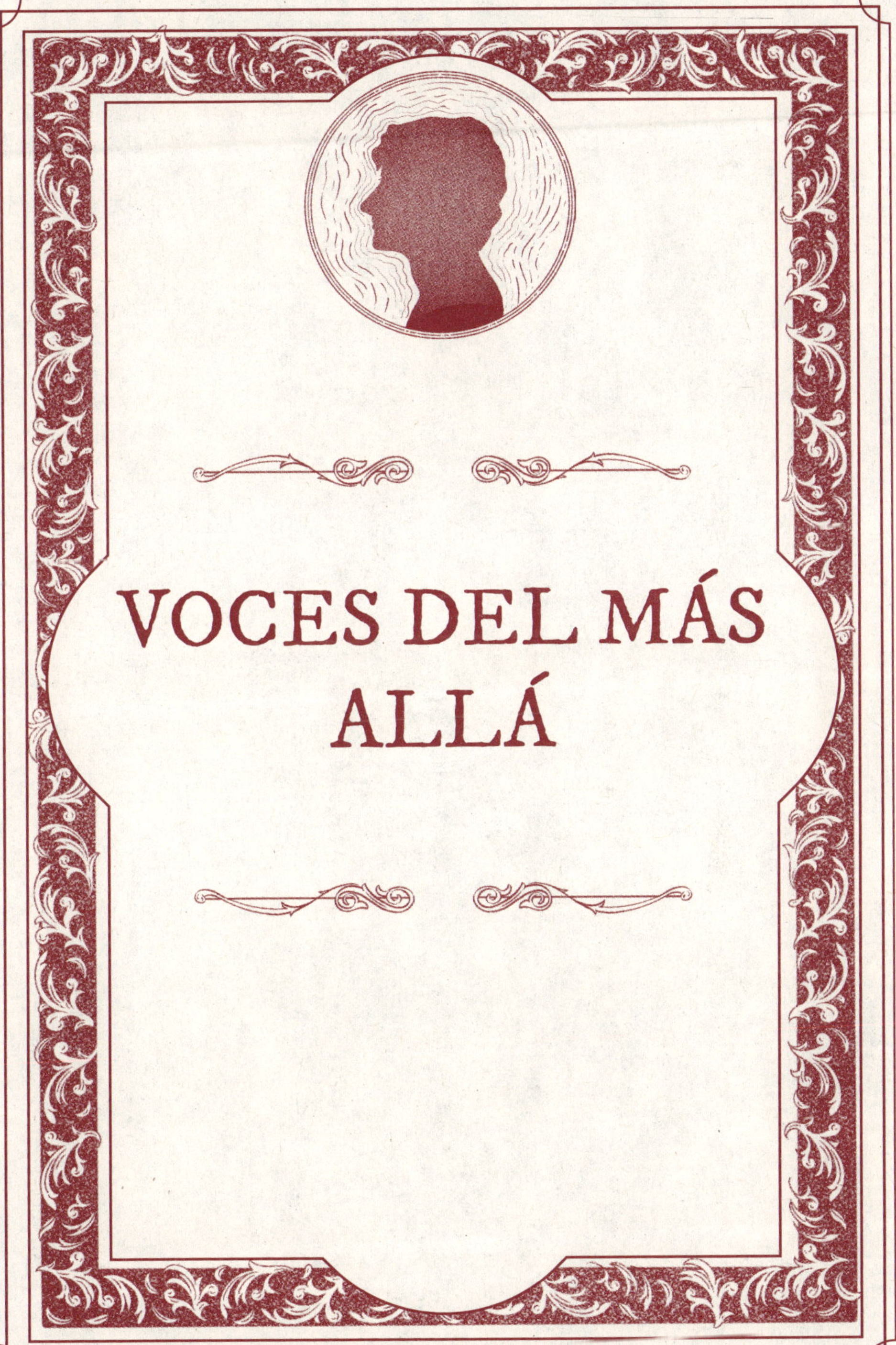

VOCES DEL MÁS ALLÁ

MI OTRO YO

Siempre me he considerado una persona abierta a las posibilidades: es posible que no seamos los únicos en este universo; es posible que haya almas errantes entre nosotros; es posible que tengamos vidas pasadas y también... vidas paralelas. A pesar de que creo que todo esto (y más) puede suceder, también creo que no hay forma de comprobarlo. Pero ¿qué pasa cuando sí?

Lo que me ocurrió apenas el año pasado me hace pensar que las posibilidades no son solo eso.

Todo empezó en mi casa.

Mi familia y yo llevamos cuatro años habitándola. La casa era propiedad de una mujer que practicaba brujería, lo que ha desencadenado un sinfín de experiencias paranormales en nuestro hogar, pero la más grave es la que estoy por relatar.

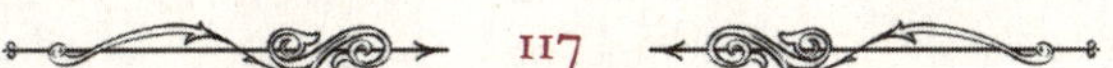

La primera vez que escuché de mi otro yo fue gracias a mi hermano.

Esa noche yo había salido a cenar con mis amigas y cuando llegué a casa subí directo a mi habitación. Estaba todo muy oscuro y antes de entrar pude ver una sombra en la puerta que da a mi vestidor. El corazón se me aceleró y me quedé paralizada.

—¿Quién anda ahí? —pregunté.

—Soy yo —respondió una voz que reconocí al instante: era mi hermano—. ¿Acabas de llegar?

Yo suspiré aliviada al escucharlo.

—Sí, pero ¿qué haces en mi cuarto? —pregunté al tiempo que entraba y encendía la luz.

Mi hermano se quedó callado por unos instantes, pero al verlo bien me percaté de que estaba bastante pálido.

—¿Estás segura de que acabas de llegar? —insistió.

Yo reí con algo de nerviosismo.

—Sí, no he estado en casa en todo el día.

—Es que acabo de escuchar tu voz en el vestidor —dijo mi hermano—. Me estabas llamando con mucha insistencia y por eso vine a buscarte.

Un escalofrío recorrió mi espalda y ahora fue mi turno de quedarme callada mientras asimilaba lo que mi hermano me estaba contando. Decidimos restarle importancia, pues era obvio que había sido su imaginación, ¿no?

Pero ¿cuáles son las probabilidades de que toda la familia empiece a imaginar lo mismo? Algo muy extraño estaba pasando, porque hubo una segunda vez que escuché de mi otro yo, pero ahora por mi hermana.

En esa ocasión solo nos encontrábamos ella y yo en casa. Recuerdo muy bien que estaba por anochecer y

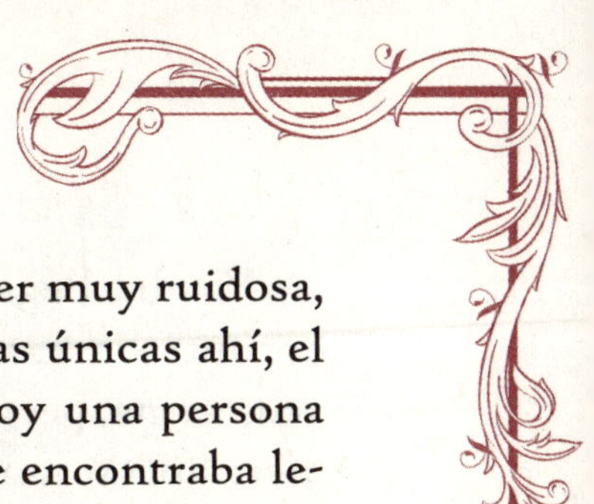

todo era silencio. Nuestra familia suele ser muy ruidosa, pero al ser nosotras (y nuestra perrita) las únicas ahí, el lugar estaba anormalmente tranquilo. Soy una persona que disfruta mucho ese tipo de paz y me encontraba leyendo recostada en la cama.

Estaba completamente sumergida en la lectura, y cuando mi hermana entró a mi cuarto con cara de fastidio, ni siquiera me di cuenta.

—Ya deja de gritar, Claudia —se quejó mi hermana—. ¿Qué quieres?

Yo dejé mi libro y la miré extrañada.

—¿De qué hablas? ¿Quién está gritando?

—¡Tú! —insistió ella.

Eso hizo que me sentara.

—No he abierto la boca en horas, yo no estaba gritando.

—Claro que sí, me estabas llamando. Te juro que te escuché, ¡por eso vine!

Es difícil expresar lo que sentí en ese momento, había sucedido de nuevo: una segunda persona que escuchaba una voz igual a la mía, pero que no era yo; alguien o algo estaba intentando hacerle creer a mis familiares que estaban hablando conmigo. ¿Qué era lo que los estaba llamando? ¿Por qué usaba mi voz?

Mi teoría era que tal vez se trataba de una entidad en la casa que se estaba alimentando de mí. El miedo aumentó cuando se me cruzó el pensamiento de que existía la posibilidad (como dije, soy una persona abierta a posibilidades) de que dicha entidad quisiera tomar mi lugar. Eso comenzó a quitarme el sueño por las noches.

La tercera incidencia también fue a través de mi hermana, pero esa vez hubo algo diferente... y más tangible.

Yo iba llegando a casa de un viaje de trabajo. Me encontraba bastante cansada y lo único que quería era acostarme, pero mi hermana me detuvo antes de que pudiera entrar a mi cuarto.

—Tengo que contarte algo —dijo ella.

Su seriedad me alarmó un poco.

—¿Qué pasó?

—Vi a tu otro yo.

Fue como si el suelo debajo de mí se esfumara; sentí que me caía, pero me sostuve de la pared. Hasta ese momento, solo habían escuchado a mi otro yo, ¿pero verlo? Este era otro nivel.

—¿Cómo que lo viste?

—Sí, era igualita a ti. Yo estaba en la cocina y la vi pasar desde la entrada hasta la sala —dijo mi hermana—. Pensé que eras tú, pero luego recordé que estabas de viaje.

—¿Estás segura?

—¡Sí! Hasta traía un vestido que te gusta mucho.

—¿Cuál?

—Uno verde.

Eso me dejó sin aire.

Yo solía tener un vestido verde con flores que usaba bastante, era largo y casual, perfecto para la primavera. Y digo «solía tener» porque el vestido desapareció. No me di cuenta en el momento, sino hasta que un día quise ponérmelo y me percaté de que no estaba en mi vestidor. Lo busqué por todas partes y no apareció. Jamás lo volví a ver.

Pero mi familia no sabía que se había perdido. Nunca se lo comenté a nadie.

—¿Un vestido largo y con flores?

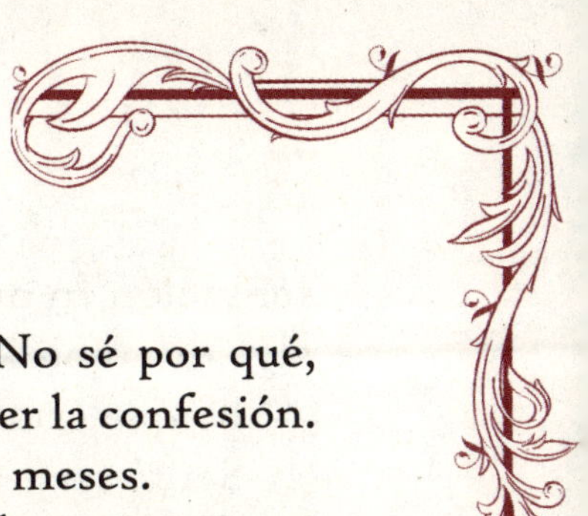

—Justo ese.

Tardé unos segundos en responder. No sé por qué, pero sentí que debía reunir valor para hacer la confesión.

—Ese vestido está perdido desde hace meses.

Mi hermana se preocupó, pues al igual que yo, no entendía cómo era posible que la entidad tuviera mi vestido. ¿Lo había robado? ¿Era tangible al grado de que podía usar mi ropa?

Esa noche le platiqué lo que ocurría a mi mejor amiga, muy conocedora del mundo espiritual y paranormal, y me dijo que su teoría era distinta a la mía. Ella pensaba que era más probable que no se tratara de una entidad viviendo en mi casa, sino de una versión de mí misma en otra dimensión.

Otro yo que estaba existiendo al mismo tiempo que *yo*.

Me pareció que su teoría tenía mucho sentido, pero lejos de tranquilizarme, me abrió un mundo entero de nuevas posibilidades; la más aterradora se relacionaba con el temor de que alguien quisiera reemplazarme. Que ese otro yo estuviera buscando la manera de ocupar mi lugar en esta dimensión.

La primera vez que estuve en contacto directo con mi otro yo fue en mis pesadillas... ¿o no? Estoy casi segura de que todo fue a través de un sueño, pero...

Una parte de mí estaba sumamente despierta.

Era de noche y el reloj indicaba que pasaban de las cuatro de la madrugada. Yo me encontraba acostada en la cama, tratando de conciliar el sueño. Estaba bocarriba, con los ojos cerrados, cuando de pronto sentí que algo se trepaba encima de mí. Al inicio pensé que se me había subido el muerto, pero como ya había experimentado esa

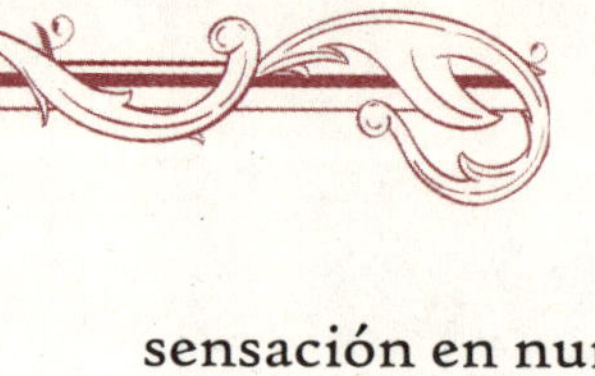

sensación en numerosas ocasiones, supe que esta vez era algo diferente.

Lo que estaba sobre mí quería estrangularme.

Sentí unas manos rodeando mi cuello con fuerza y eso hizo que abriera los ojos al instante. Lo que vi me dejó helada.

Era yo.

Encima de mí, intentando estrangularme, estaba mi otro yo. Mis propios ojos... sus ojos... me miraban de forma extraña; estaban vacíos, pero su expresión era burlona, como si supiera que yo no tenía oportunidad contra ella. Traté de forcejear, pero mi cuerpo estaba paralizado. Intenté gritar, pero mi garganta estaba cerrada. Quería llorar, pero no era capaz de hacer nada. El terror me invadió de una forma que jamás había experimentado y recuerdo que pensé: «Va a matarme y tomará mi lugar».

La idea me hizo salir del trance.

Logré moverme y lo primero que hice fue empujarla y sentarme. Escuché con claridad cómo su cuerpo impactó contra el piso y cuando tomé mi teléfono celular para alumbrar el cuarto..., ya no estaba.

No había nada. No había nadie.

Me abracé a mí misma y me di cuenta de que estaba temblando. Todavía podía sentir sus manos heladas en mi cuello y en ese momento percibí a mi otro yo más real que nunca.

Después de esa noche no hemos vuelto a escucharla, tampoco la hemos visto. Pero no voy a negar que una parte de mí vive con el miedo de que siga en la casa. De que vuelva por mí e intente robarse mi lugar.

Que intente volverse yo.

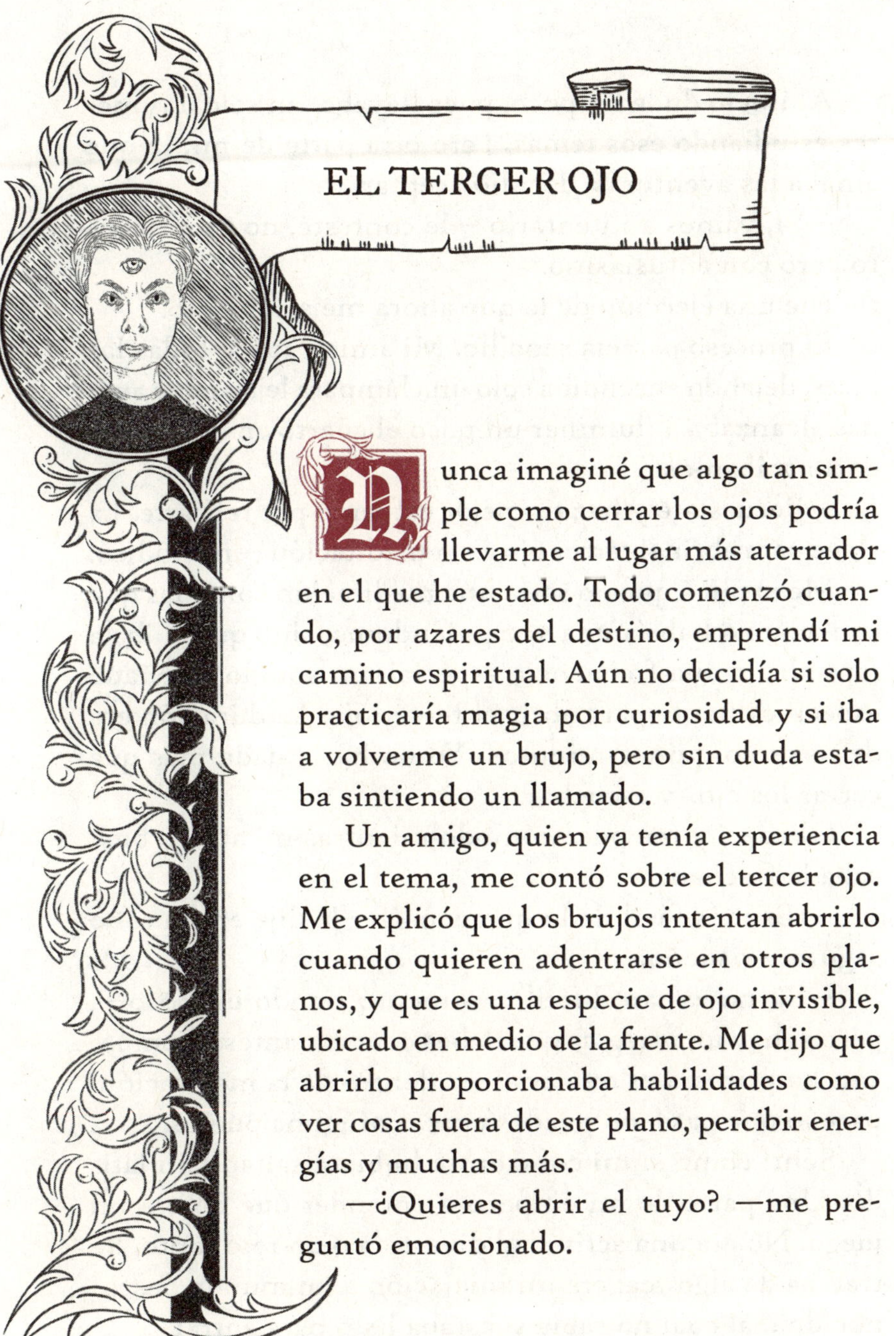

EL TERCER OJO

Nunca imaginé que algo tan simple como cerrar los ojos podría llevarme al lugar más aterrador en el que he estado. Todo comenzó cuando, por azares del destino, emprendí mi camino espiritual. Aún no decidía si solo practicaría magia por curiosidad y si iba a volverme un brujo, pero sin duda estaba sintiendo un llamado.

Un amigo, quien ya tenía experiencia en el tema, me contó sobre el tercer ojo. Me explicó que los brujos intentan abrirlo cuando quieren adentrarse en otros planos, y que es una especie de ojo invisible, ubicado en medio de la frente. Me dijo que abrirlo proporcionaba habilidades como ver cosas fuera de este plano, percibir energías y muchas más.

—¿Quieres abrir el tuyo? —me preguntó emocionado.

Al inicio dudé un poco, pues llevaba tan solo dos meses estudiando esos temas. Pero otra parte de mí, la que amaba las aventuras, decidió aceptar.

—Sí, vamos a intentarlo —le contesté, no muy seguro pero con entusiasmo.

Fue una elección de la que ahora me arrepiento.

El proceso parecía sencillo. Mi amigo apagó todas las luces, dejando encendida solo una lámpara lejana que apenas alcanzaba a iluminar un poco el cuarto en el que nos encontrábamos.

—Recuéstate y haz tu mejor esfuerzo por relajarte. La clave para abrir el tercer ojo es la meditación —me indicó.

Me explicó que no sería una meditación como las que conocía; no habría una voz guiándome, sino que él iba a reproducir una frecuencia especial: un sonido diseñado específicamente para abrir el tercer ojo. La duración era de tan solo quince minutos. Yo no haría nada más que cerrar los ojos y escuchar.

Obedecí y me puse cómodo mientras mi amigo buscaba la frecuencia.

—¡Es más fácil de lo que pensé! —le dije en un tono seguro y risueño.

—Sí, no es tan difícil —comentó riendo un poco—, pero sí hay unas reglas que debes conocer antes de empezar. La primera es que una vez dentro de la meditación, pase lo que pase, no puedes cruzar ninguna puerta.

Sentí como si mi corazón se hubiera saltado un latido. Una parte de mí empezó a entender que no era un juego. No era una actividad divertida o un reto tonto. Se trataba de algo rea: era mi iniciación a un mundo desconocido... al cual no sabía si estaba listo para entrar.

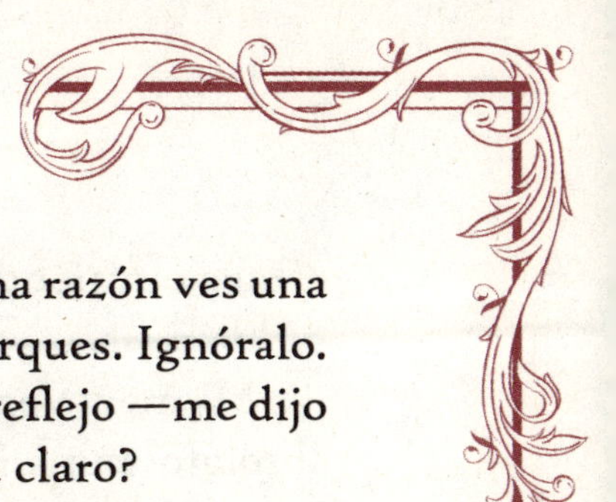

—La segunda regla es que, si por alguna razón ves una especie de espejo o algo similar, no te acerques. Ignóralo. Y hagas lo que hagas, no intentes ver tu reflejo —me dijo en tono serio, poco común en él—. ¿Está claro?

Tenía miedo, pero no se lo dije.

—Sí.

Mi amigo tomó su celular, y sin decir nada más, reprodujo el audio de la frecuencia especial para abrir mi tercer ojo.

Desde el segundo uno supe que acababa de cometer un error. Apenas empezó sentí que algo no estaba bien. Esa frecuencia no era solo un zumbido o una vibración. Era... algo vivo, como si el sonido tuviera una especie de energía.

Sentí que el cuarto se enfriaba, y percibí una presencia que no era la de mi amigo, como si hubiera una tercera persona con nosotros, observando desde uno de los rincones de la habitación. Todo mi cuerpo se tensó. Sentía como si esa presencia invisible se estuviera acercando lentamente hacia mí.

Apenas llevábamos unos minutos escuchando la frecuencia y ya me encontraba paralizado del terror. Ya no quería seguir.

Quise abrir los ojos, quise decirle a mi amigo que parara, pero mi cuerpo dejó de responder a mis órdenes, como si se estuviera apagando. Me repetía una y otra vez que esto era normal, que era parte del proceso, pero no lograba tranquilizarme.

Los minutos pasaron. El sonido continuó y poco a poco me aclimaté a él. Hasta que todo cambió.

El sonido se transformó. Lo que ya de por sí era aterrador se quedó corto frente al sonido que la frecuencia estaba emitiendo ahora, si es que se le podía llamar «sonido» a *eso*.

Mi mente entró en pánico. De repente, pasé del negro absoluto a una imagen nítida. Estaba viendo un poste de luz y sobre él un cartel, el cartel de un desaparecido. De un niño desaparecido.

Su rostro parecía asustado, y tenía dos grandes equis negras marcadas sobre los ojos.

Algo me helaba desde adentro. Experimenté una sensación inmensa de preocupación, como si ese cartel fuese una amenaza, una muestra de lo que me iba a suceder si no paraba lo que estaba haciendo. Traté de moverme, traté de hablar, pero no pasaba nada.

Entonces la escuché.

Una voz atrás de mí.

Pasado un instante, ya no veía el cartel. Estaba dentro de un cuarto completamente oscuro. Pero no era un cuarto físico: era un vacío. Un abismo.

Sin embargo, no estaba solo.

Aunque no podía ver nada, sabía que estaba ahí. Que había algo en el vacío conmigo. No lo podría describir como algo humano, pero tampoco estoy seguro de qué era. Solo tenía la certeza de que estaba a mi alrededor, abarcándolo todo.

Tal vez ni siquiera se trataba de una sola cosa, pues por momentos me parecía una multitud.

Me observaban, se reían y bailaban a mi alrededor, como si disfrutaran de mi miedo. Cada vez más cerca y cada vez más reales. Yo intentaba moverme, despertar del trance, pero no podía. Siendo consciente de que no estaba soñando, me parecía estar en una pesadilla.

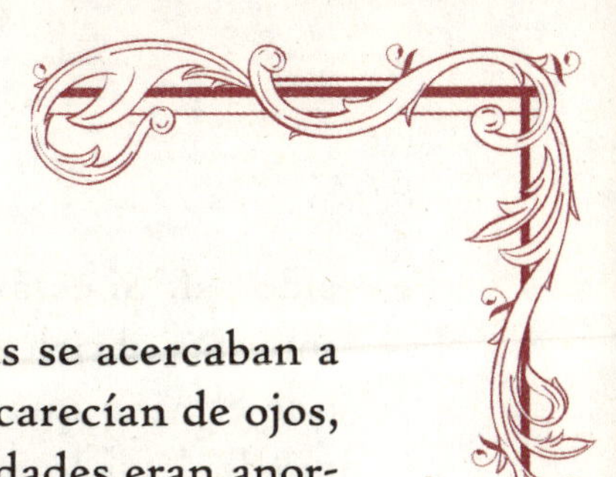

Esto era real. Estaba en peligro.

Pasaron los minutos y, mientras más se acercaban a mí, más notaba los detalles. Esas cosas carecían de ojos, su silueta era humana, pero sus extremidades eran anormales, largas y diferentes a cualquiera que hubiera visto antes. Sus dedos deformes me apuntaban y querían tocarme. Algo me decía que si lo lograban, me atraparían para siempre. O tal vez me convertiría en una de ellas.

Sin aviso la frecuencia se detuvo.

Volví. Recuperé de golpe el control de mi cuerpo. Me quedé unos minutos en silencio, tratando de asimilar lo que había ocurrido. Temblando, miré a mi amigo, y le conté todo. Él me escuchó en silencio y me dijo algo que jamás voy a olvidar.

—En este mundo nosotros somos como postes de luz en la oscuridad —aseguró—. Cuando una entidad maligna ve una de esas luces, no puede evitar acercarse. Quieren robarle a los vivos.

Tragué saliva.

—¿Robar qué?

—Eso... ni siquiera yo lo sé.

Seguimos platicando sobre lo ocurrido por un rato, pero decidimos que lo mejor era agradecer que no me había pasado nada y dejarlo así.

Hasta el día de hoy sigo sin saber lo que realmente aconteció aquella noche. Pero a veces me pregunto qué hubiera pasado si me hubiese quedado cinco minutos más en ese lugar, en ese oscuro vacío, lleno de cosas malignas, donde yo no era yo..., sino solo una pequeña chispa de luz a punto de apagarse.

Mi tercer ojo jamás se abrió, y agradezco que haya

sido así. Si estás leyendo esto, hazme un favor y nunca intentes abrirlo. Yo tuve suerte, pero no dejo de pensar que el niño que vi en el cartel con los ojos tachados no puede decir lo mismo.

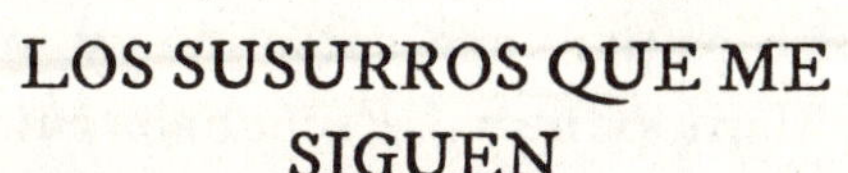

LOS SUSURROS QUE ME SIGUEN

Cuando era niño le tenía miedo a la oscuridad. No era algo raro, muchos niños le temían. Pero en la adolescencia entendí que mi miedo no era a la oscuridad en sí, sino a lo que se escondía dentro de ella.

Tenía dieciséis años cuando empecé a dormir en una habitación yo solo. Era un cuarto común con todo lo necesario: una cama, un escritorio, mis cosas y un vestidor conectado al cuarto. Este vestidor era tanto para mi ropa como para guardar cosas de la casa que ya no tenían lugar.

Con el tiempo me acostumbre a dormir solo, pero muy en el fondo no me sentía a gusto, porque aunque no tenía nada fuera de lo normal, no podía deshacerme de la sensación de que algo estaba mal con mi cuarto.

A veces sentía como si algo me estuviera

observando en la oscuridad, esperando el momento en el que cerrara los ojos para acercarse más y más.

Por mucho tiempo fue así. Escuchaba ruidos que no sabía si venían de la casa o de mi mente, y a veces amanecía con marcas en la piel o pequeños rasguños. No eran cosas graves, pero sí lo suficientemente extrañas como para cuestionarme si lo que estaba viviendo era normal.

Todo cambió una noche.

Eran las cuatro de la madrugada, había terminado mis pendientes y me preparaba para dormir. Me acosté, listo para cerrar los ojos e intentar conciliar el sueño, pero de pronto escuché mi nombre:

—Patricio.

Fue apenas un susurro, pero lo oí con claridad.

Me congelé. Mi cuerpo no reaccionó. Lo volví a escuchar, esta vez más claro:

—Patricio.

Lo volví a escuchar, esta vez más claro.

—¿Andrea? —pregunté, sin moverme. Usualmente mi hermana mayor me jugaba bromas, pero esto era demasiado.

Nadie respondió. El silencio inundó el cuarto.

Me levanté lentamente. No puedo explicar por qué, pero algo me instaba a acercarme al vestidor. Caminé hasta la puerta, y justo antes de tocarla, los escuché: susurros. Rápidos. Como si muchas voces hablaran al mismo tiempo en un idioma que no conocía y ni siquiera estaba seguro de que existiera. Parecía un balbuceo desesperado, como si alguien hablara con la lengua trabada.

—No es gracioso —dije, forzando la voz con la esperanza de que alguna de mis hermanas saliera de ahí, riéndose.

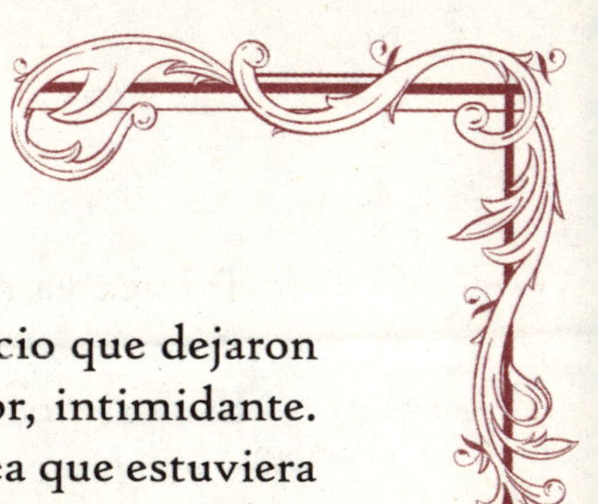

Pero no sucedió.

Los susurros se detuvieron, y el silencio que dejaron fue aún peor. Era un silencio perturbador, intimidante. Lo único que se interponía entre lo que sea que estuviera en el vestidor y yo era una puerta entreabierta.

En un momento de claridad lo único que pensé fue «estoy en peligro».

Corrí para salir de mi cuarto y al abrir la puerta me topé con mi mamá, quien me miró con una mezcla de confusión y molestia.

—¿Con quién estás hablando? —me preguntó.

—No estoy hablando con nadie, mamá —le respondí, tratando de sonar tranquilo, aunque claramente me veía conmocionado.

—Llevo rato escuchándote hablar con alguien —insistió.

Y como no supe qué decirle, opté por la verdad.

—Algo más estaba hablando, pero no sé qué era.

En ese momento, su expresión se inundó de miedo y angustia. Parecía que no era la primera vez que algo así ocurría.

Fuimos juntos hasta la entrada del vestidor. Nos quedamos ahí, sin decir palabra. No se escuchaba nada, pero yo sé que algo estaba al otro lado, esperándonos.

—Hoy no dormirás aquí —me dijo.

Y así fue.

Al día siguiente trajeron a un sacerdote de la iglesia local. Bendijo el cuarto, rezó un poco, y me dio unos amuletos sagrados. Me dijo que había logrado sacar lo que habitaba en mi cuarto. Me aseguró que fuera lo que fuera, ya se había ido.

Tal vez ya no estaba en mi vestidor, pero a mí no me abandonó.

Es curioso, pues han pasado los años y ya ni siquiera vivo en esa casa, pero durante noches en las que todo está completamente en silencio y la oscuridad es más profunda de lo usual, lo puedo sentir. Cerca de mí.

Todavía no sé qué es lo que quiere.

Sigo sin entender los susurros.

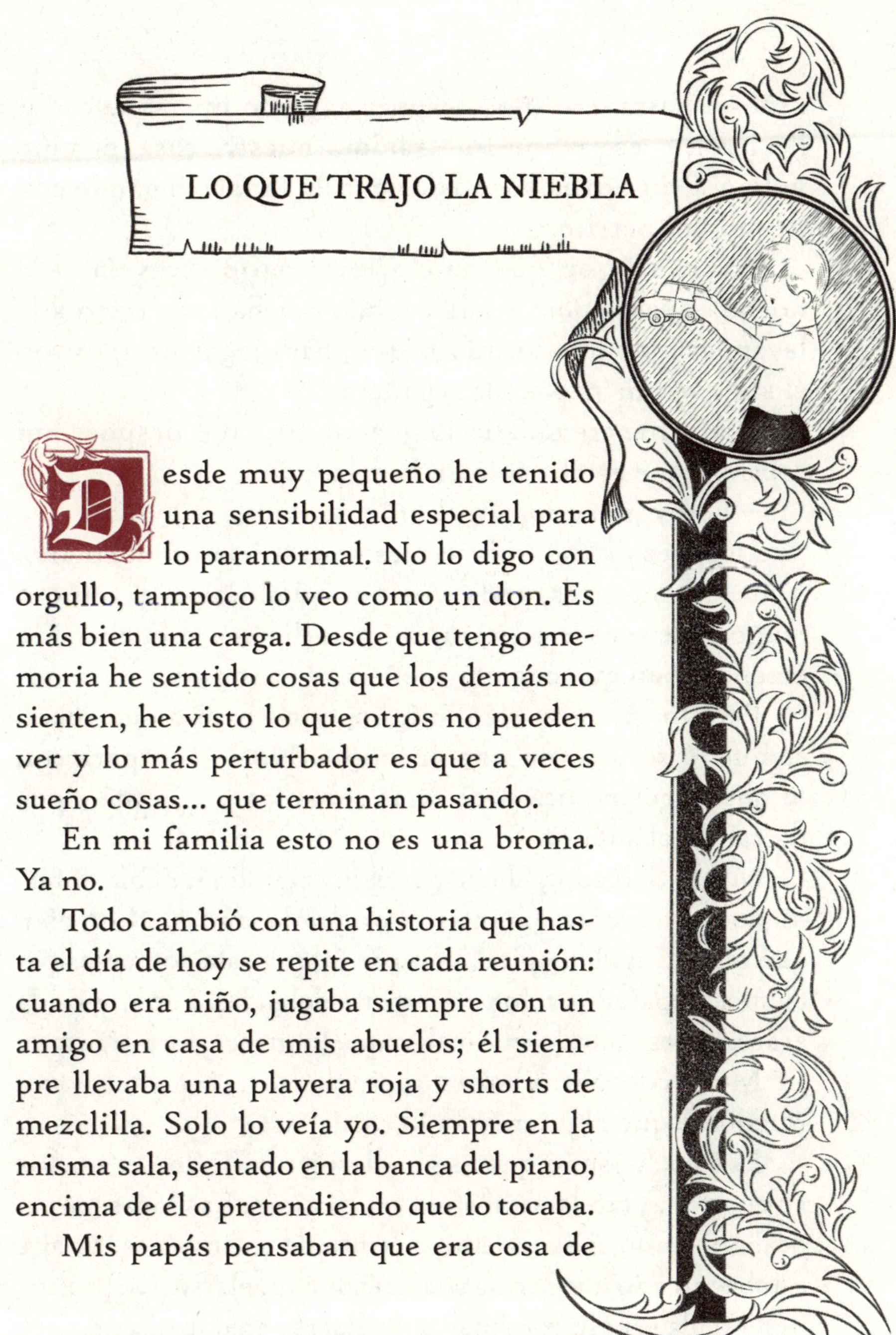

LO QUE TRAJO LA NIEBLA

Desde muy pequeño he tenido una sensibilidad especial para lo paranormal. No lo digo con orgullo, tampoco lo veo como un don. Es más bien una carga. Desde que tengo memoria he sentido cosas que los demás no sienten, he visto lo que otros no pueden ver y lo más perturbador es que a veces sueño cosas... que terminan pasando.

En mi familia esto no es una broma. Ya no.

Todo cambió con una historia que hasta el día de hoy se repite en cada reunión: cuando era niño, jugaba siempre con un amigo en casa de mis abuelos; él siempre llevaba una playera roja y shorts de mezclilla. Solo lo veía yo. Siempre en la misma sala, sentado en la banca del piano, encima de él o pretendiendo que lo tocaba.

Mis papás pensaban que era cosa de

niños... hasta que años después, cuando mis abuelos fallecieron y ese piano fue traído a nuestra casa, el niño volvió. Primero en sueños. Luego en la sala, jugando con Bruno, mi perrito.

Yo insistía en que no era imaginario. Lo veía cada noche al pasar por la sala cuando bajaba en secreto a la lavandería donde dormía Bruno, para jugar un rato con él sin que mis papás me regañaran.

Nadie me creyó... hasta que un día, años después, mi sobrino, que estaba solo en la sala, dijo:

—Estoy jugando con el niño de rojo.

Después de eso, mis padres se deshicieron del piano. Y desde entonces, cada vez que sueño algo extraño o tengo una sensación rara, mi familia me escucha. Me creen. Saben que cuando sueño hay un motivo.

Pero lo que viví siendo niño, por extraño que fuera, se quedó solo como una anécdota. No se compara con lo que experimenté hace unas semanas y que me sigue quitando el sueño.

Mi tío Salvador, el hermano de mi mamá, había enfermado gravemente. Lo internaron por semanas. No sabían qué tenía. En el hospital, compartía una sala con otros pacientes, separados solo por cortinas delgadas. Fue en una de esas noches cuando vivió algo que lo marcó para siempre.

Me lo contó con voz baja, sin pausas, como si tuviera miedo de que alguien más lo escuchara.

Esa noche soñó que estaba despierto. Todo era igual a su cuarto... pero la atmósfera era distinta. Las luces parpadeaban, como si estuvieran a punto de extinguirse. El aire estaba tan frío que sentía sus huesos congelarse. De pronto, una niebla espesa comenzó a deslizarse bajo la puerta.

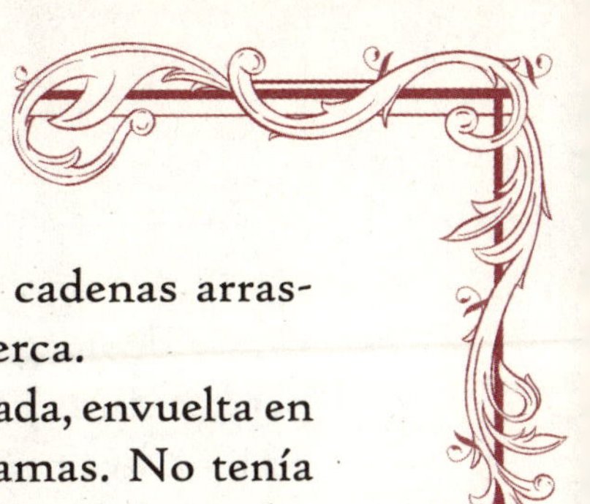

Y entonces lo escuchó: un sonido de cadenas arrastrándose por los pasillos, cada vez más cerca.

De la niebla surgió una figura encapuchada, envuelta en trapos negros, que se deslizó entre las camas. No tenía rostro, solo era una oscuridad profunda bajo la capucha y con cada paso traía más frío. Más dolor.

Mi tío estaba paralizado. «Es por mí. Viene por mí. Hasta aquí llegué», pensó.

Pero, aunque parecía que así era, la figura pasó de largo... y se detuvo frente a otra cama.

Entonces los monitores comenzaron a pitar. Una enfermera gritó, varios doctores corrieron y él despertó. Una mujer al otro lado del cuarto había muerto.

Desde entonces, mi tío nunca volvió a ser el mismo. Estaba más frágil, más distraído. Por las noches gritaba entre sueños:

—¡Viene por mí! ¡Está cerca! ¡Está cerca!

Su esposo, Joaquín, lo cuidaba como podía, pero cuando tuvo que salir de la ciudad, mis papás ofrecieron que se quedara en nuestra casa. Ocuparía el cuarto vacío de mi hermano, justo frente al mío.

Yo estaba nervioso, no por tenerlo ahí, sino por mis sueños previos.

Siempre era la misma pesadilla en la que alguien cercano moría. No sabía quién, no sabía cuándo, pero lo sentía... como una sombra sobre el pecho al dormir.

Una noche no pude más y se lo conté a mis papás. Sus rostros se pusieron serios. No respondieron nada, pero sus miradas se llenaron de temor. Todos lo pensamos... aunque nadie lo dijo: tal vez los sueños eran sobre mi tío Salvador.

Todo transcurrió tranquilo los primeros días. Jugábamos videojuegos, paseábamos a Bruno (aunque ya era un perro viejito y no aguantaba mucho) y salíamos a andar en bici. Era mi tío favorito. Y a pesar de pasarla increíble durante el día, por las noches la ansiedad volvía acompañada de la misma pesadilla.

Una noche me desperté bañado en sudor. El aire acondicionado no servía para nada. Tomé el celular. Eran las 2:56 a. m.

Me levanté a buscar agua. Al pasar frente a la habitación de mi tío vi su puerta entreabierta. Pero algo... algo me hizo detenerme.

El pasillo de pronto se sentía helado. Una neblina espesa se filtraba desde su cuarto. Volví sobre mis pasos y me asomé desde el marco de mi puerta, justo frente a la suya.

Entonces la vi. Parada junto a su cama, una figura alta, delgada, completamente oscura. No era una sombra, tampoco parecía humana. Era densa, como si absorbiera la luz del cuarto. Estaba inclinada hacia mi tío, inmóvil, observándolo.

Mi cuerpo se congeló por un momento, pero rápidamente recuperé la movilidad y regresé a mi cuarto. Cerré la puerta muy muy lentamente... pero dejé un pequeño espacio entreabierto para seguir mirando.

En un parpadeo, la figura ya no estaba al lado de mi tío. Ahora caminaba hacia mí.

Cerré la puerta de golpe. Me tiré al piso llorando. Respiraba agitado, sin hacer ruido, como si eso pudiera protegerme. No escuché nada. No hubo pasos. Solo el silencio y mi miedo latiendo.

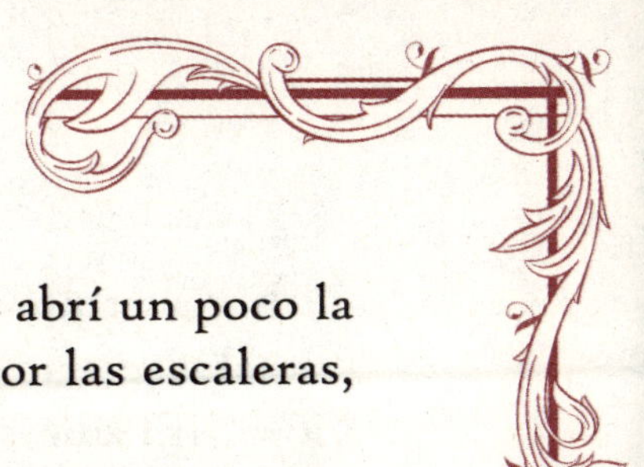

Pasó un minuto y me armé de valor, abrí un poco la puerta… y vi a la figura descendiendo por las escaleras, lentamente.

No sé cuánto tiempo pasó. Volví a mi cama, me cubrí con el cobertor como un niño pequeño. Lloré. Me odié por no haber corrido al cuarto de mi tío, por no haberlo ayudado. La culpa me aplastaba el pecho.

Desperté sobresaltado horas después, al escuchar pasos corriendo por la casa, y luego, el ruido de un motor. Salté de la cama, convencido de lo peor.

Corrí al cuarto de mi tío y estaba vacío.

Revisé el baño: nada.

Grité: «¡¿Mamá?! ¡¿Papá?!».

Solo recibí silencio. La casa estaba vacía. El corazón me latía como si fuera a estallar. No podía respirar.

¿Y si le había pasado algo? ¿Y si aquella cosa vino por él? Corrí escaleras abajo, temblando, esperando encontrar… no sé, algo. Lo que fuera.

De pronto, escuché un sonido. El suave tintineo de una cuchara contra un tazón. Me asomé a la cocina y ahí estaba él.

Mi tío Salvador, tranquilo, comiendo cereal.

Corrí a abrazarlo. Me temblaban los brazos. Noté su sorpresa al apretarlo tan fuerte.

—¿Cómo estás? ¿Te sientes bien?

—Muy bien —contestó.

—¿Dónde están mis papás? —pregunté.

—Salieron a andar en bici temprano… querían aprovechar la mañana.

Le sonreí y me dirigí a la lavandería, donde Bruno dormía en su camita.

Me acerqué y lo acaricié.

—Despierta, flojo... Vamos afuera. —Pero no se movió—. ¡El que se despierte en este instante se gana un paseo al parque! —insistí.

Pero nada.

—Bruno... —Se me cortó la voz, mientras lo sacudía con cuidado.

No hubo respuesta.

Me arrodillé junto a él y lo abracé como cuando era niño. No era solo un perro, era mi compañero de toda la vida. Con quien me escapaba a la lavandería por las noches, con quien jugaba cuando nadie más quería acompañarme, el que siempre me recibía con emoción y cariño.

Mis papás llegaron poco después. Se sorprendieron al verme llorando. No les dije nada, solo los abracé mientras acariciaba por última vez el lomo de Bruno.

El resto del día fue pesado, denso, como si el aire de la casa se hubiera vuelto más espeso. Nadie hablaba mucho. Comimos en silencio. Hasta mi tío Salvador, que usualmente era cálido y bromista conmigo se mostró distante, como si también hubiera sentido algo...

Pensé que tal vez aquella figura se había llevado lo que buscaba, que esa presencia finalmente se había ido.

Pero cuando llegó la madrugada, los gritos comenzaron otra vez. Desde la habitación frente a la mía, la voz de mi tío rompió el silencio como un cuchillo:

—¡Está aquí! ¡Ya casi está aquí...!

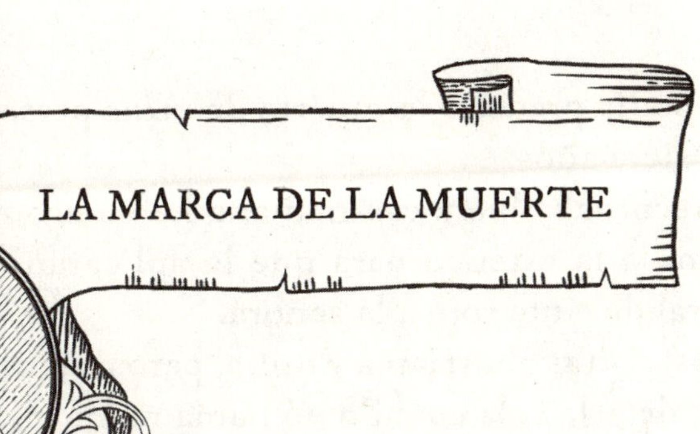

LA MARCA DE LA MUERTE

Emilia nunca le ha tenido miedo a la muerte. Seguramente es porque, desde pequeña, convive con ella a diario.

La familia de Emilia es dueña de una de las funerarias más antiguas de la ciudad de Monterrey y todos sus integrantes están involucrados en el negocio. Emilia y su hermano Polo solían jugar al escondite entre ataúdes vacíos y uno de sus pasatiempos favoritos era ver a su mamá embalsamar cuerpos.

En una historia normal, esto sería suficiente para considerar que Emilia estaba familiarizada con los temas relacionados con el más allá, sin embargo, la realidad es que ella y la muerte estaban conectadas de una forma más definitiva. Más... inquietante.

La primera vez que Emilia se dio cuenta

de que podía predecir la muerte de otras personas, tenía apenas siete años.

Lo recordaba bien: esa mañana había acompañado a su mamá a la estética para que le aplicaran el retoque bimestral de tinte rojo a la señora.

Estas visitas aburrían a Emilia, pero a su madre no le gustaba dejarla sola cuando no había nadie en la funeraria. Así es, la casa de la familia estaba justo en el piso de arriba del negocio.

La cita en la estética se desarrollaba sin percance alguno y para entretenerse mientras esperaba, Emilia leía un libro sobre una niña con poderes de telequinesia y una directora malvada. Era la cuarta vez que lo leía, pues era de sus favoritos.

Llevaba tal vez una hora esperando cuando la puerta de la estética se abrió y entró una viejecita. Era una mujer de unos sesenta años, su apariencia era distinguida y llevaba un bastón para auxiliarse al caminar. Se acercó a la recepcionista y le pidió un retoque de color en el pelo para ocultar sus canas.

—Mi hijo se va a casar en quince días y quiero verme perfecta —dijo la mujer.

Al escuchar eso, Emilia frunció el ceño. No sabía por qué, pero estaba segura de que la señora no iba a llegar a la boda de su hijo. Algo en su interior le decía que estaba a punto de morir.

No dijo nada, pues no lo creyó prudente, pero ya no pudo concentrarse en su lectura.

La viejecita tenía un aura extraña. Era como si una neblina espesa y negra la rodeara de pies a cabeza. A pesar de que era la primera vez que Emilia experimentaba

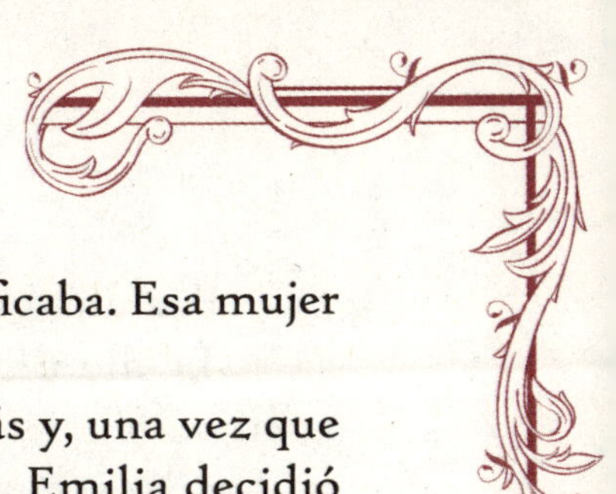

algo así, sabía perfectamente lo que significaba. Esa mujer estaba marcada por la muerte.

La cita de su mamá duró una hora más y, una vez que salieron de la estética y entraron al auto, Emilia decidió contarle a su madre lo que había visto.

—Esa viejita se va a morir pronto —dijo con seguridad.

—¡Ay, Emilia! Esas cosas no se dicen —exclamó su madre al volante—. Además, la señora Catalina no es tan vieja y está perfectamente bien de salud. No andes esparciendo malos deseos.

—No son malos deseos —protestó Emilia—. Yo la vi, mamá. Estaba marcada.

Su madre le dijo que probablemente había imaginado la neblina y que dejara de pensar en eso. Emilia se cruzó de brazos y no habló más del tema. Estaba segura de que no había imaginado nada. Podía *sentir* a la muerte rondando a la viejecita.

De todos modos, la vida siguió normal. Bueno, tan normal como puede ser la vida de una niña que vive rodeada de muertos en una funeraria.

La madre de Emilia era una mujer muy estructurada, por lo que, justo a los dos meses de su última cita volvió a la estética. Emilia tuvo que acompañarla nuevamente, muy a su pesar.

En esta ocasión, para entretenerse, llevaba un libro sobre un pequeño príncipe que iba visitando distintos planetas. Le estaba gustando mucho y estaba muy metida en la lectura, hasta que un suspiro horrorizado la sacó de su burbuja.

—¡No puede ser! ¿Cómo que la señora Catalina falleció? —exclamó su madre.

—Fue una gran tragedia —dijo la estilista con tristeza—. Le dio un infarto una semana antes de la boda de su hijo...

Emilia se quedó paralizada.

A pesar de que ella ya sabía que eso ocurriría, recibir una confirmación tan directa la llenaba de pesar. No le gustaba.

Esa noche, su mamá la llevó a que le hicieran una limpia espiritual, pero nada cambió.

A lo largo de su vida, Emilia siguió anticipando la muerte de las personas. Podía saber que estaban próximas a morir por esa horrenda neblina espesa que las perseguía a todos lados y no las soltaba.

Fue especialmente terrible cuando la neblina envolvió a su abuelo. Emilia comenzó a llorarle antes de perderlo.

Esa habilidad (¿o maldición?) hizo que quisiera alejarse de la muerte tanto como fuera posible, por lo que en cuanto tuvo los medios económicos abandonó el negocio familiar. Ya no quería vivir entre muertos. A los veinticinco años, Emilia emprendió y abrió su propia librería, la cual mantiene hasta la fecha y la hace muy feliz.

Pero la muerte sigue con ella.

A veces la ve en sus clientes, a veces en perritos callejeros, a veces en completos desconocidos. Trata de ignorarla, pero es difícil, especialmente porque la muerte tiene esta manía de hacerse notar, ¿no?

EL ÚLTIMO ABRAZO

Desde que tiene memoria, Lily ha sido sensible a lo que no se ve. Lo que otros ignoran, ella lo percibe: ecos sin voz, presencias que no se dejan nombrar. Sus padres nunca han dudado de ella, sobre todo por lo que ocurría en casa de su abuela, un lugar donde lo inexplicable parecía más cotidiano de lo que debería.

Pero nada la ha marcado tanto como lo que vivió a los diez años.

Aquel día amaneció enferma y no fue a la escuela. Sus padres, obligados a ir a trabajar, decidieron dejarla en casa de su abuela. Aunque el lugar era antiguo y con una atmósfera densa, para Lily siempre había sido un sitio familiar, seguro. Era el hogar donde había reído, corrido y jugado toda su niñez.

La tarde transcurría con calma. Su

abuela lavaba ropa en el jardín, su tía dormía y su tío…, bueno, su tío era otra historia.

Su tío Diego no era como los demás. De niño había sufrido una enfermedad que lo dejó cuadripléjico y sin habla. Vivía en su habitación y siempre estaba frente al televisor. Lily había intentado acompañarlo alguna vez, pero nunca se sentía cómoda. No por él exactamente, sino por algo que parecía flotar en torno a su presencia. Sus ojos a veces se perdían en la nada, como si vieran cosas que los demás no podían ver. A veces murmuraba sonidos extraños; otras, se alteraba sin motivo. Con los años, ella aprendió a quererlo… pero también a mantener la distancia.

Esa tarde jugaba tranquila con sus muñecas cuando las luces parpadearon. Fue apenas un instante, un destello. Lily lo atribuyó al viejo cableado de la casa, pero sintió una punzada extraña en el estómago, una sensación que no supo nombrar. Quiso ignorarla, pero se percató de que estaba comenzando a sentirse bastante mal y decidió dejar su juego para recostarse en el sillón.

Justo cuando se puso de pie, un portazo la estremeció.

El sonido venía del cuarto de su tío y eso la paralizó. Su tío no podía moverse, no había forma de que él hubiera cerrado la puerta con tal fuerza.

—¿Abuela? —llamó con voz temblorosa.

Pero a su alrededor solo hubo silencio.

—¿Tía?

Nadie respondió.

El miedo comenzó a colarse por sus huesos como hielo. Pensó que tal vez su tío se había caído, o algo peor. Lo lógico era ir a verlo, pero su miedo la impulsaba a hacer lo contrario. Eligió ir.

El pasillo era corto pero se volvió interminable. Cada paso le pesaba. El aire parecía espeso. Caminó y luego corrió, impulsada por algo desconocido, que se sentía como un tambor en su pecho.

Abrió la puerta con cuidado.

Su tío Diego estaba allí, sentado frente al televisor. Pero algo en él había cambiado, temblaba sin parar y sus ojos parecían pasmados, como si hubieran visto algo aterrador.

—¿Tío? —susurró—. ¿Estás bien?

Él emitió un sonido gutural, como un intento desesperado de advertencia. No la miraba a ella. Miraba más allá. Algo que Lily no podía ver.

Un escalofrío le recorrió la espalda. Cerró la puerta de golpe y corrió a la sala, con el corazón latiéndole en la garganta. Se lanzó al sillón, se cubrió la cabeza con los brazos y cerró los ojos.

Entonces comenzaron los gritos. Los gritos de su tío. Y después, hubo otro estruendo, más fuerte, más seco, como si la casa entera se hubiera estremecido. Lily levantó la cabeza, desde el sillón podía ver el pasillo, y allí, entre las sombras, *la vio*.

Era una figura alta y delgada como un esqueleto, cubierta por un manto negro. Se deslizaba hacia el cuarto de su tío, pero no caminando, sino flotando.

Nunca en toda su vida había sentido un terror tan absoluto, así que comprendió algo: *eso* era lo que su tío había visto. Eso lo había paralizado.

No podía dejarlo solo, así que luchando contra su instinto de supervivencia, se levantó con dificultad, y corrió hacia el cuarto. Abrió la puerta de golpe... pero no había nada ni nadie más que su tío, que temblaba y tenía

una expresión de puro espanto, la mirada fija y el alma rota. Al ver a su sobrina, sus ojos se suavizaron. Fue un instante de paz en medio del pánico.

Lily se acercó y le ayudó a beber un poco de agua. Después caminó por la habitación, buscó entre los rincones, abrió la cortina y nada. La figura ya no estaba.

Se sentó al lado de su tío.

—Tú también la viste, ¿verdad? —murmuró—. Creo que lo mejor es que nos hagamos compañía.

Y así lo hizo. Le habló de su día, de la escuela, de sus muñecas. Aunque él no podía contestarle, su presencia era respuesta suficiente para hacerla sentir en calma. Pronto la atmósfera cambió, se sentía más liviana.

Luego entró su abuela.

—¿Lily? ¿Qué haces aquí? Te estaba buscando —dijo con tono dulce—. Vente, mi niña. Tus papás ya llegaron.

Antes de irse, Lily se acercó a su tío, lo abrazó con cariño y le dio un beso en la mejilla.

—La pasé muy bien hoy. Nos vemos luego.

Cuando llegó a casa esa noche, algo le oprimía el pecho. Un malestar sutil, pero constante. Como si algo invisible la acompañara.

El teléfono sonó y ella contestó:

—¿Hola?

—Lily…, pásame a tu mamá —dijo su tía Laura, su voz sonaba entrecortada.

Lily obedeció y se quedó allí, a un lado. Su madre tomó el teléfono y la cara le cambió al instante. Respondía en voz baja, solo con monosílabos. De pronto, las lágrimas comenzaron a rodar por sus mejillas.

—¿Qué pasó? —preguntó su padre cuando su madre colgó.

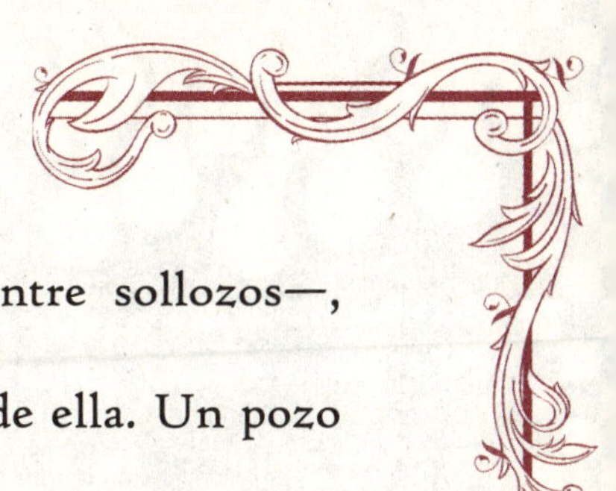

—Era Laura... —hizo una pausa entre sollozos—, Diego murió.

Lily sintió un vacío abrirse dentro de ella. Un pozo oscuro que absorbía todo.

—¿Cómo que murió? ¡Pero si estuve con él hace apenas un rato! —exclamó—. ¿Qué pasó?

—Tu abuela lo encontró en su cuarto, creen que fue por causas naturales.

Pero Lily sabía que la verdadera razón no podía ser tan simple.

Estaba segura de que eso que lo acechaba había regresado, y esta vez no hubo nadie que pudiera detenerle.

Esa noche volvieron a casa de su abuela. Los adultos se ocuparon de todo: llamadas, avisos, preparativos. Los niños se quedaron solos en la sala, y Lily se acomodó en el sillón junto a sus hermanos. El cansancio comenzó a pesarle y, mientras pensaba en su tío, se quedó dormida y soñó.

En su sueño, un hombre alto bastante familiar se acercaba a ella. Caminaba y portaba la sonrisa más grande que había visto. Era su tío Diego, y ya no estaba en silla de ruedas. Se detuvo frente a ella y le habló, con una voz cálida que nunca había oído salir de sus labios.

—Ya estoy bien, Lily. Gracias por estar conmigo cuando más lo necesitaba. Dile a mi mamá que no llore... ya no estoy sufriendo. Estoy en paz. —Luego se alejó, caminando hacia una luz suave, envolvente.

Lily despertó con lágrimas en los ojos, pero ya no tenía miedo. Estaba contenta porque sabía, en lo más profundo de su ser, que su tío la había visitado solo para decirle que él estaba bien.

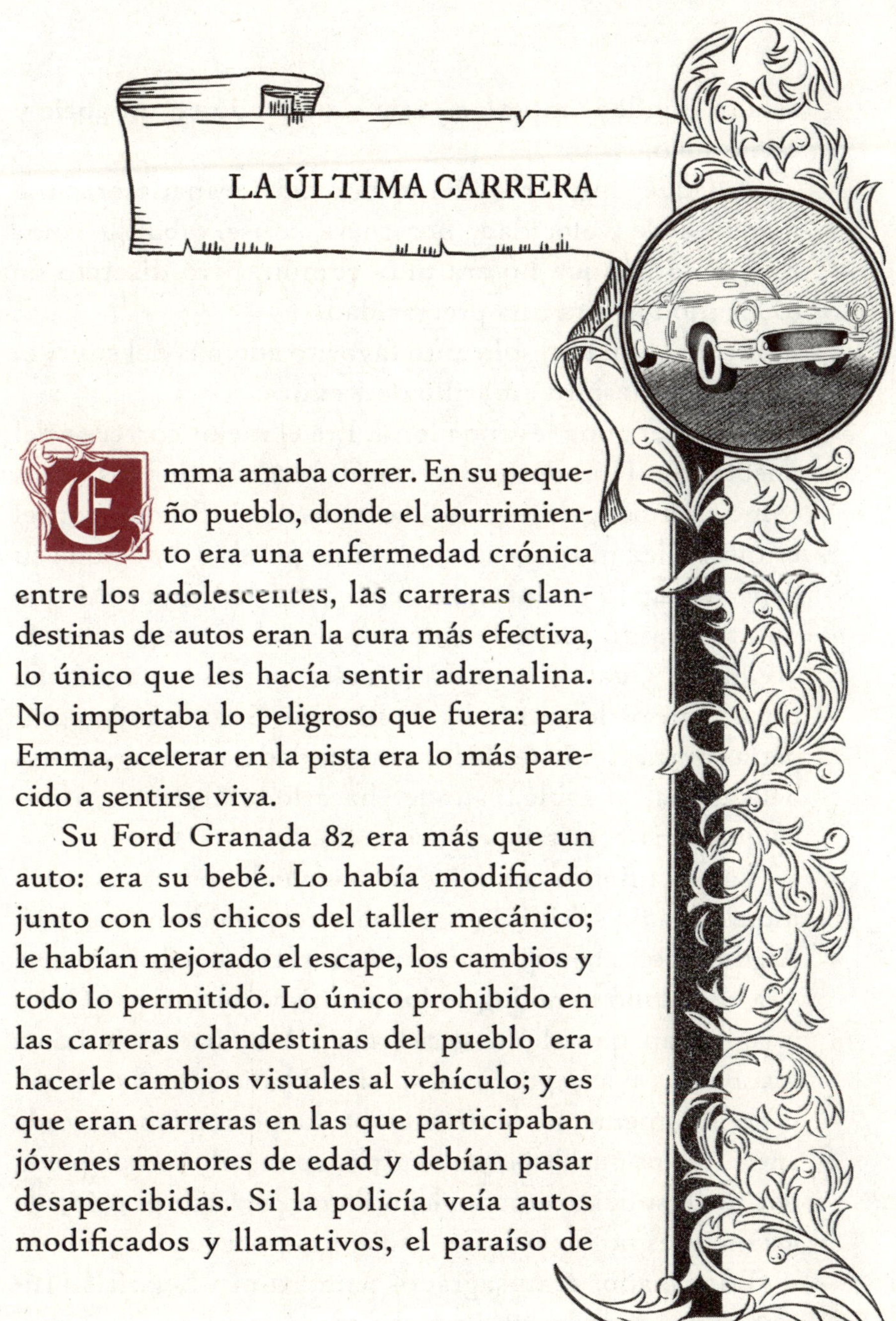

LA ÚLTIMA CARRERA

Emma amaba correr. En su pequeño pueblo, donde el aburrimiento era una enfermedad crónica entre los adolescentes, las carreras clandestinas de autos eran la cura más efectiva, lo único que les hacía sentir adrenalina. No importaba lo peligroso que fuera: para Emma, acelerar en la pista era lo más parecido a sentirse viva.

Su Ford Granada 82 era más que un auto: era su bebé. Lo había modificado junto con los chicos del taller mecánico; le habían mejorado el escape, los cambios y todo lo permitido. Lo único prohibido en las carreras clandestinas del pueblo era hacerle cambios visuales al vehículo; y es que eran carreras en las que participaban jóvenes menores de edad y debían pasar desapercibidas. Si la policía veía autos modificados y llamativos, el paraíso de asfalto donde competían sería clausurado en un abrir y cerrar de ojos.

Así que, mientras el interior del Granada era una máquina de velocidad, por fuera conservaba su color azul original, que no era muy común, pero discreto de todos modos. Era una preciosidad.

Emma tenía un solo auto favorito además del suyo: el Ford Thunderbird amarillo de Kevin.

Kevin era una leyenda local. Era el mejor corredor del pueblo. Su Thunderbird destacaba entre todos los autos como una bengala encendida: amarillo brillante, con el número diez pintado con rojo en la puerta (desde que su papá le regaló el auto, ya venía personalizado, así que nunca levantó sospechas de la policía). Era un auto inolvidable. Cuando cruzaba la meta, parecía una estrella fugaz. Emma lo admiraba en silencio. Solo cuando competía contra Kevin tenía la oportunidad de acercarse a esa belleza inalcanzable... aunque hacerlo también significaba que sería aplastada en la carrera.

La pista donde corrían estaba envuelta en muchos rumores. Nadie sabía quién la había construido ni por qué. Algunos pensaban que quizá una empresa tuvo la iniciativa y la abandonó al no lograr los permisos necesarios. Otros imaginaban que algún aficionado a las carreras la había mandado a hacer por amor al arte. Nadie sabía la verdad y, honestamente, no les interesaba. La pista estaba ubicada entre los dos pueblos que se enfrentaban cada sábado por la noche, lo suficientemente lejos como para que el ruido de los motores no molestara a nadie. Era perfecta.

Los sábados eran sagrados para Emma. Seguía su rutina al pie de la letra: limpiaba su cuarto, hacía su tarea,

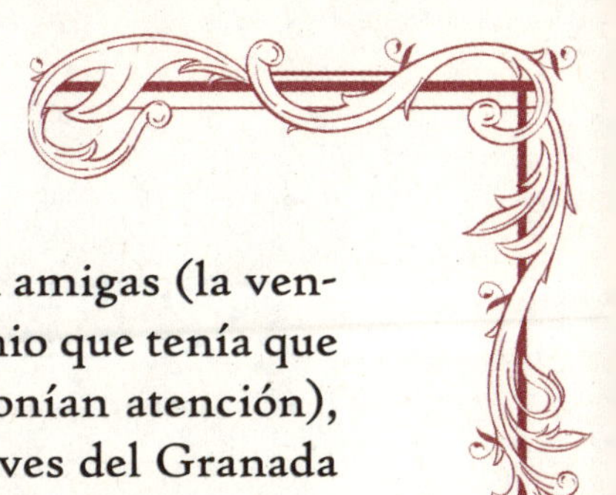

mentía sobre alguna salida inocente con amigas (la ventaja de ser la hija menor de un matrimonio que tenía que lidiar con seis hijos era que nunca le ponían atención), y al caer la tarde, se escapaba con las llaves del Granada en mano.

El trayecto hasta la pista era breve, pero cada kilómetro la llenaba de una ansiedad que, en lugar de preocuparla, la hacía feliz, si es que eso era posible. Al llegar, el ambiente la envolvía: música, risas, motores encendidos, y esa espera gloriosa hasta escuchar su nombre por el altavoz:

—Emma García, Ford Granada, contra...

No importaba quién fuera su oponente. El anuncio la transformaba. Corría para sentirse libre, para existir sin reglas.

Aquel sábado eran las semifinales. Solo los doce mejores pilotos competirían, y Emma era la mujer más joven en hacerlo. Estaba orgullosa, pero también intranquila. Llegó temprano para practicar, y vio algo que la desconcertó.

Kevin discutía acaloradamente con uno de sus amigos, le gritó, lo empujó y, acto seguido, se subió a su Thunderbird. Aceleró con una furia que jamás había mostrado. Daba vueltas en la pista como si quisiera quemar algo más que gasolina. Kevin tenía fama de ser temperamental, pero esa noche había algo diferente en él... algo oscuro.

Justo cuando Kevin cruzó la línea de meta, un trueno retumbó en el cielo.

Si empezaba a llover, tendrían que posponer la carrera y Emma no quería esperar una semana más para competir, ¿qué iba a hacer con toda su emoción contenida?

—Espero que no llueva hasta después de que compita, ya quiero quitarme de encima la carrera contra Kevin. Todos sabemos que me va a ganar —dijo Tom, el amigo de Emma que la había introducido en las carreras de autos.

—Puede que tengas suerte y le ganes esta vez —respondió Emma en tono de burla; evidentemente estaba mintiendo.

Solo pudieron hacer dos carreras antes de que empezara a caer la tormenta y obligara a todos a retirarse. Emma estaba desanimada por que su debut en las semifinales tendría que retrasarse, pero no había otra opción. Regresó a casa y encontró cerrada la ventana por la que solía escabullirse. No tuvo más remedio que entrar por la puerta principal.

—¿Qué horas de llegar son estas, señorita? —Su madre la recibió, sentada en la sala con bata de dormir y rostro de estatua—. Estás castigada todo el mes. Ni una salida más los sábados.

Emma intentó portarse bien toda la semana: hizo sus deberes temprano, limpió su cuarto, lavó los trastes, ¡hizo todo lo que su mamá le pidió! Pero cuando llegó el sábado, su madre no cedió. Así que, cuando todos dormían, se escapó por la ventana, decidida a no perder su semifinal.

Llegó un poco tarde y el ambiente estaba apagado, pues casi todas las carreras ya habían terminado. Buscó a su amigo Tom, y lo encontró desbordando felicidad.

—Hasta ahora pude escaparme de casa, ¿cómo te fue? —le preguntó Emma.

—¡Le gané a Kevin! ¡A Kevin! —gritó con una sonrisa que no le cabía en la cara—. ¡Todos estamos en estado de shock!

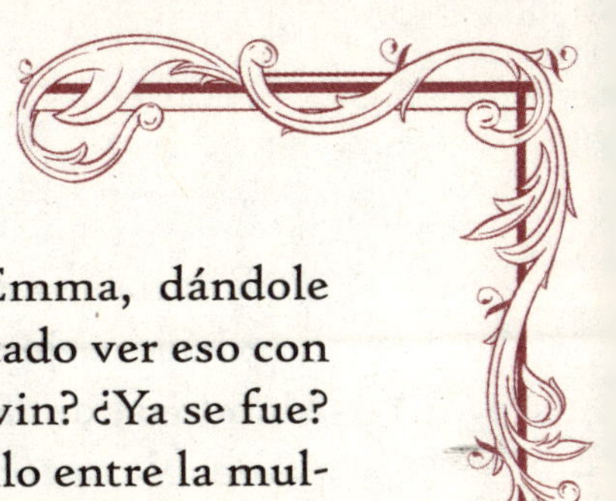

—¡Muchas felicidades! —exclamó Emma, dándole un abrazo a su amigo—. Me hubiera gustado ver eso con mis propios ojos. Pero... ¿dónde está Kevin? ¿Ya se fue?

Emma no veía el Thunderbird amarillo entre la multitud.

—Sí, fue raro. No lo vi hasta que nos llamaron a la pista. Y después, apenas terminamos la carrera, siguió derecho y se fue en el auto. Supongo que no quería vernos después de perder.

Definitivamente, era extraño, pero no le dio mucha importancia, pues ella tenía su propia carrera que ganar, y así lo hizo. Al día siguiente, Emma y Tom eran los héroes de la escuela.

—¡Increíble que tengamos dos finalistas en nuestra escuela! ¿Contra quiénes compitieron? —preguntó Samuel, el chico que prácticamente vivía en el taller mecánico.

—¡Tom le ganó a Kevin! —respondió Emma, aún sorprendida y emocionada por su amigo—. Ya saben, el de la otra preparatoria que tiene el Thunderbird legendario.

Samuel se puso pálido.

—Eso no es posible.

—¿Cómo que no? Todo el mundo lo vio, ¡hay testigos! —dijo Tom, molesto dado que Samuel parecía no creerle.

—La semifinal fue este sábado en la noche, ¿no?

—Sí, a las ocho de la noche, como siempre —respondió Tom.

Samuel caminó hasta el escritorio del profesor y tomó el periódico local.

—¿Leyeron esto?

Emma se acercó. La noticia le heló la sangre:

«Muere joven piloto en trágico accidente. Kevin Mendoza, de 18 años, fallece el sábado por la tarde tras perder el control de su Thunderbird amarillo. El vehículo se impactó contra un árbol a las 17:00 horas. Murió en el acto».

La foto era devastadora. El Thunderbird, retorcido como un juguete aplastado, aún mostraba el número diez en la puerta. El mismo número que todos vieron en la pista... horas después de que Kevin hubiera muerto.

—Eso fue en camino hacia la pista —murmuró Emma, sintiendo que el piso desaparecía bajo sus pies—. Él vivía más lejos y siempre llegaba muy temprano para hacer vueltas de prueba...

Estaban atónitos. No sabían qué pensar sobre lo ocurrido el sábado por la noche. No solo Tom había visto a Kevin, todos en la pista también. Lo anunciaron por el altavoz, vieron el Thunderbird, escucharon el rugido de su motor, vieron la carrera.

Emma no volvió a hablar de eso con nadie. Pero en su corazón lo sabía: Kevin nunca habría dejado una competencia pendiente.

Esa noche había regresado... para correr su última carrera.

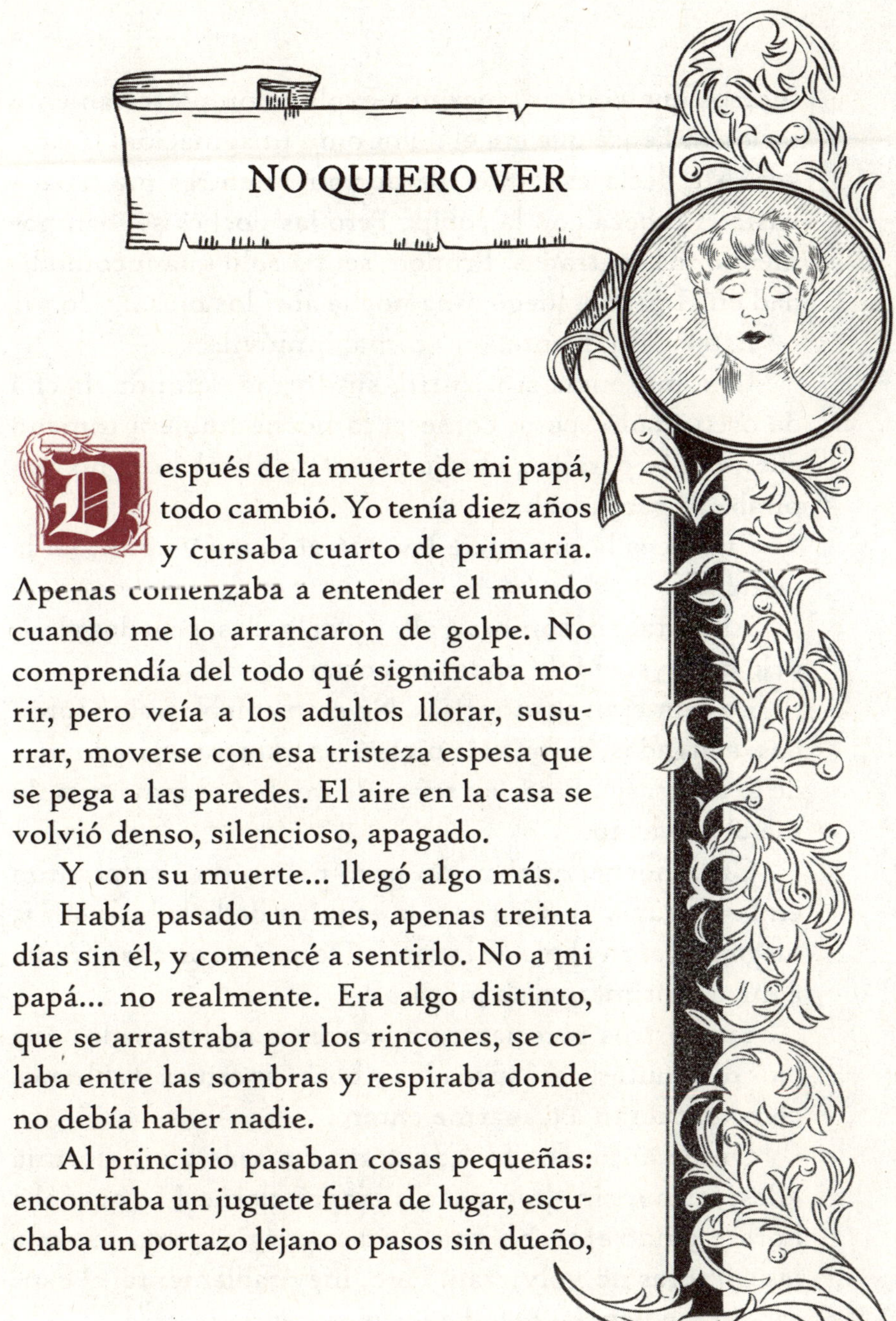

NO QUIERO VER

Después de la muerte de mi papá, todo cambió. Yo tenía diez años y cursaba cuarto de primaria. Apenas comenzaba a entender el mundo cuando me lo arrancaron de golpe. No comprendía del todo qué significaba morir, pero veía a los adultos llorar, susurrar, moverse con esa tristeza espesa que se pega a las paredes. El aire en la casa se volvió denso, silencioso, apagado.

Y con su muerte... llegó algo más.

Había pasado un mes, apenas treinta días sin él, y comencé a sentirlo. No a mi papá... no realmente. Era algo distinto, que se arrastraba por los rincones, se colaba entre las sombras y respiraba donde no debía haber nadie.

Al principio pasaban cosas pequeñas: encontraba un juguete fuera de lugar, escuchaba un portazo lejano o pasos sin dueño,

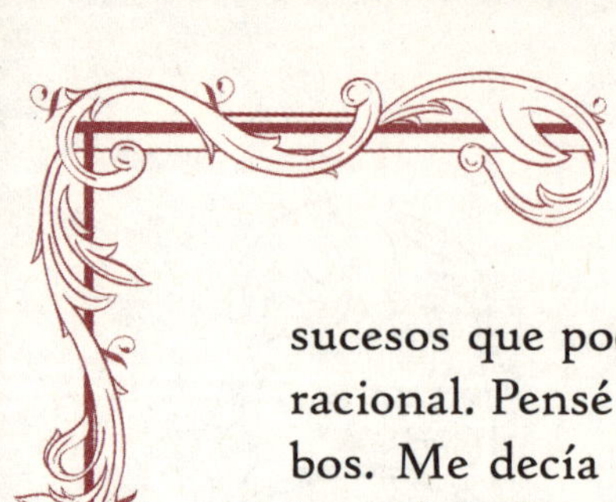

sucesos que podían tener una explicación perfectamente racional. Pensé que era el dolor o mi imaginación. O ambos. Me decía eso antes de dormir mientras me tapaba hasta la cabeza con la cobija. Pero las noches se iban poniendo más extrañas. Primero sentía solo una incomodidad en el pecho, luego, una noche abrí los ojos... y lo vi.

Estaba allí, frente a mi cama, inmóvil.

Una presencia sin rostro, sin forma definida, hecha de oscuridad espesa, como si la noche hubiera tomado cuerpo. Me paralicé, el miedo me ató al colchón; no respiraba ni parpadeaba.

Entonces la presencia levantó el brazo y apuntó a la ventana.

Allí estaban: sombras, altas y delgadas, pegadas al vidrio como si el frío no les importara.

Lo peor eran sus sonrisas. No eran amables, sino torcidas, alargadas, como si la piel se les hubiera estirado más de lo necesario. Parecían reírse de mí. No se movían, solo me observaban.

Cada noche, estaban un poco más cerca. Empezaron en la ventana, avanzaron a la esquina de la habitación y, luego, llegaron al pie de la cama. Después... estaban frente a mí, a centímetros de mi cara.

Sus rostros parecían rompecabezas mal armados con ojos diminutos, casi apagados y bocas enormes y abiertas, como si fueran a tragarme entero.

Desde entonces dejé de dormir o más bien, dormía «despierto», sin descansar, siempre alerta. Me quedaba horas viendo el techo, con el cuerpo rígido, rogando que las sombras no volvieran. Pero, inevitablemente, el cansancio me vencía, cerraba los ojos... y regresaban.

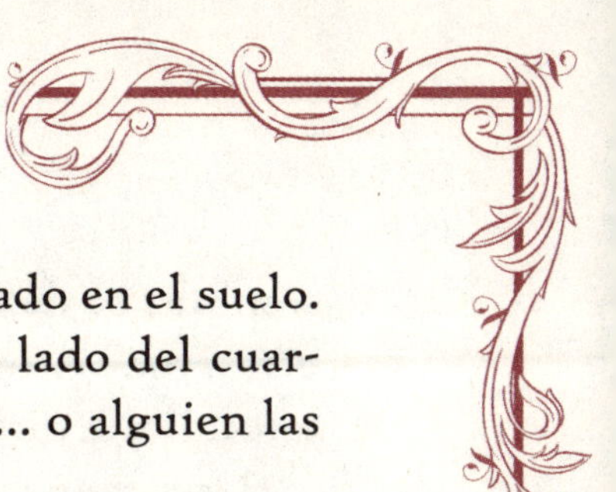

Despertaba con marcas en la piel o tirado en el suelo. Una vez, desperté con las cobijas al otro lado del cuarto, al parecer las había lanzado hasta allá... o alguien las había jalado.

Empecé a idear formas de combatirlas: amuletos, dibujos, talismanes..., pero nada funcionaba.

Una noche, desperté sintiendo una mano invisible sobre mi boca. No podía gritar ni respirar. Abrí los ojos desesperado..., y no había nadie.

Lloraba todos los días, pero no decía nada. ¿Cómo podía contarle esto a mi mamá? Ella ya cargaba con una tormenta en su interior. No iba a agregarle también la carga de mis pesadillas.

Así que me callé durante meses, hasta que un día conocimos a una médium.

Era una mujer delgada, de cabello plateado y voz suave como el viento. No sé si mi madre la buscó o si fue el destino, pero cuando la médium me vio, no me miró como a un niño triste, me miró como si supiera que estaba cargando algo más.

—Tienes un don —me dijo—. Yo también veo las sombras que te rodean.

Me explicó que había nacido con un talento que podía usar para ayudar a los demás, como ella. Pero había una regla: nunca mentir, o habría consecuencias.

No entendí mucho de lo que me dijo, pero sí sabía que no quería ver más. No quería el estúpido don, pero no tenía idea de cómo sacármelo de encima. Intenté mentir y mentir y mentir, pero fue el error más grande que pude cometer; las noches empeoraron y entendí las consecuencias a las que se refería la médium. Las caras de las

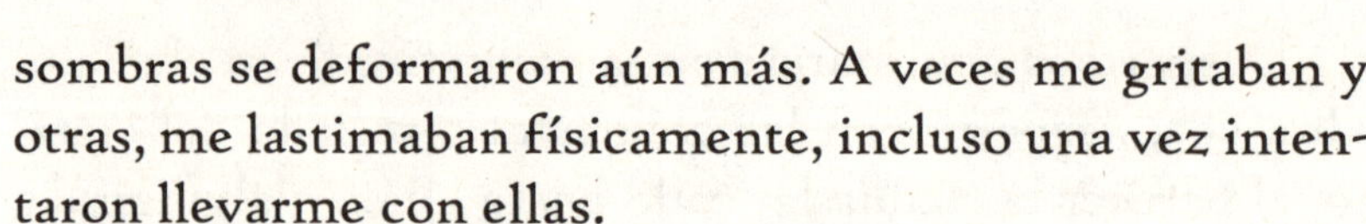

sombras se deformaron aún más. A veces me gritaban y otras, me lastimaban físicamente, incluso una vez intentaron llevarme con ellas.

Una mañana desperté sin pijama, lleno de rasguños dolorosos y moretones.

Estaba harto, cansado y aterrado. No podía seguir viviendo así, porque esto no era vida. Esa misma noche, recé. Recé y le pedí a mi papá que me ayudara. Que, si estaba allá arriba velando por mí, se llevara esta pesadilla viviente. Recé, recé y recé como nunca en mi vida.

—Ya no quiero ver. Ya no quiero ver. Ya no quiero ver...

Lo repetí como un mantra hasta que el cansancio me venció.

Soñé que estaba en una casa desconocida, un lugar que jamás había visto. Sonó el teléfono y contesté. Era mi papá. Reconocería su voz hasta el fin del mundo. Lo extrañaba muchísimo.

—Estás cansado, ¿verdad? —me preguntó.

—Sí, ya no puedo más —respondí con la voz quebrada.

Mi papá hizo una pausa al otro lado de la línea, luego dijo:

—No te preocupes, yo me voy a encargar de eso.

—¿De qué?

Pero colgó.

Cuando desperté, la habitación estaba vacía. No había sombras ni figuras, ni ojos en la oscuridad. Solo estaba yo. Y por primera vez en meses dormí de verdad. Mi papá me había escuchado y ayudado. Recuerdo que ese día lloré de felicidad y alivio puro.

Pasaron unos cuantos días y mi madre volvió a invi-

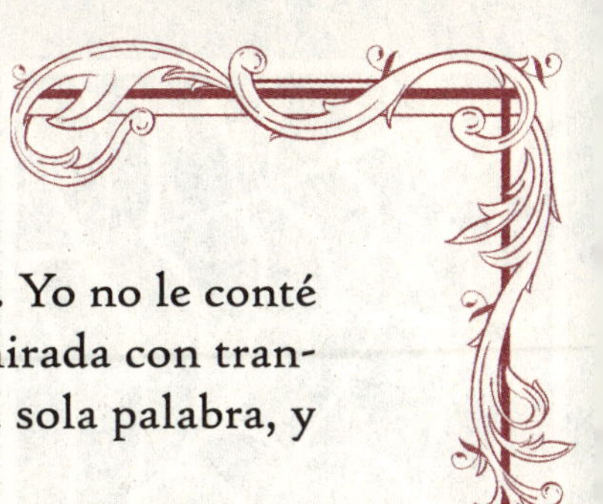

tar a la médium, se habían hecho amigas. Yo no le conté nada, solo la miré. Ella me devolvió la mirada con tranquilidad, como si lo supiera. No dijo una sola palabra, y yo tampoco.

Jamás volví a ver las sombras.

¿Me creerían si les dijera que no volví a mentir? Es cierto. Solo con recordar las consecuencias que eso me había traído, me pongo a temblar aterrorizado. Así que me dispuse a vivir diciendo la verdad, y me ha funcionado.

Nunca más escuché sus risas ni sentí sus manos. Mi habitación volvió a ser una simple habitación.

Pero, a veces, cuando cierro los ojos, me pregunto si siguen allí y lo único diferente es que ya no las veo. Me pregunto si mi papá está bien o si tuvo que pagar un precio para que yo perdiera ese don. Me pregunto si realmente se fueron... o si solo están esperando a que vuelva a mentir.

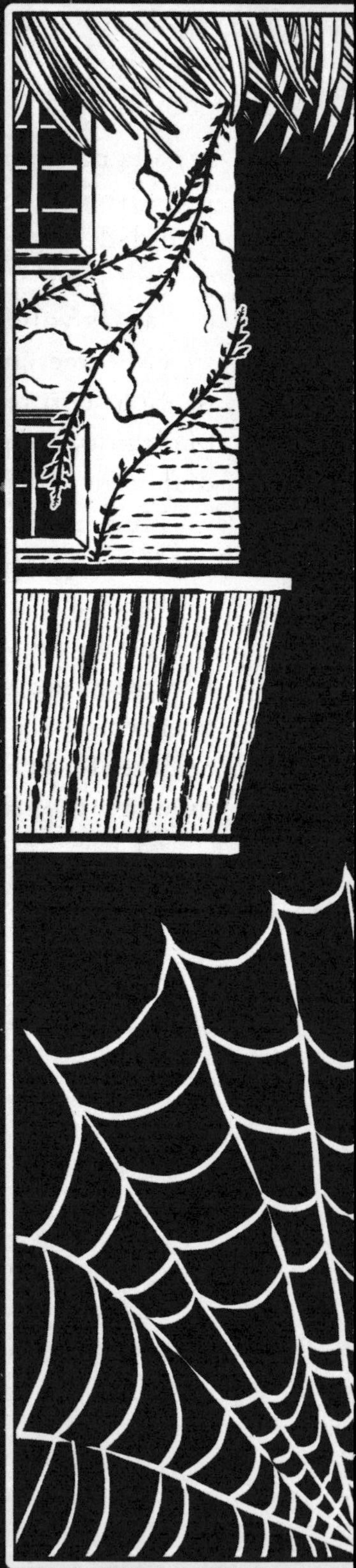

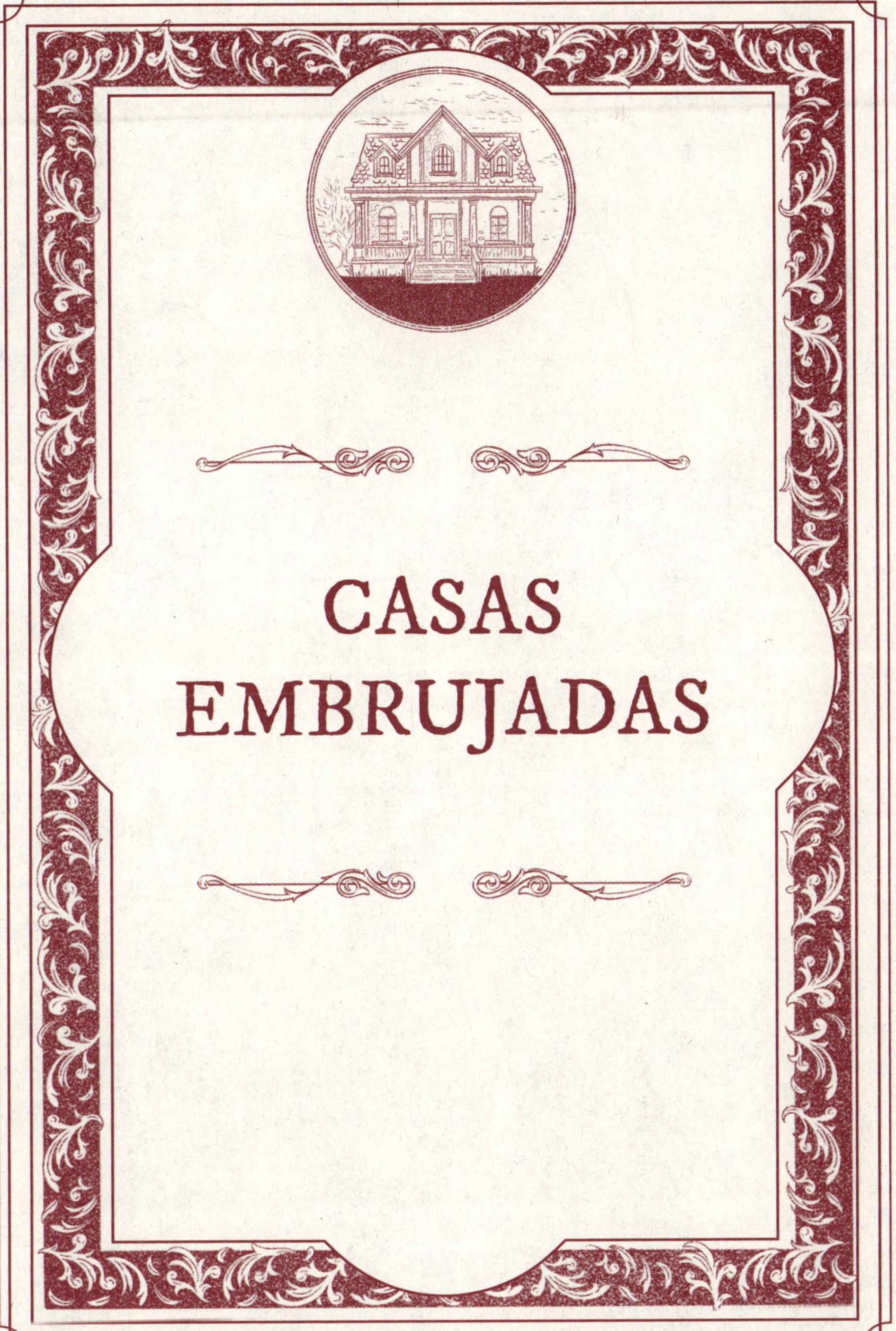

CASAS EMBRUJADAS

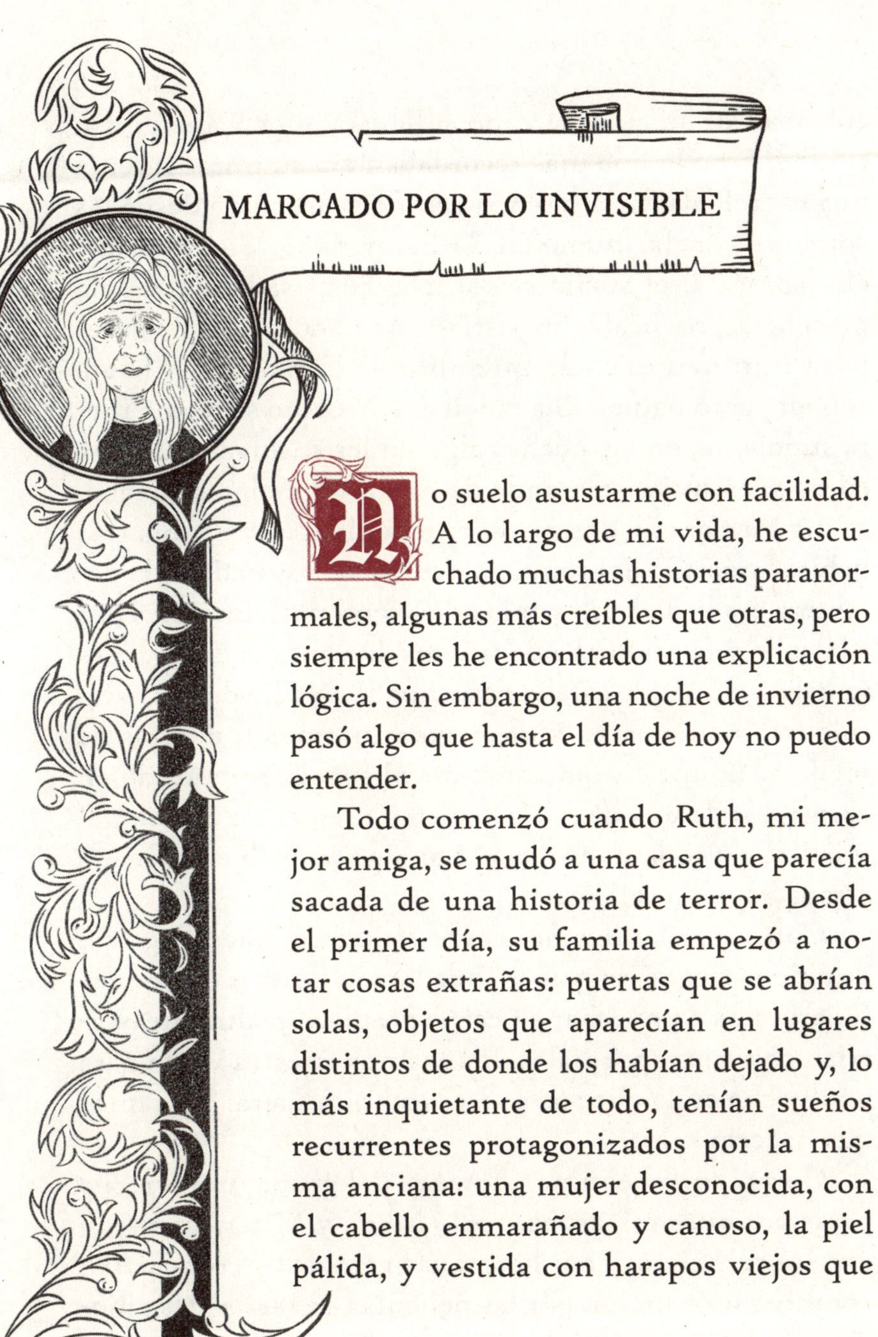

MARCADO POR LO INVISIBLE

No suelo asustarme con facilidad. A lo largo de mi vida, he escuchado muchas historias paranormales, algunas más creíbles que otras, pero siempre les he encontrado una explicación lógica. Sin embargo, una noche de invierno pasó algo que hasta el día de hoy no puedo entender.

Todo comenzó cuando Ruth, mi mejor amiga, se mudó a una casa que parecía sacada de una historia de terror. Desde el primer día, su familia empezó a notar cosas extrañas: puertas que se abrían solas, objetos que aparecían en lugares distintos de donde los habían dejado y, lo más inquietante de todo, tenían sueños recurrentes protagonizados por la misma anciana: una mujer desconocida, con el cabello enmarañado y canoso, la piel pálida, y vestida con harapos viejos que

colgaban de su cuerpo como si llevara años vagando sin rumbo. Pero lo que más recordaban era su mirada: tenía una mezcla de furia y rencor, como si acechara desde las sombras con la intención de hacer daño. Siempre que ella aparecía, el sueño se tornaba en pesadilla. Su sola presencia provocaba angustia y una sensación de amenaza inminente. Cada miembro de la familia la había soñado, pero nadie sabía quién era. Y como si eso no fuera suficiente, en las noches alguien les susurraba al oído, como si estuviera tratando de hablarles en la oscuridad.

La casa era de dos pisos y en la planta alta había tres habitaciones: la del fondo la ocupaban sus padres; la delantera era la de Ruth y tenía dos ventanas, una con vista a la calle y la otra daba de frente a la ventana de la tercera habitación, que estaba desocupada. Nadie dormía ahí, solo había una cama y un viejo armario con puertas de madera. Lo más inquietante era el espejo empotrado en el interior de una de ellas; su perrita se paraba frente a él y ladraba sin descanso, como si algo invisible estuviera atrapado en su reflejo.

Cuando mi amiga nos contó todo esto, nuestro grupo de cinco amigos insistió en quedarse a dormir en la casa. Queríamos comprobar en carne propia si realmente ocurrían cosas paranormales. Planeamos nuestra visita para una noche en la que sus padres estarían fuera. Teníamos que hacerlo solos.

Como yo era el único hombre del grupo, me ofrecí a pasar por mis amigas, pero solo Maite y Miren quisieron que las recogiera. Eran hermanas gemelas y compartían conmigo una afición por las películas de terror; les emocionaba la idea de vivir una noche de miedo real. Sara

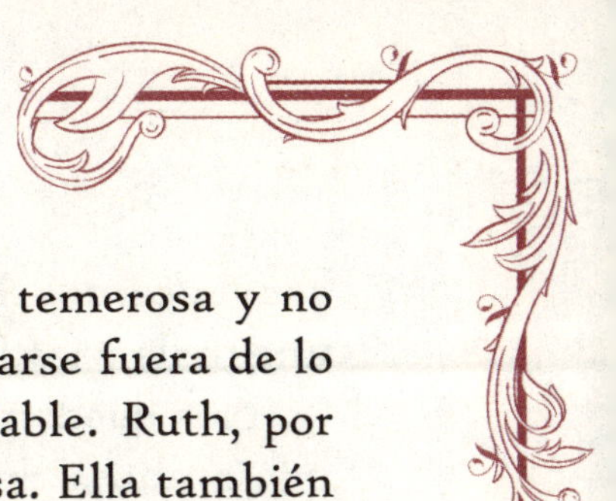

llegaría por su cuenta. Aunque era más temerosa y no estaba muy convencida, no quería quedarse fuera de lo que podría ser una experiencia inolvidable. Ruth, por su parte, nos estaría esperando en su casa. Ella también era una entusiasta de lo paranormal, así que le encantó la idea de juntarnos y con suerte, que nosotros también presenciáramos algo inexplicable.

Nuestro plan era sencillo: pediríamos pizza, veríamos películas de terror hasta las tres de la mañana y luego intentaríamos dormir en la habitación desocupada.

Sin embargo, cuando la hora llegó, no pasó nada. Esperamos hasta las cuatro, pero el silencio de la casa nos desanimó. Resignados, apagamos las luces de la sala y nos dirigimos al cuarto. Ruth fue por almohadas y cobijas ya que hacía frío, mientras los demás nos acercábamos a la puerta de la habitación desocupada, platicando sobre las películas que acabábamos de ver.

Entonces lo escuché.

De la oscuridad emergió un murmullo perturbador. No era un susurro normal, sino algo ahogado y angustiante, una voz rasposa y entrecortada, como si alguien intentara hablar, pero se estuviera quedando sin aliento. Miré a mis amigas, pero ninguna parecía haberlo notado.

—¿Alguien más escuchó esa voz? —pregunté.

Todas se callaron.

Solo Sara me miró con los ojos muy abiertos y, con un tono tembloroso, dijo:

—Yo también la escuché... pero pensé que era mi imaginación.

Un silencio tenso se apoderó de nosotros. Decidimos entrar a la habitación y encender la luz para tratar de convencernos de que solo era nuestra mente jugándonos una mala pasada.

Nos quedamos de pie junto al armario, asimilando lo que acababa de ocurrir, cuando de repente un quejido rompió el silencio. Una de las puertas del armario se estaba abriendo lentamente.

Era la puerta con el espejo.

Un terror helado nos paralizó por un segundo, hasta que el instinto nos hizo correr. Nos lanzamos sobre la cama y nos abrazamos con desesperación.

De pronto la luz comenzó a atenuarse. No se apagó de golpe, se desvaneció poco a poco, como si alguien estuviera girando un *dimmer* invisible. Nadie estaba cerca del interruptor.

El pánico nos invadió como nunca antes. Salimos disparados de la habitación justo cuando Ruth regresaba con las cobijas. Al vernos tan asustados, nos siguió hasta la cocina, exigiendo una explicación. Le contamos todo, aunque a nosotros mismos nos costaba comprenderlo. Apenas habían pasado unos segundos, pero parecía que el tiempo se había detenido en ese instante aterrador.

Cuando terminamos de hablar, Ruth nos miró con el ceño fruncido.

—¿Y quién estaba parado en la ventana?

Nos miramos unos a otros, desconcertados.

—¿De qué hablas? —preguntó Miren.

Ruth nos explicó que a través de la ventana de su habitación había visto la luz de la recámara desocupada filtrarse por la cortina. Pero lo más aterrador fue que en la tenue iluminación, había una figura oscura de pie junto

a la ventana, y que, justo después de verla, escuchó nuestros gritos.

Un escalofrío nos recorrió a todos. Sara comenzó a llorar en silencio. Tratamos de mantener la calma, buscando explicaciones racionales, pero en el fondo sabíamos que no había lógica en lo que acababa de suceder.

Aun así, decidimos continuar con nuestro plan y dormir en la misma habitación. Pese al miedo, el agotamiento nos venció, Ruth se fue a su cuarto, y mis amigas y yo dormimos como pudimos. Esa noche no ocurrió nada más.

Al día siguiente, Sara se fue temprano y nosotros nos quedamos a desayunar con Ruth. Un rato después, Maite, Miren y yo recogimos nuestras cosas y nos subimos a mi camioneta, ya que yo las llevaría a su casa.

El trayecto transcurría con normalidad hasta que llegamos a una curva peligrosa. La conocía bien, la había transitado muchas veces. Pero en esta ocasión algo raro pasó.

Sentí como si la camioneta dejara de responder, como si alguien más estuviera moviendo el volante. La dirección cambió bruscamente hacia el lado contrario, llevándonos directo al muro de contención. Intenté girar el volante con todas mis fuerzas, pero solo logré que el auto diera una vuelta brusca antes de estrellarnos contra la barrera de cemento.

Todo pasó en segundos, pero lo viví en cámara lenta.

Durante el impacto, vi a Maite salir disparada de su asiento. No traía puesto el cinturón de seguridad y su cabeza se golpeó contra el parabrisas con un ruido seco.

Mi corazón se detuvo.

No me importó la camioneta ni mis propias heridas. Solo quería que Maite estuviera bien.

Salimos del vehículo, aturdidos, yo aún tenía el sonido del motor zumbando en mis oídos, pero milagrosamente todos estábamos ilesos. Maite tuvo que ir al hospital para descartar lesiones, pero por fortuna no sufrió daños graves.

Ninguno de los tres pudo explicar qué había pasado. La camioneta fue declarada pérdida total, pero eso era lo de menos. Lo importante era que estábamos vivos.

Los días pasaron y, poco a poco, compartimos nuestra historia con familiares y amigos. Al principio, muchos intentaron encontrarle una explicación lógica.

—Tal vez perdiste el control por el cansancio —sugirieron algunos.

—De seguro el pavimento estaba resbaloso —dijeron otros.

Pero nosotros sabíamos que ninguna de esas opciones había sido la causa.

Fue por ello que decidimos acudir con alguien que pudiera darnos una respuesta más allá de lo racional. Primero hablamos con un pastor de la iglesia. Nos escuchó en silencio, con el ceño fruncido, y cuando terminamos, nos miró con severidad.

—Lo que describen no es una casualidad. Hay fuerzas que operan en la oscuridad, y algunas no dejan ir tan fácilmente a quienes han perturbado su descanso.

Sus palabras nos dejaron fríos.

Pero no nos detuvimos ahí. Un conocido nos recomendó a una tarotista con fama de acertar en sus lecturas, así que fuimos a verla. Apenas barajó las cartas, su expresión cambió.

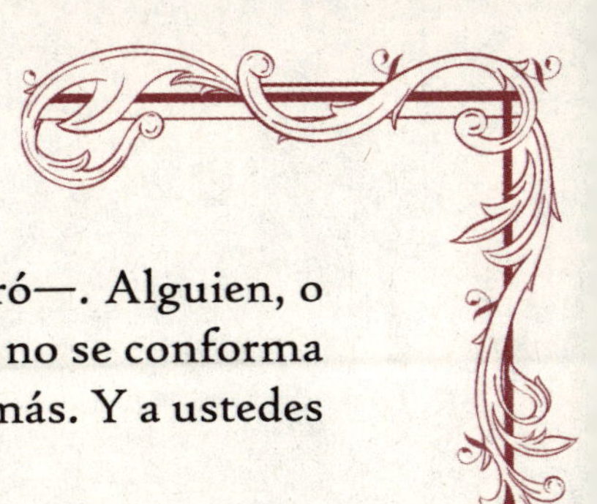

—Eso no fue un accidente —murmuró—. Alguien, o algo, intentó llevárselos. Lo que vive ahí no se conforma con que la gente entre y se vaya. Quiere más. Y a ustedes ya los marcó.

Nos miramos sin saber qué decir.

Unos meses después, la familia de Ruth decidió mudarse. Nunca dijeron exactamente por qué, pero todos lo entendimos. Dejaron la casa sin muchas explicaciones, como si quisieran cerrar ese capítulo sin volver a hablar de él. Tiempo después, pasamos por ahí y notamos que la casa parecía vacía, como abandonada. Nunca supimos qué ocurría dentro... ni si alguien más ha sentido lo mismo que nosotros aquella noche.

Lo que sí sé es que desde entonces, cada vez que paso por esa curva, siento un escalofrío recorrerme la espalda. Como si algo invisible me observara y solo esperara la oportunidad para terminar lo que empezó.

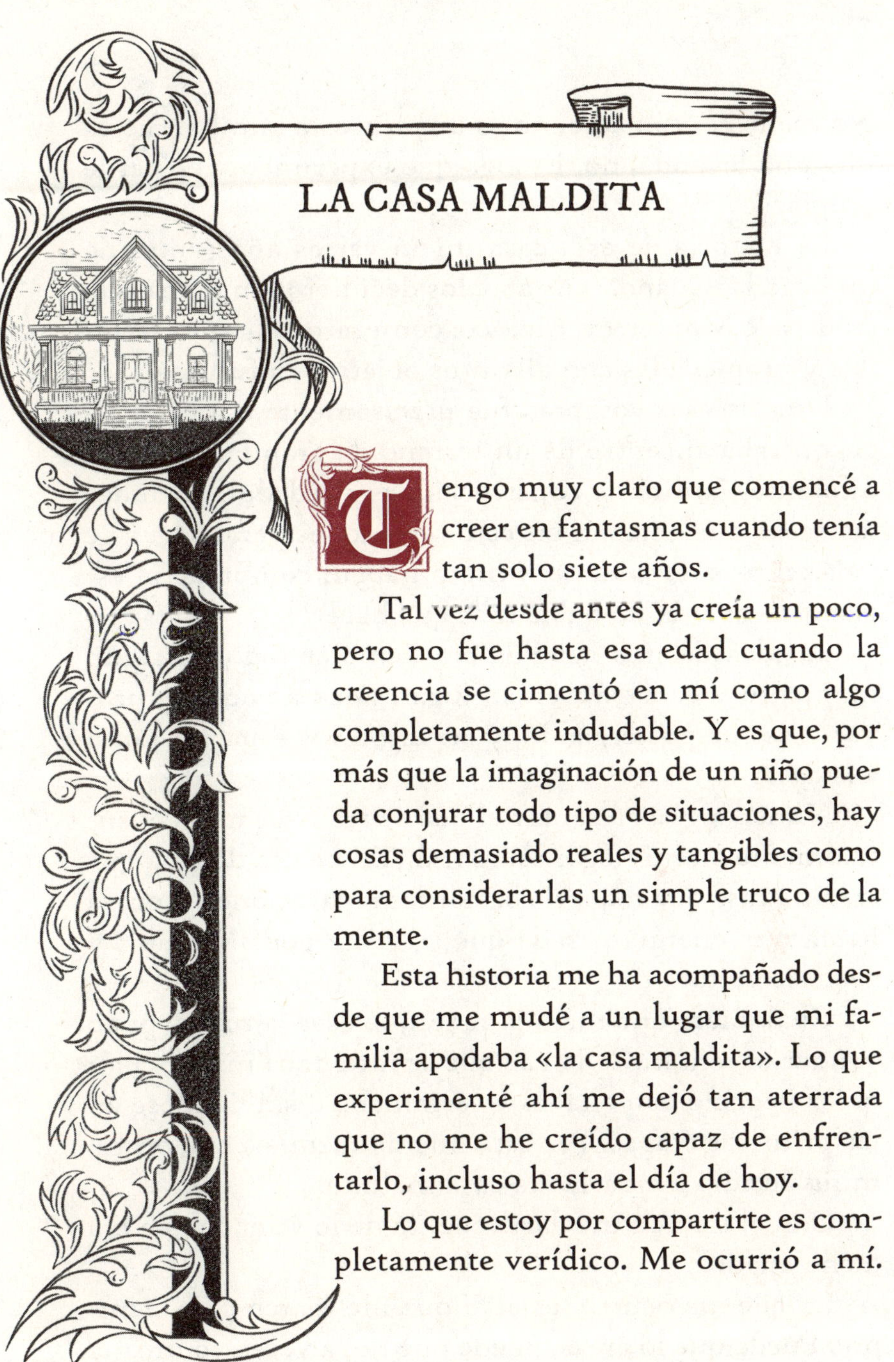

LA CASA MALDITA

Tengo muy claro que comencé a creer en fantasmas cuando tenía tan solo siete años.

Tal vez desde antes ya creía un poco, pero no fue hasta esa edad cuando la creencia se cimentó en mí como algo completamente indudable. Y es que, por más que la imaginación de un niño pueda conjurar todo tipo de situaciones, hay cosas demasiado reales y tangibles como para considerarlas un simple truco de la mente.

Esta historia me ha acompañado desde que me mudé a un lugar que mi familia apodaba «la casa maldita». Lo que experimenté ahí me dejó tan aterrada que no me he creído capaz de enfrentarlo, incluso hasta el día de hoy.

Lo que estoy por compartirte es completamente verídico. Me ocurrió a mí.

No me lo contó nadie, no es una historia familiar, no es ninguna leyenda, no. Es algo que experimenté en carne propia.

La historia de esta casa inició varios años antes de mi llegada. Cuando mis abuelos decidieron mudarse a la ciudad de Monterrey, México, compraron algunos terrenos y propiedades con distintos objetivos a futuro.

Una de esas compras fue precisamente esa casa. Se encontraba al centro de un terreno de gran tamaño con diferentes jardines y construcciones alrededor. De todas las casas que estaban en este terreno, esa era la que se veía en peor estado, pero como habían comprado el espacio completo, no había más qué hacer.

La idea de mis abuelos era demoler todo en algún momento y construir en su lugar. Poco a poco ese proyecto se fue postergando, y rentaron los espacios junto a la casa.

Nunca lograron rentar el que se transformaría eventualmente en mi hogar temporal. Tal vez se debía a que era una casa que requería bastantes reparaciones, o quizá había una energía pesada que la gente podía percibir y prefería evitar.

Cualquiera que fuera la razón, la casa jamás se pudo vender ni rentar. Cada vez que se intentaba iniciar cualquier negocio con ella, este terminaba disolviéndose en las primeras etapas. Por esta misma razón es que mi familia decidió apodarla «la casa maldita».

Con el tiempo me daría cuenta de lo atinado que era dicho apodo.

Lo que me ocurrió es algo que me marcó para siempre. Puede que lo creas, puede que no; a veces yo misma

dudo de haberlo vivido. Pero hay cosas que hasta la fecha me siguen atormentando.

La casa era de un estilo que estuvo en tendencia alrededor de la década de los sesenta, conocido como *mid-century modern*. Era tan hermosa como espeluznante con sus toques antiguos. Tenía un amplio jardín que podíamos apreciar plácidamente desde el ventanal gigantesco del comedor principal, que funcionaba también como puerta corrediza para acceder al jardín.

Todo estaba en una misma planta, como es común en las casas de este estilo; había algunos escalones aquí y allá, pero no un segundo piso. Las escaleras más largas eran las que llevaban a un ático que, por sus divisiones y su baño propio, creíamos que había sido utilizado como cuarto de servicio hacía muchos ayeres.

Se trataba de una de esas construcciones de las que la gente suele decir que tienen «personalidad», con una historia detrás, la cual, sin embargo, desconocíamos. Lo que sí nos constaba era que a la casa no le gustaban los intrusos, pues parte de su maldición consistía en que en las pocas ocasiones que se llegó a rentar, los inquilinos partían a los pocos meses sin explicación.

Nadie vivió ahí por más de un año. Absolutamente nadie.

Aun así, a los pocos meses después de su divorcio, mi madre ya no soportaba estar en la casa que alguna vez compartió con mi padre. Hicimos nuestras maletas con poca anticipación, y ella decidió que nos iríamos a vivir a esta casa, la cual iría renovando como proyecto personal.

Con tan solo siete años, siempre obedecía las órdenes de mi madre, por lo que no me opuse en absoluto, sabiendo que era parte de nuestro nuevo inicio. Mi mamá necesitaba este respiro ya que su divorcio estaba siendo bastante tormentoso, y yo no planeaba agregar más agua al huracán emocional por el cual estábamos pasando. Simplemente, mi hermana menor y yo tomamos nuestras cosas y aceptamos mudarnos.

Por supuesto, nos sobraba bastante espacio; había más de un comedor, una cocina gigantesca, un cuarto de baile al que no sabíamos qué uso darle y un comedor principal que resultaba tan enorme que también colocamos ahí nuestra sala. Pero incluso así, no terminábamos de ocupar toda la casa.

Mi madre, naturalmente, tomó la habitación principal, la cual también tenía lugar suficiente para colocar una segunda sala completa y contaba con una puerta corrediza con vista al jardín, justo como la del comedor principal.

He de confesar que esa habitación me daba algo de miedo al inicio, ya que una de mis primas mayores me había confiado un secreto sin que los demás supieran, porque la regañarían por contármelo.

El secreto era que al poco tiempo de que su madre falleciera, mis primas también decidieron mudarse a esta casa mientras sanaban su pérdida. Me confesó, bastante alterada, que podría jurar que una noche vio salir del baño a su madre muerta.

Me dijo que vio su espectro de forma clara e inconfundible, pero que no interactuó con él. Era un dato para pensarse, pues su madre no había fallecido en este lugar, ni siquiera cerca de él. No obstante, mi prima mayor juraba haberla visto.

Cumpliendo con la tradición, mis primas tampoco se quedaron más allá de unos meses en «la casa maldita» antes de regresar a su hogar anterior.

Como comenté al inicio, después de mi tiempo en esta casa, estoy completamente segura de que no habitamos este mundo solos. En ella empezaron a ocurrirnos cosas extrañas e inquietantes. Tal vez tú puedas encontrarles una explicación, o tal vez te quedes con las mismas dudas que yo. No lo sé.

Entre el día y la noche, la casa cambiaba por completo. Mientras los rayos del sol la tocaban se sentía quieta, serena, incluso hasta dormida. Pero con la llegada del crepúsculo, comenzaba a despabilarse e intentar hacer que los invasores se marcharan.

Los sucesos iniciaron como en cualquier película de terror: ruidos sin explicación, voces en habitaciones vacías, e incluso objetos que parecían extraviarse y que luego aparecían en otro lugar de la casa.

Con el tiempo, los eventos tomaron fuerza.

Tal vez la casa se alimentaba de nosotras, tal vez comía de nuestra angustia. No lo sé con certeza, pero poco a poco, iba ganando poder.

Una de las primeras cosas que noté, lo recuerdo muy bien, fue que el cuarto de los juguetes se llenaba de actividad durante las noches. Estaba conectado mediante un baño a la habitación que compartíamos mi hermana y yo. No fue difícil advertir que los juguetes electrónicos se encendían por su cuenta, porque comenzaban a hacer el ruido suficiente como para despertarme.

Una noche me armé de valor y fui hasta ese cuarto yo sola. Me percaté de que un oso electrónico hablaba, lo

que me pareció inexplicable porque había que encenderlo oprimiendo un botón, el cual debía presionarse constantemente para que el oso continuara hablando e incluso se moviera. Estaba tan asustada que regresé corriendo a mi cama. Desde ese momento empecé a dormir con la luz del baño encendida y con la puerta entreabierta para no estar en completa oscuridad.

En otra ocasión, me despertó la sensación de que alguien estaba tratando de quitarme el cobertor. Entre sueños, lo agarré con firmeza para seguir tapada, pero lo que sea que quería robarlo, tiraba con más fuerza desde el piso.

Entonces, desperté por completo y me di cuenta de lo que ocurría, algo invisible estaba tirando de mi cobertor y, aunque yo ya no seguía dormida, no se detenía.

De un salto salí de mi cuarto y corrí a la habitación de mi madre buscando consuelo. Ella me dijo lo que comúnmente se le dice a un niño para no asustarlo: que estaba soñando, que no pasaba nada, que todo estaba bien. A pesar de ello, me dejó dormir en su habitación esa noche.

Poco a poco los eventos iban volviéndose más macabros. En un par de ocasiones, unas palomas se impactaron contra el ventanal del comedor mientras estábamos en plena merienda y murieron al instante. Además, en ese tiempo tenía un conejo de mascota, el cual enfermó misteriosamente y falleció.

Mi familia hizo lo que se suele hacer en estos casos: llamó a un sacerdote para que bendijera la casa, ya que incluso mi madre estaba notando cosas extrañas, pero no quiso contármelas para evitar que me asustara más.

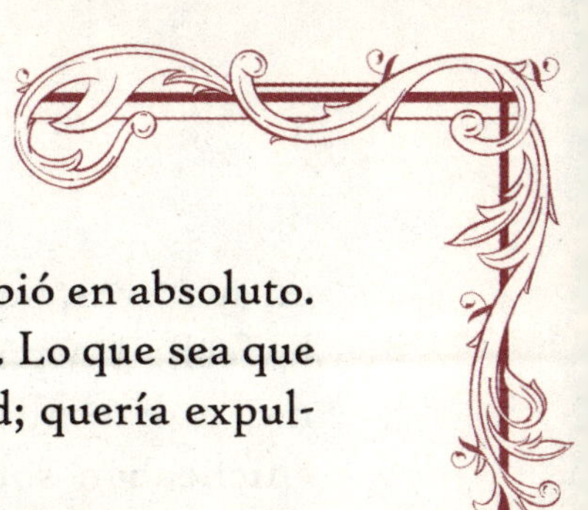

A pesar de las bendiciones, nada cambió en absoluto. Ni siquiera hubo un periodo de calma. Lo que sea que vivía en esa casa continuaba su actividad; quería expulsarnos.

La noche se volvió el peor momento para mí.

Recuerdo bien que una vez estaba jugando en el comedor principal y, sin darme cuenta, el cielo ya se estaba pintando de los colores del atardecer.

Cuando me percaté de que anochecía, mi estómago se retorció, pues la casa comenzaría a despertar.

Inicié mi rutina, que sigo hasta la fecha, de encender todas las luces tan pronto como pudiera, ya que mi mente comenzó a asociar la oscuridad con estar vulnerable frente a lo que fuera que viviera con nosotras.

Me apresuré a dirigirme a mi habitación porque a medio camino debía pasar por la entrada al cuarto de baile, y este se transformaba en una boca de lobo una vez que caía la noche. Lo apodamos «el cuarto hundido» debido a que debías bajar unos cuantos escalones para entrar en él y no había puerta de salida; simplemente tenía una entrada amplia y rectangular en medio del pasillo.

Las luces del candil que adornaba el salón fallaban constantemente, así que el lugar siempre estaba en completa oscuridad. Al no darle ningún uso, lo utilizábamos como una bodega. Yo solía caminar rápidamente hacia mi habitación mirando al frente, ya que era lo único que a mi mente infantil se le ocurrió para ignorar la oscuridad del «cuarto hundido». Sin embargo, esa noche, el salón no quería pasar desapercibido.

A pesar de mi paso apresurado algo me detuvo al pasar frente a él. Se escuchaba como si fuera una conversación

en susurros, pero no lograba reconocer las voces. Hasta la fecha no puedo decir con claridad si eran femeninas o masculinas; parecían voces incorpóreas que cuchicheaban sobre algo que no querían que nadie más entendiera.

Mi estómago se retorció, pero logré correr hasta la habitación de mi madre. Ella y mi hermana estaban jugando videojuegos, y no quise comentarles nada sobre lo que había escuchado. Curiosamente, varias de mis vivencias no las he contado hasta este momento por lo inverosímiles que suenan. Pero aun así, aquí estoy, tratando de desahogar en estas letras aquellos temores que se encarnaron en mí desde hace tanto tiempo.

Los días transcurrían en el calendario, las estaciones cambiaban y nuestro tiempo en la casa estaba por terminar, debido a que las cosas se ponían cada vez peores.

Una noche desperté de la nada y mi mirada se dirigió de inmediato hacia mi hermana, que dormía plácidamente en la cama gemela que estaba al otro lado de la habitación. Por mi costumbre de mantener una luz encendida, podía apreciar bastante bien lo que ocurría... y lo que vi me dejó petrificada.

Mi hermana se había quedado dormida con una muñeca en la mano, la cual parecía moverse de un lado a otro mientras la mano de mi hermana permanecía estática.

Inhalé con fuerza, pero traté de quedarme quietecita para que no me ocurriera nada. En aquel momento creí que la muñeca había cobrado vida y estaba tratando de escapar, pero ahora tengo una teoría distinta. Después de darle montones de vueltas en mi cabeza, me parece

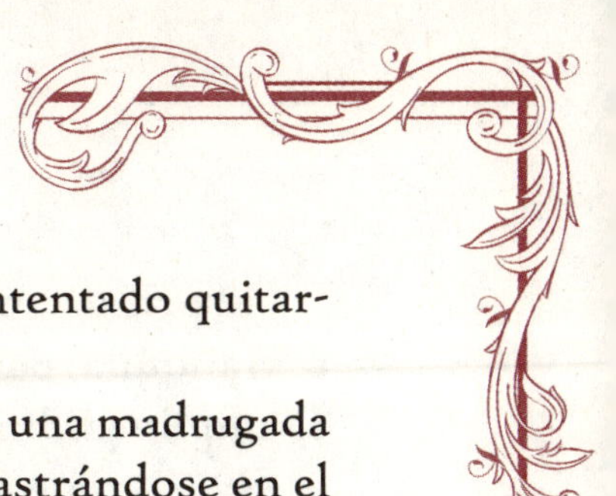

más como si algo incorpóreo estuviera intentado quitarle la muñeca a mi hermana.

Tiempo después de esa noche, durante una madrugada cálida de verano, el ruido de muebles arrastrándose en el comedor principal nos despertó.

Mi madre salió de su habitación y fue a revisar. Nos aterraba la idea de que alguien hubiera entrado a nuestra casa y no tuviéramos nada para defendernos. Nos pidió que nos quedáramos en su habitación. Mientras tanto, mi corazón bombeaba tanta sangre que podía escucharlo sin esfuerzo. Mi madre tardó bastante en regresar, y su respuesta fue que no había sido nada. No había nadie más en la casa.

Después de ese incidente empezamos a dormir en la habitación de mi madre, la cerrábamos con llave y poníamos un sillón en la entrada. El sonido del arrastre de muebles en la madrugada se volvió parte de nuestra escalofriante rutina en esa horrible casa.

Parecía que el lugar iba ensombreciéndose en vez de animarse con los toques de vida que tratábamos de darle. El pasto del jardín estaba muerto; los rincones, infestados de bichos sin importar cuántas veces llamáramos al exterminador, y hasta parecía que el color de las paredes se volvía cada vez más insulso.

En este punto de la historia ocurrieron dos incidentes que llevaré conmigo para siempre y que hicieron que tomáramos la decisión de mudarnos de ese terrible lugar. Quiero compartirlos contigo para sacarlos de mi pecho y para saber si tú también has pasado por algo similar, de modo que podamos comprender nuestras cicatrices de lo inexplicable.

El primer incidente ocurrió una noche aparentemente tranquila, cuando la familia se encontraba reunida en el amplio jardín vecino a la casa maldita, haciendo carne asada, como es común en Monterrey. Mi hermana, mi prima y yo nos aburríamos porque los adultos platicaban de temas incomprensibles para nosotras, así que decidimos ir a jugar a la casa.

Había una pequeña puerta que permitía la entrada a uno de los pasillos exteriores de la casa; si seguías caminando de frente, este pasillo conducía hasta el jardín. Una vez en este, podías entrar a la casa, ya sea por las puertas corredizas del ventanal del comedor o por la habitación de mi madre.

Seguimos avanzando con ese plan en mente cuando, de pronto, algo nos detuvo justo antes de bajar el pequeño escalón del pasillo al jardín.

La luz del comedor se había encendido y algo se proyectaba contra la pared blanca que delimitaba el final del jardín, como si fuera un espectáculo de sombras.

La tres nos quedamos completamente anonadadas, ¿quién podría estar dentro de la casa? No podía ser ningún familiar, pues todos estaban en la reunión del otro jardín. Entonces, ¿quién estaba en la casa en ese momento?

Prestamos atención. La figura era pequeña, parecida tal vez a la de un niño. Recuerdo que lo veía correr de un lado a otro mientras pensaba que había dejado varios de mis juguetes en el comedor. ¿Estaría jugando con ellos? ¿Estaría moviéndolos de lugar?

Otras dos personas y yo fuimos testigos de este suceso y, a pesar de que discrepamos en su tamaño, estamos de

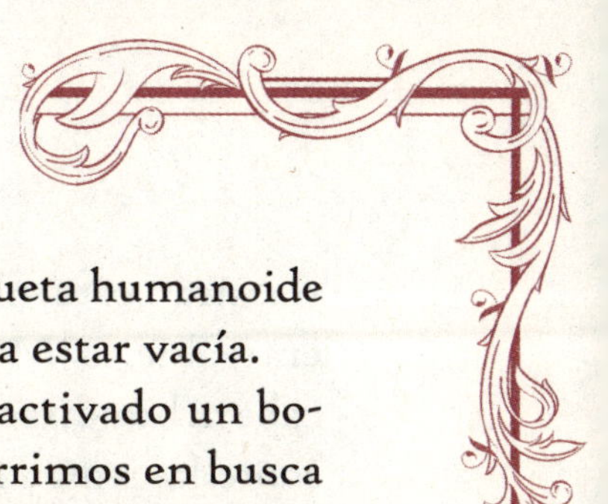

acuerdo en que estuvimos frente a una silueta humanoide que se movía dentro de una casa que debía estar vacía.

De repente, como si alguien hubiera activado un botón de encendido en nosotras, las tres corrimos en busca de ayuda. Llegamos directo a la reunión familiar, espantadas y balbuceando lo que acabábamos de ver.

Afortunadamente los adultos nos creyeron y fueron de inmediato a revisar; sin embargo, todas las luces estaban apagadas y comprobaron que no había nadie dentro de la propiedad. Más aún, todas las puertas estaban bien cerradas y no parecía haber señal de que alguien hubiera invadido nuestro hogar.

Sentí como si una bola de algodón se hubiera atascado en mi garganta. ¿Qué significaba todo esto?, ¿qué estaba ocurriendo?

Había estado frente a algo indudablemente paranormal.

Mi miedo a los fantasmas aumentó de forma considerable a partir de ese punto, pero también mi fascinación.

El segundo incidente nos acercará al gran final de mi historia. Te compartiré una de las vivencias que más me han marcado hasta la fecha. Es también una de las menos creíbles, pero si llegaste hasta aquí, espero de todo corazón que sí me creas.

Una noche mi hermana y yo decidimos dormir en nuestra habitación porque queríamos jugar videojuegos hasta tarde y mi mamá debía dormirse temprano.

La televisión estaba sobre un mueble que dividía ambas camas; si queríamos verlo, teníamos que recostarnos en el extremo donde usualmente van los pies y no en la cabecera.

En algún punto de la noche me quedé dormida y supongo que mi madre apagó la televisión, dejando, como ya era

nuestra costumbre, la luz del baño encendida y la puerta entreabierta. Me desperté repentinamente porque sentí mi cabeza hundirse, como si alguien estuviera presionándome sobre la cama con fuerza. Abrí los ojos, y estoy segura de que vi a una niña pequeña observándome, pero por la escasa luz, no logré distinguir muy bien sus facciones.

La niña pareció asustarse, lo cual sigue sin tener sentido para mí, y retrocedió hasta que chocó con el armario detrás de ella. Yo, aún adormilada, supuse que se trataba de mi hermana, así que la llamé en voz alta.

—¿Renata? —pregunté confundida.

Para mi sorpresa, escuché a mi madre responderme desde su habitación. Me dijo que Renata estaba con ella.

Mi sangre se heló y te mentiría si te dijera que recuerdo algo más después del momento en el que supe que quien estaba frente a mí no era mi hermana. Mi mente se quedó en blanco. Solo sé que entré muy asustada al cuarto de mi madre, y nada más.

Poco tiempo después decidimos que nos mudaríamos, cumpliendo así con la maldición de la casa. No logramos vivir ahí ni siquiera un año. Lo que fuera que habitaba ese lugar siempre lograba su cometido de ahuyentar a quien fuera que intentara ocupar su espacio.

¿Qué era lo que había en aquella casa? ¿Era un espíritu o eran varios? Desafortunadamente nunca lo sabremos, pues la propiedad fue demolida tiempo después de que nos fuimos. Hasta la fecha pienso de vez en cuando en ella, y me hubiera gustado volver para comprobar que lo que viví fue real.

Después de esta experiencia, conservé dos costumbres que todavía no puedo desechar, porque entra en mí

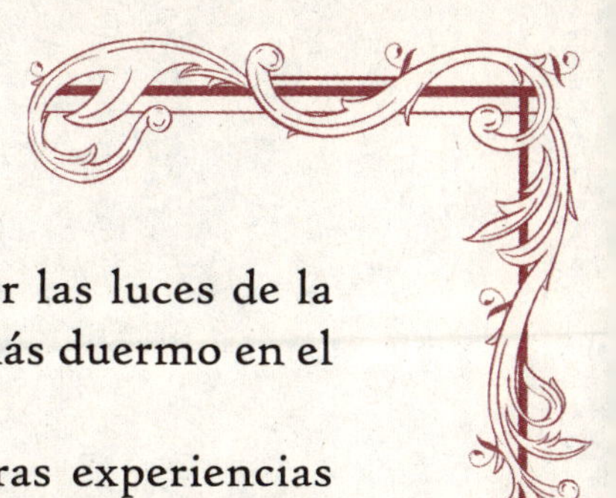

un miedo irracional: no olvido encender las luces de la casa una vez que cae el crepúsculo y jamás duermo en el lado contrario de la cama.

Esta historia fue una de mis primeras experiencias paranormales, y a ella le atribuyo mi gran gusto e interés por ir más allá de lo que me cuentan para encontrarle una explicación a aquello que sobrepasa lo que está en este plano, ya que nunca se sabe qué puede estarnos vigilando al apagarse la luz.

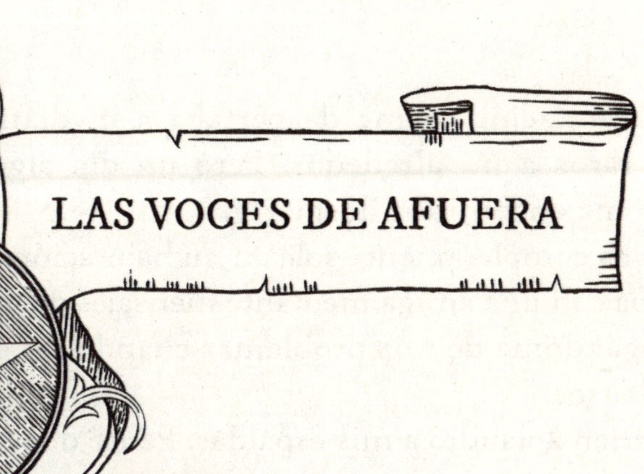

LAS VOCES DE AFUERA

No es un secreto que en la casa donde vivo pasan cosas paranormales.

Desde que llegamos, nos han ocurrido una serie de eventos sin explicación, causados por una antigua inquilina: una mujer que practicaba magia negra. En el pasado, ella vivía con su familia en esta casa y su hija nos ha contado sobre los terrores que experimentaron a causa de esas prácticas oscuras, pero esa historia la contaré en otra ocasión.

Antes de vivir aquí, jamás había vivido eventos paranormales con tanta frecuencia; siempre fueron aislados y, al final, les encontraba una explicación racional. Sin embargo, desde que nos mudamos me volví más sensible a lo inexplicable.

Al principio, las cosas pasaban mientras yo dormía. Encontraba objetos tirados

en mi habitación, o me despertaba a medianoche por ruidos raros a mi alrededor. Pero un día algo ocurrió cuando me encontraba despierta.

Estaba completamente sola en mi habitación, mientras platicaba con una amiga mediante mensajes de voz: estaba desahogándome de mis problemas cuando los escuché...

Aplausos.

Alguien aplaudió a mis espaldas. Pensé que había sido mi imaginación, pero los aplausos quedaron grabados en uno de los mensajes de voz que le envié a mi amiga.

Esa fue la primera vez que esos seres me hicieron saber que estaban presentes.

Cada vez que lo recuerdo un escalofrío vuelve a recorrer mi espalda. Sin embargo, no fue la única ocasión en que algo fuera de este mundo se hizo presente.

Otro día, usó la voz de mi mamá. Escuché que me llamaba desde la planta baja de la casa, o tal vez desde el patio, pero yo sabía que ella estaba en su recámara. Cuando le pregunté si me había hablado, me respondió que no.

He visto cientos de películas de terror como para saber que nada bueno puede provenir de las voces que imitan a nuestros seres queridos. Y en este caso parecía que les encantaba imitar a mis conocidos.

Otro de estos encuentros sucedió una noche en que mi perrita estaba muy inquieta. Quería que la acompañara al patio de la casa; me imaginé que le urgía ir al baño y bajé con ella. Le abrí la puerta para que saliera, pero se me quedó viendo sin hacer nada. Definitivamente quería que la acompañara afuera.

Cuando salimos, mi perrita no hizo nada, más bien, miraba fijamente el área del asador. De pronto, la posición

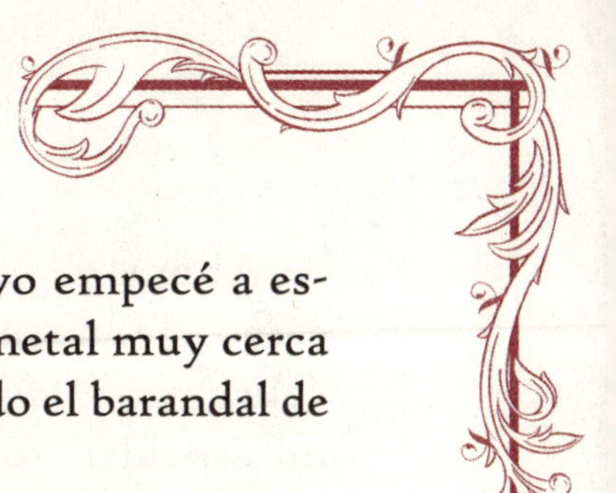

de su cuerpo cambió a una de alerta y yo empecé a escuchar el sonido de metal pegando con metal muy cerca de mí, como si alguien estuviera golpeando el barandal de las escaleras.

Sentí miedo. Para distraerme, decidí marcarle a mi prometido. El tono de llamada sonó una vez y luego otra..., pero él no respondía. Sonó una tercera vez al tiempo que una fuerte ráfaga de viento chocaba con los ventanales de la casa, justo entonces escuché su voz.

—*¿Hola?* —dijo mi prometido al otro lado de la línea.

—¡Hola! —respondí con los ojos cerrados por el viento.

Pero ya no obtuve respuesta y en su lugar el tono de llamada sonó por cuarta vez.

Mi prometido no había contestado, pero su voz me había parecido tan clara... En ese momento, mi perrita comenzó a ladrarle a la nada, y yo perdí la poca valentía que me quedaba. Colgué la llamada para adentrarme en la casa junto con mi mascota, que también lucía asustada.

Ese suceso me dejó un poco paranoica. Cada vez que escuchaba la voz de mi mamá o de mi hermana hablándome les preguntaba, pero me aseguraban que ellas no habían sido. Empecé a pensar que lo mío era pura sugestión, un simple producto de mi imaginación.

No obstante, eso cambió una noche en la que no fui la única testigo de lo paranormal.

Mi prometido y yo veíamos una serie en el cuarto de televisión y ya había anochecido cuando escuchamos que me llamaban.

—¡Anna!

Alguien dijo mi nombre, pero no hice caso.

—¡Anna!

Ahora mi nombre se escuchó más intenso y claro, como si el dueño de la voz estuviera cerca de mí, dentro del cuarto. No lo reconocí y sentí un escalofrío recorrer mi espalda. Volteé a ver a mi prometido y él también parecía desconcertado.

—Alguien me habló, ¿verdad? —le pregunté, algo insegura.

—Sí, escuché que te hablaban, pero según yo, estamos solos.

—¿Reconociste la voz? —pregunté.

—No, no parecía familiar.

Tal y como lo temía.

—¿Salimos a revisar? —le sugerí tratando de sonar calmada.

Mi prometido asintió, nos levantamos, y fuimos hacia el patio.

Allí, mi hermano Alex se encontraba haciendo una especie de ritual con Aura, una chica que recientemente había conocido y le estaba enseñando sobre brujería. Se veían muy concentrados y estaban en completo silencio, alejados del cuarto donde habíamos estado mi novio y yo. Aunque sabía que ninguno de ellos era el dueño de aquella voz, decidí preguntarles de todos modos.

—¿Me hablaron? —Interrumpí el ritual.

Mi hermano me miró con el ceño fruncido, molesto por la interrupción.

—No, no te hemos hablado, tenemos cinco minutos aquí y estamos en silencio total.

—Es que alguien me estaba hablando...

—¿Seguro que no fueron ustedes? —preguntó mi prometido, algo frustrado.

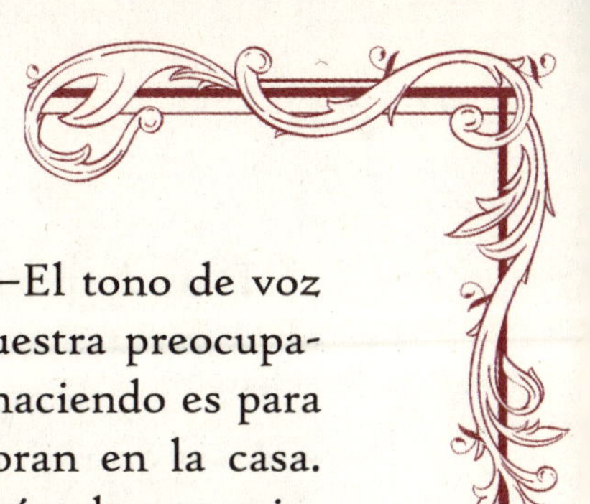

—No fuimos nosotros, lo prometo. —El tono de voz de mi hermano cambió cuando notó nuestra preocupación—. Aunque... el ritual que estamos haciendo es para comunicarnos con los espíritus que moran en la casa. Aura dice que hay varios y vamos a ver qué es lo que quieren. A mí también me han estado pasando cosas extrañas.

—Creo que hay algo en ese cuarto —dijo Aura mientras señalaba hacia el cuarto de televisión—. Y no los quiere ahí.

Yo me estremecí y de inmediato sentí náuseas.

—¿Puedo revisar? —preguntó Aura.

—Sí, adelante —respondí.

Ella se levantó y se dirigió al cuarto. Una vez adentro, comenzó a temblar y nos advirtió que sentía una vibra muy pesada. Cerró los ojos, se quedó unos cinco minutos meditando y, cuando acabó, miró hacia uno de los rincones.

—¡Ahí! —exclamó apuntando con el dedo—. Es una señora. Su cara está algo desfigurada, su mandíbula cuelga y pareciera que tiene los ojos hundidos. Se ven muy negros.

Todos nos quedamos callados.

—Está muy enojada, ¡vámonos de aquí! —nos ordenó Aura con miedo.

Salimos del cuarto rápidamente, desconcertados y asustados.

—¿Y ahora qué? —preguntó mi prometido.

—Tenemos que hacer una limpia. Este lugar está infestado de espíritus. Puedo sentir que hay mucho sufrimiento e ira. Definitivamente no tienen buenas intenciones —dijo Aura.

Días después, mi mamá trajo a un aprendiz de exorcista para tratar de expulsar todos los espíritus de la casa.

Por un tiempo pareció que lo había logrado, pues los sucesos extraños se detuvieron. Sin embargo, con el paso de los meses, escuché otra vez ruidos provenientes del patio y pude percatarme de que los espíritus seguían ahí.

Me han vuelto a hablar con la voz de un desconocido o suplantando la de mis familiares. Mi hermano dice que también ha escuchado que lo llaman desde el patio.

No tengo claro nada, no sé por qué dicen mi nombre; ignoro si me quieren advertir de algo. Pero sí estoy segura de que hasta el día de hoy, no me gusta estar sola en el patio de mi casa por la noche.

Temo que aquellas voces del más allá me vuelvan a llamar.

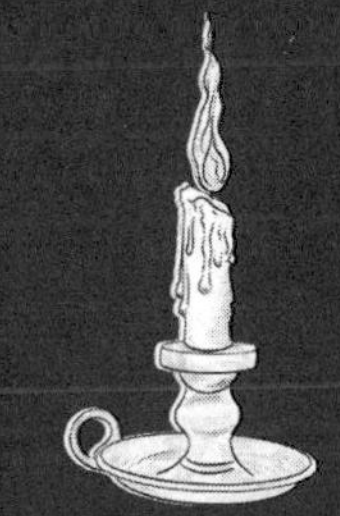

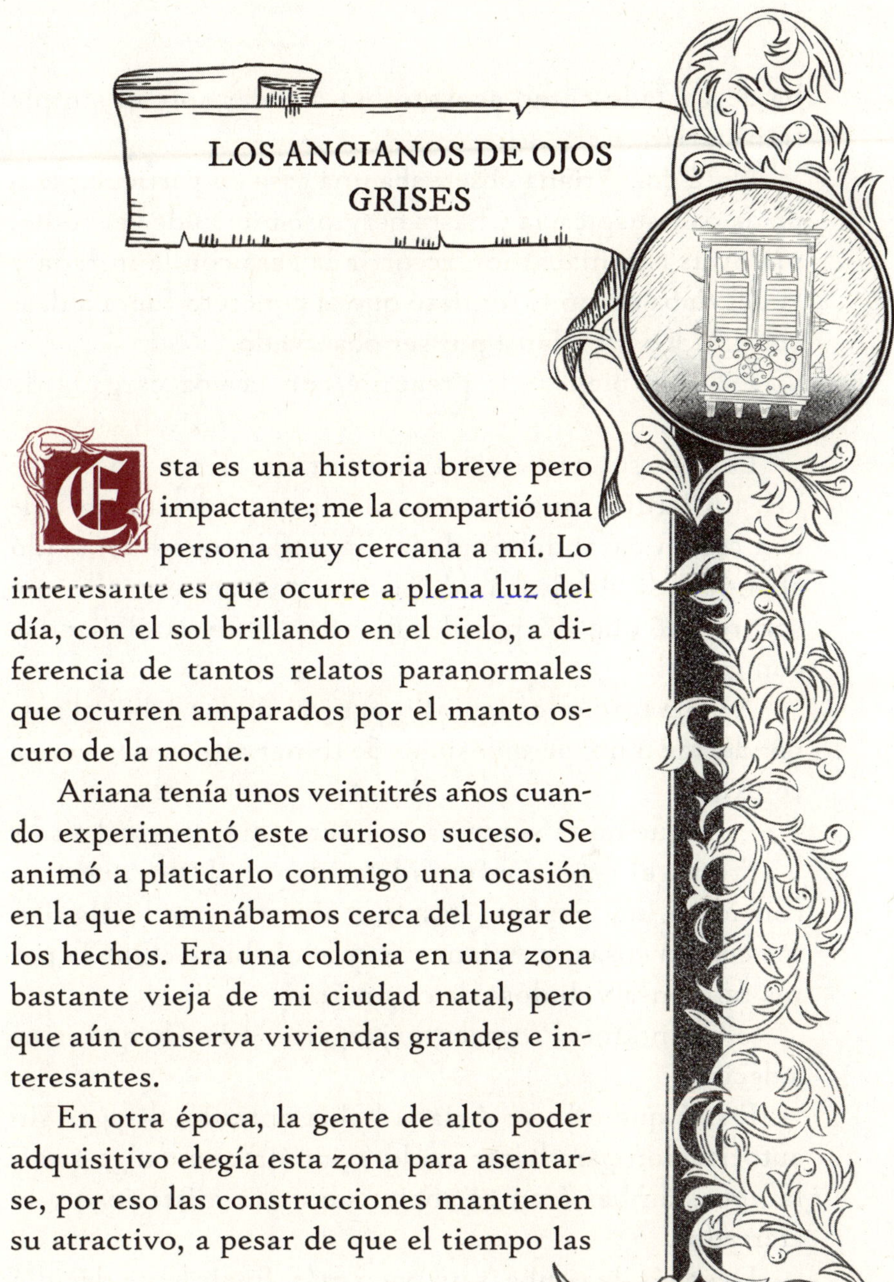

LOS ANCIANOS DE OJOS GRISES

Esta es una historia breve pero impactante; me la compartió una persona muy cercana a mí. Lo interesante es que ocurre a plena luz del día, con el sol brillando en el cielo, a diferencia de tantos relatos paranormales que ocurren amparados por el manto oscuro de la noche.

Ariana tenía unos veintitrés años cuando experimentó este curioso suceso. Se animó a platicarlo conmigo una ocasión en la que caminábamos cerca del lugar de los hechos. Era una colonia en una zona bastante vieja de mi ciudad natal, pero que aún conserva viviendas grandes e interesantes.

En otra época, la gente de alto poder adquisitivo elegía esta zona para asentarse, por eso las construcciones mantienen su atractivo, a pesar de que el tiempo las ha desgastado como acostumbra a hacer con su simple transcurrir.

Noté que Ariana observaba una casa en particular con un dejo de suspicacia y hasta nerviosismo. Pude ver cómo, mientras caminábamos, recorría la casa con la mirada y la desviaba como si temiese que el concreto fuera a descubrirla y a ofenderse por ser observado.

—¿Todo bien? —le pregunté con la voz cargada de extrañeza.

La casa se veía vieja y deteriorada. Tenía dos plantas, un jardín muerto, ventanas rotas y hasta un balcón con el barandal oxidado. Se notaba que había sido abandonada desde hacía muchos años, y por ello me sorprendió que sus paredes no estuvieran vandalizadas con grafiti.

Ariana torció los labios y pareció dudar sobre si responderme o no, pero después de tomar aire varias veces, confesó:

—Es que no sé si me vas a creer —dijo en voz baja.

Fruncí el ceño confundido y algo molesto, pues me considero una persona bastante abierta cuando alguien me cuenta cosas, y Ariana me conocía bien. ¿Qué la ponía tan tensa y dudosa de compartir?

—Cuéntame. Prometo no juzgarte. —Fue lo que atiné a decir.

Pensé que tal vez Ariana había entrado al lugar sin autorización para hacer exploración urbana o algo similar, pues ambas éramos aficionadas a lo misterioso y lo aterrador.

Después de titubear un poco más, finalmente decidió revelarme lo que estoy a punto de narrar con la intención

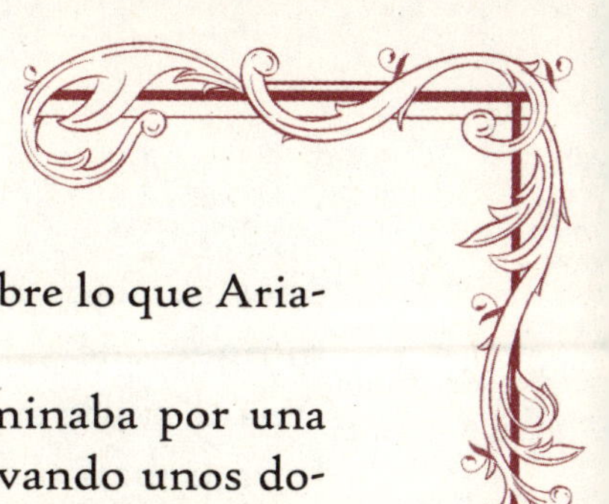

de tratar de encontrar una explicación sobre lo que Ariana jura haber presenciado aquel día.

Para realizar unos encargos, ella caminaba por una calle que se veía tranquila y solitaria llevando unos documentos importantes bajo el brazo. Mientras avanzaba, sintió como si alguien la estuviera observando, pero la calle parecía desierta. Alzó la mirada y vio una casa de dos pisos con un jardín recién podado y un balcón en el que dos personas tomaban el sol.

Eran dos ancianos, un hombre y una mujer, con la piel marcada por profundas arrugas y manchas de la edad. La mujer se veía bien vestida, su cabello gris estaba peinado e incluso utilizaba unos aretes ostentosos que brillaban con el reflejo de la luz del sol. Tenía la mano puesta sobre el hombro del señor, también bien vestido, con una camisa celeste y pantalones, que estaba sentado en una silla de ruedas.

Sin embargo, Ariana se congeló en su sitio debido a los ojos de ambas personas. La estaban viendo directamente a ella, sin disimular en absoluto. Pero había algo en sus miradas que hizo que un estremecimiento le recorriera la columna vertebral. Sus ojos parecían estar ocultos por una membrana gruesa y blanquecina que les daba un tono entre gris y crema.

Ariana no era ajena al deterioro propio de ciertos estados de la vejez, como las cataratas o incluso la ceguera, pero me aseguró que esas miradas no eran para nada normales. Veía a los ancianos con claridad, ya que era cerca del mediodía, pero a pesar de que estaban ahí, erguidos frente a ella, parecían estar... muertos.

Esa fue la única forma que encontró para describirlos,

pues sus ojos se veían como los de los cadáveres en la morgue que salían en las películas de terror. Aquel día, Ariana sintió su estómago retorcerse y como esas personas le causaban una extrema incomodidad, decidió apartar la mirada y seguir su camino con las rodillas temblándole como gelatina.

Aquella visión no abandonaría su mente por el resto del día. En la noche, al intentar cerrar los ojos para dormir, recordó a los ancianos de las miradas grises observándola fijamente.

Sin saber muy bien por qué, al día siguiente decidió pasar por el mismo lugar, pero esta vez en su motoneta. Avanzó despacio al acercarse a esa casa y tuvo que frenar por unos momentos para digerir lo que estaba viendo.

El lugar estaba completamente diferente, como si hubiera envejecido décadas de un día para otro. El jardín recién podado del día anterior ahora se veía abandonado, toda la casa se había deteriorado, el balcón en el que había visto a los ancianos estaba casi destruido y la casa ni siquiera tenía puerta de entrada.

¿Cómo era eso posible? Mientras cuestionaba su salud mental, Ariana miró hacia todos lados para asegurarse de que estaba en el lugar correcto. Era obvio que nadie vivía ahí, pero no era posible, como tampoco lo era ese nivel de deterioro en tan solo veinticuatro horas.

Mientras pasábamos juntas por la casa, eché un vistazo al balcón intentando ver a alguien o, por lo menos, detectar algún indicio de que hubiera habitantes en el lugar a pesar de su estado. Pero no fue así, todo en esa casa estaba muerto, y era probable que también lo estuvieran aquellos ancianos que mi amiga había visto.

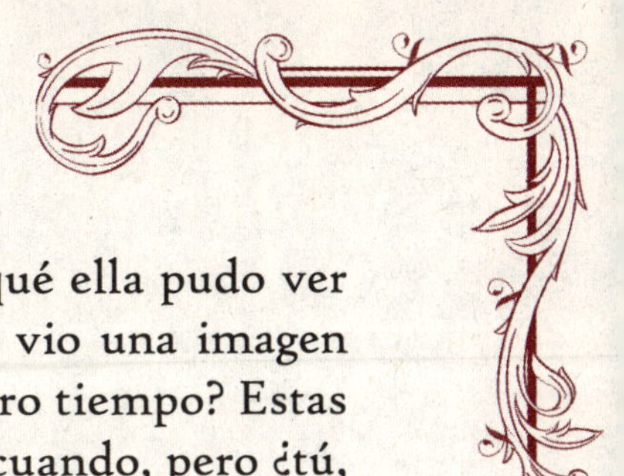

Pero, entonces, ¿qué ocurrió? ¿Por qué ella pudo ver la casa en un estado distinto? ¿Tal vez vio una imagen del pasado? ¿Por un momento viajó a otro tiempo? Estas preguntas rondan mi mente de vez en cuando, pero ¿tú, qué crees? Tal vez puedas darme respuestas.

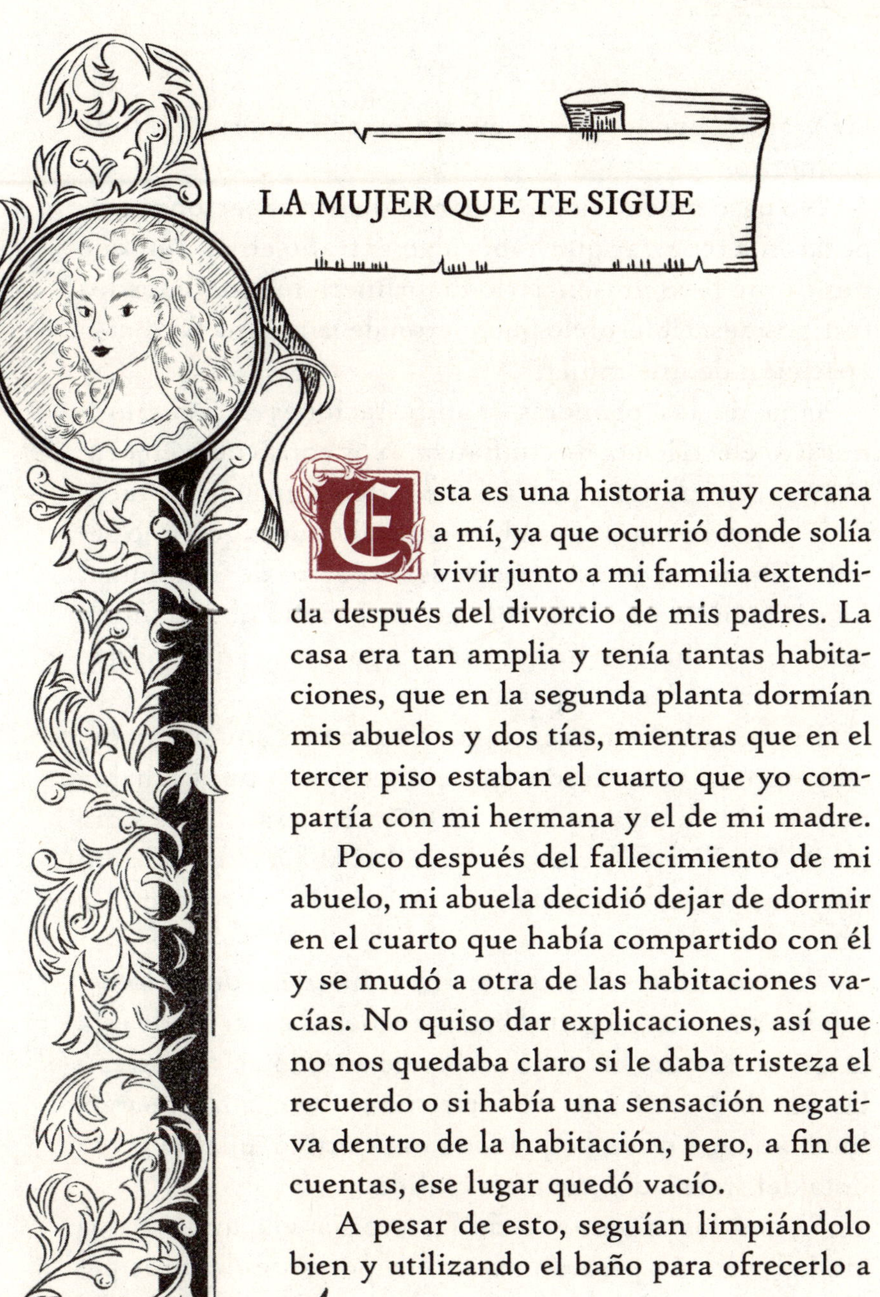

LA MUJER QUE TE SIGUE

Esta es una historia muy cercana a mí, ya que ocurrió donde solía vivir junto a mi familia extendida después del divorcio de mis padres. La casa era tan amplia y tenía tantas habitaciones, que en la segunda planta dormían mis abuelos y dos tías, mientras que en el tercer piso estaban el cuarto que yo compartía con mi hermana y el de mi madre.

Poco después del fallecimiento de mi abuelo, mi abuela decidió dejar de dormir en el cuarto que había compartido con él y se mudó a otra de las habitaciones vacías. No quiso dar explicaciones, así que no nos quedaba claro si le daba tristeza el recuerdo o si había una sensación negativa dentro de la habitación, pero, a fin de cuentas, ese lugar quedó vacío.

A pesar de esto, seguían limpiándolo bien y utilizando el baño para ofrecerlo a las visitas, por lo que el cuarto estaba abierto en todo momento.

No pasó mucho tiempo cuando distintas personas empezaron a reportar que había algo extraño en él. Aunque nunca me tocó presenciarlo de primera mano, todos los testigos describieron lo que vieron de la misma forma: la aparición de una mujer.

Una de las primeras manifestaciones le ocurrió a nuestro electricista de confianza. Nos contó que, en ocasiones, cuando terminaba tarde y debía apagar las luces de la primera planta, estaba seguro de que alguien lo seguía. Comentó que se trataba del espectro de una mujer. La describió como una persona de cabello abundante y castaño, vestida con un camisón largo, como aquellos que se usaban en décadas pasadas.

Esto era de lo más extraño, ya que mis abuelos construyeron la casa desde sus cimientos y nunca había pertenecido a otra persona. ¿Quién era esa mujer? ¿Era algún familiar fallecido que se rehusaba a irse? ¿Era un ente sin relación alguna con la familia? ¿Tenía malas intenciones?

Por más interesada que siempre haya estado en lo paranormal, no me acostumbraba a tener al espectro de esta mujer en mente. Escuché un par de anécdotas similares a las del electricista, pero me resistía a creer. Sin embargo, hubo una noche en la que todo eso cambió, pues la anécdota del trabajador cobraría realidad.

Todos los miembros de la familia viajamos a una ciudad aledaña para un evento importante de unos parientes. Con sinceridad, no puedo recordar el motivo del festejo, pero sí lo que ocurrió aquella noche en mi hogar.

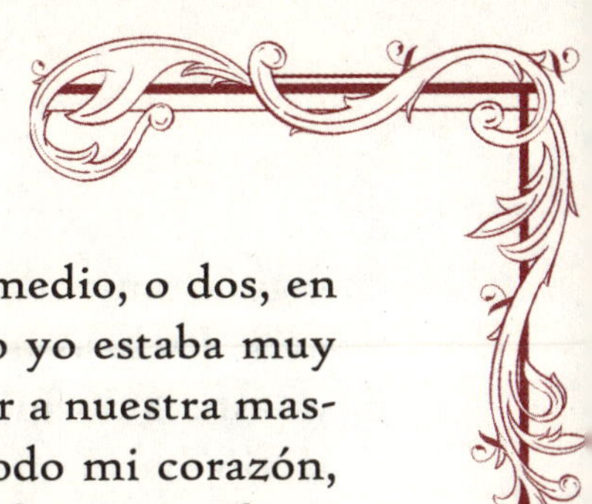

Solo estaríamos fuera por un día y medio, o dos, en caso de retrasarnos en la carretera, pero yo estaba muy preocupada porque tendríamos que dejar a nuestra mascota sola. Yo amaba a mi perrita con todo mi corazón, así que le pedí a un amigo de mucha confianza que fuera a verla y se asegurara de que estuviera bien durante el breve tiempo en el que no íbamos a estar.

Le dejé una copia de las llaves de mi casa y me fui, confiando en que él cumpliría.

En la noche, me comuniqué con mi amigo desde la habitación del hotel y le pregunté cómo estaba mi perrita. Él me dijo que había olvidado ir a verla y se disculpó muchísimo. Yo me molesté bastante. Había confiado en él y, además, ¿cómo pudo haberse olvidado de un ser vivo? ¿Y si mi perrita se había quedado sin agua? ¿O se había acabado toda su comida y tenía hambre?

Para este punto ya era casi medianoche y no podía pedirle a mi amigo que fuera a verla tan tarde, a pesar de que era justo lo que deseaba.

—En serio, ¡perdón! Iré ahora mismo a verla —dijo mi amigo.

—¿Seguro? Si quieres puedes ir mañana a primera hora —respondí muy a mi pesar.

Mi amigo me dijo que prefería ir en ese mismo momento porque él también le tenía cariño a mi perrita y no quería sentir que había traicionado mi confianza. A pesar de que le dije que su seguridad también era importante y me sentiría más tranquila si iba al día siguiente, él hizo caso omiso.

Alrededor de las dos de la mañana mi amigo volvió a reportarse para decirme que todo estaba bien. Mi perrita seguía teniendo agua y comida, pero aun así le sirvió más. Incluso me dijo que, cuando entró a la casa, ella ya estaba dormida en su camita. Eso me generó un gran alivio, hasta que me comentó algo que me dejó helada.

Recuerdo sus palabras a la perfección:

—Entré con tanta prisa e hice tanto escándalo que desperté a tu abuelita. Por favor, discúlpame con ella cuando la veas.

El miedo recorrió mi cuerpo desde la nuca hasta la base de la columna, pude sentirlo como si una araña caminara sobre mi espalda. Toda mi familia, incluida mi abuela, había venido al viaje y todos seguían despiertos. De hecho, justo estaban riendo y platicando en el cuarto de hotel en ese momento. Los miré por unos segundos sin saber si debía contarles o no.

—¿De qué hablas? Mi abue también vino al viaje, está aquí conmigo —le respondí.

—Entonces desperté a tu tía —contestó él de inmediato.

Intenté pasar saliva, pero sentía como si algo estuviera atascado en mi garganta. No quería meterle ideas de fantasmas en la cabeza, pero mis dos tías también estaban conmigo. La casa se había quedado vacía, salvo por mi perrita.

—¿Y… te dijo algo? —pregunté, buscando que me diera su versión de lo sucedido.

Lo que me respondió me dejó paralizada por unos instantes. No lo podía creer.

Me explicó que cuando bajaba por las escaleras desde el tercer piso en donde se encontraba mi perrita, tenía una vista clara de la cocina. La puerta, de cristal transpa-

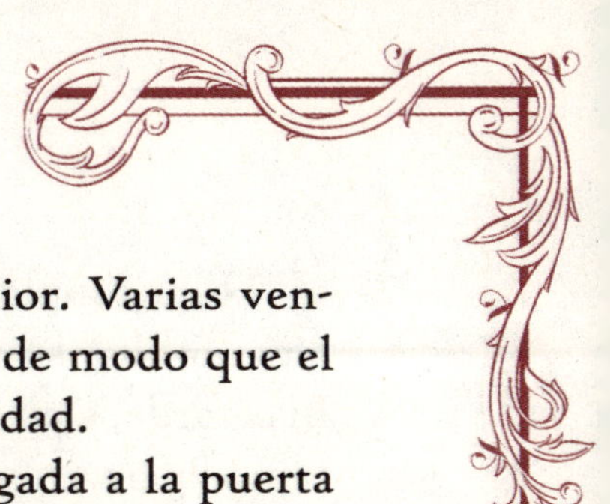

rente, permitía ver con claridad el interior. Varias ventanas dejaban pasar la luz de la ciudad, de modo que el lugar nunca quedaba en completa oscuridad.

Esto le permitió ver a una mujer pegada a la puerta de la cocina con las manos ahuecadas alrededor de los ojos, casi como si estuviera queriendo espiar a la persona que había entrado y estaba por irse.

Al verla, mi amigo estaba tan seguro de que se trataba de alguien de mi familia, que buscó acercarse para ofrecer disculpas por el barullo. Cuando avanzó hacia la puerta, la mujer se hizo hacia atrás y se alejó. Sin tomar esto en cuenta, él abrió la puerta y la vio, de pie y en ropa de dormir.

—Buenas noches —dijo con cortesía—. Discúlpeme por haberla despertado, vine a revisar a la perrita.

La mujer no le contestó y simplemente entró con paso lento al cuarto vacío que antes pertenecía a mis abuelos.

Mi amigo no se lo tomó a pecho y se fue sin más.

Cuando me lo contó, le aseguré que no había nadie en mi casa, que todos estábamos en este viaje. Primero pensó que le estaba jugando una broma, pues estaba seguro de lo que había visto.

—No vi una simple silueta. Vi claramente a una mujer —me aseguró.

Decidí comentarle a mi familia y recibí reacciones mixtas. Algunos lo creyeron, pero otros pensaban que alguien había entrado con intención de robarnos.

Esta segunda teoría quedó completamente descartada porque cuando regresamos, notamos que ninguna cerradura estaba forzada, no había ventanas rotas y mucho menos faltaba algún objeto. Todo estaba tal cual lo dejamos.

Nunca supimos qué ocurrió aquella noche, y no volvió a pasar algo similar por un largo tiempo, hasta que años más tarde, a plena luz del día, una enfermera que contratamos para atender a mi abuelita también presenció algo frente al cuarto que guardaba tanto misterio.

Yo estaba haciendo mi tarea en la mesa del comedor y escuché a la enfermera ir hacia donde estaba mi abuela y volver. Cuando regresó, se quedó unos segundos mirando el antiguo cuarto de mis abuelos.

—¿Todo bien? —le pregunté al ver su cara pálida.

—Le juro que acabo de ver a una mujer acomodando la cama —dijo la enfermera—. Pero ya no hay nadie...

Yo me quedé impactada, pero no quise asustarla más.

—Qué raro, de seguro fue su imaginación.

La última aparición la presenció una de mis primas, quien entró al baño de ese cuarto y alguien comenzó a tocarle la puerta con bastante fuerza. Mi prima gritó que el baño estaba ocupado, pero los golpes insistían con potencia.

Cuando finalmente abrió la puerta para ver de quién se trataba, se topó con el espacio vacío. No había nadie. Luego, razonó que si hubiera entrado alguien al cuarto, ella habría escuchado el sonido de las campanas que colgaban sobre la entrada, las cuales anunciaban si alguien cruzaba la puerta.

Hoy en día, nadie de la familia vive en esa casa. Todos nos mudamos a lugares distintos para continuar nuestras vidas y perseguir nuestros sueños, pero siempre tendremos la incógnita de quién era esa mujer.

¿Qué buscaba? ¿Qué intenciones tenía? Esas dudas aún rondan mi mente. Lo más molesto para mí es que, al

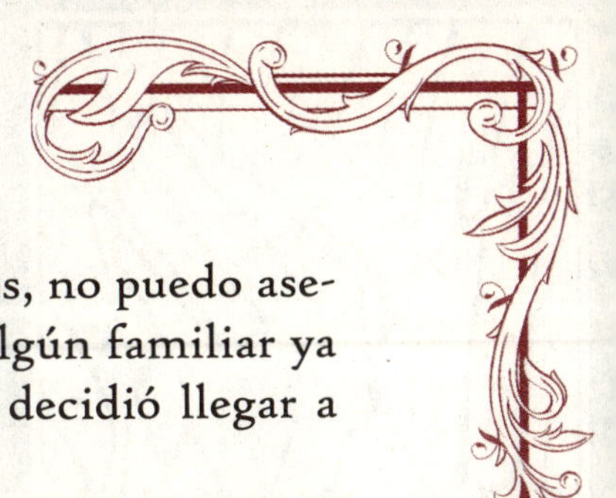

nunca haberla visto con mis propios ojos, no puedo asegurar con certeza si se trataba o no de algún familiar ya fallecido, pero, de no ser así, ¿por qué decidió llegar a nuestra casa?

En la actualidad, la casa le pertenece a alguien más y la está renovando. Me pregunto si este espectro seguirá ahí y acompañará a los siguientes habitantes, o si una vez que todos partimos, decidió irse también.

Finalizaré esta historia con una advertencia para ti que me estás leyendo. Recuerda que yo nunca vi a este espectro de primera mano, pero eso no significa que esa mujer no estuviera ahí. Así que ten mucho cuidado y presta atención a tu alrededor, porque es posible que tengas compañía espectral rondándote.

Aunque tú no los veas, ellos sí pueden verte a ti.

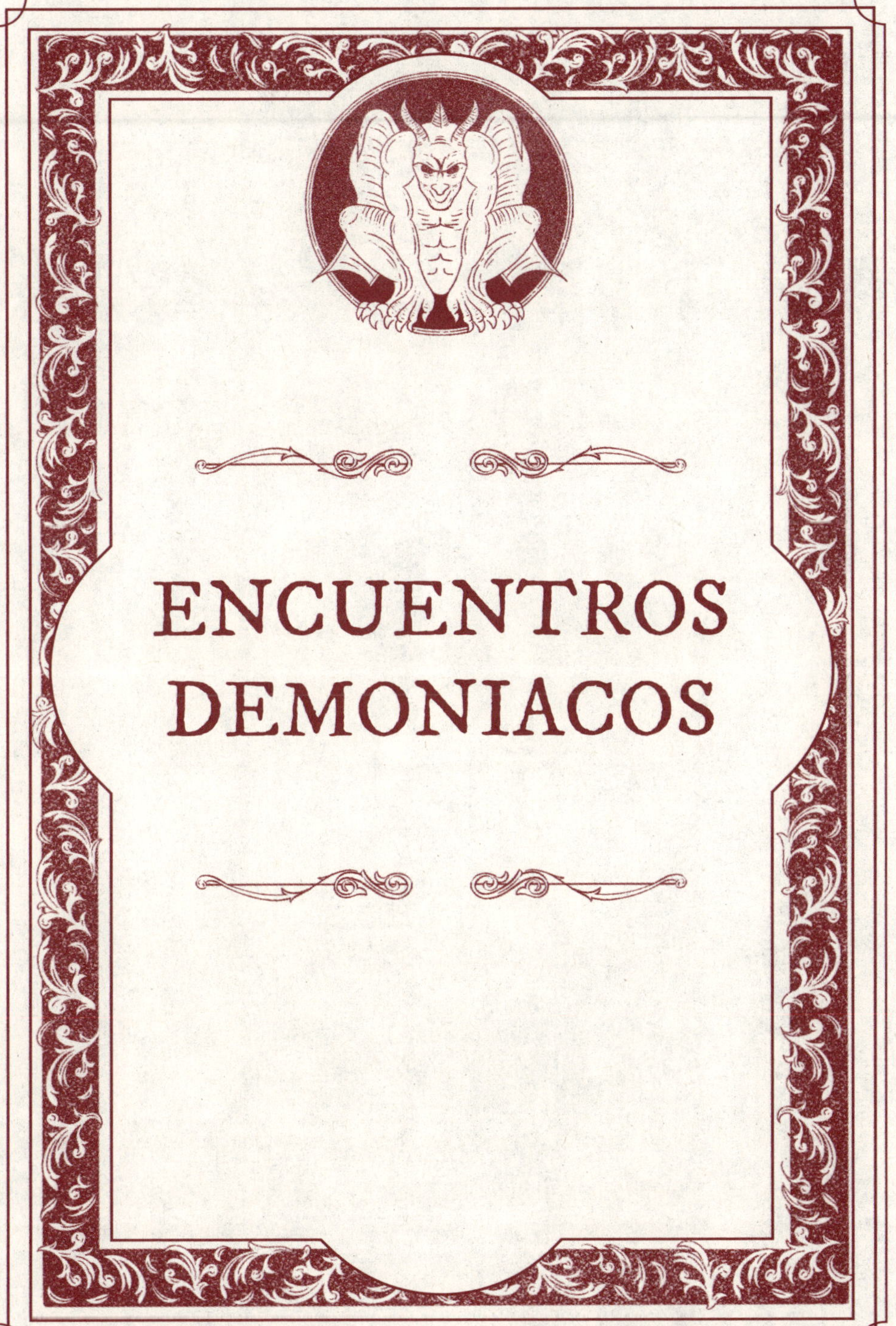

ENCUENTROS DEMONIACOS

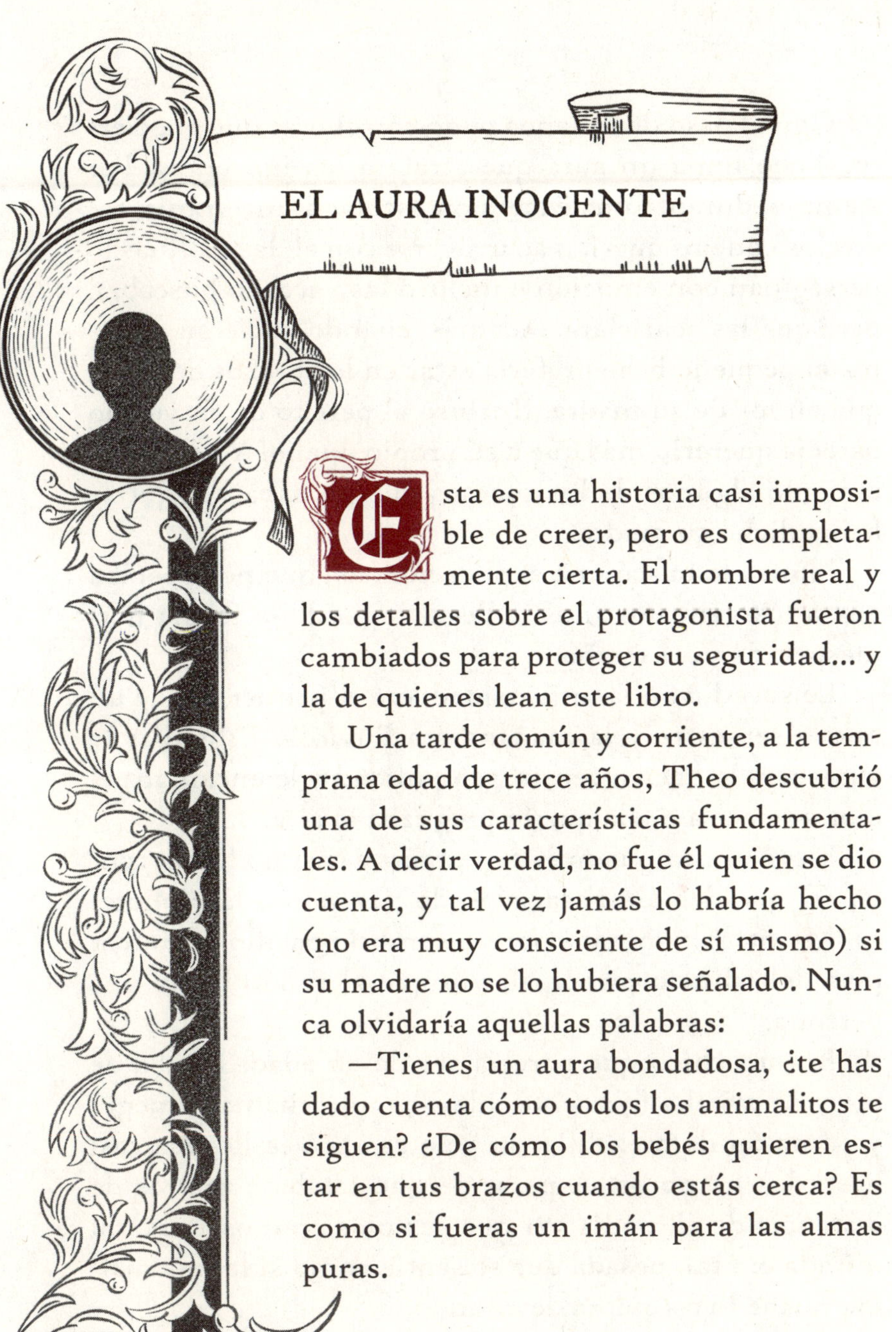

EL AURA INOCENTE

Esta es una historia casi imposible de creer, pero es completamente cierta. El nombre real y los detalles sobre el protagonista fueron cambiados para proteger su seguridad... y la de quienes lean este libro.

Una tarde común y corriente, a la temprana edad de trece años, Theo descubrió una de sus características fundamentales. A decir verdad, no fue él quien se dio cuenta, y tal vez jamás lo habría hecho (no era muy consciente de sí mismo) si su madre no se lo hubiera señalado. Nunca olvidaría aquellas palabras:

—Tienes un aura bondadosa, ¿te has dado cuenta cómo todos los animalitos te siguen? ¿De cómo los bebés quieren estar en tus brazos cuando estás cerca? Es como si fueras un imán para las almas puras.

Con el paso de los años pudo corroborar que era cierto. Theo tenía un aura que atraía a los inocentes. Por ejemplo, durante una excursión escolar a una granja, todos los conejos querían acurrucarse con él, las gallinas lo perseguían con emoción e incluso las vacas lo buscaban para que las acariciara. Además, cuando nació su sobrino, el pequeño bebé prefería estar en los brazos de Theo que en los de su madre. ¡Incluso el perrito de su vecino parecía quererlo más que a su propio dueño! Y esos eran tan solo algunos de los sucesos que probaban lo que le había dicho su madre.

Nunca le buscó una explicación, así que no esperaba que a los veintiún años le llegara una de la forma más inesperada y... extraña.

Le sucedió en la universidad; era el primer día de un nuevo semestre y la mañana era lluviosa. Esos días le gustaban, le hacían sentir tranquilidad y le encantaba el olor a tierra mojada que impregnaba el aire.

Llegó al campus muy temprano y casi no había gente, así que decidió pasar algo de tiempo en la biblioteca. Mientras caminaba por un sombrío pasillo del tercer piso del edificio principal, vio que al fondo había una persona.

Era un chico que parecía ser de su edad. Estaba de pie y lo miraba fijamente. Llevaba una chamarra negra y pantalón de mezclilla, su pelo castaño le llegaba casi hasta los hombros. A pesar de que estaba a metros de distancia de él, podía ver que sus ojos eran oscuros. Su mirada era tan pesada que se sentía como si la mismísima noche lo estuviera devorando.

No estaba seguro de haberlo visto antes, pero el chico

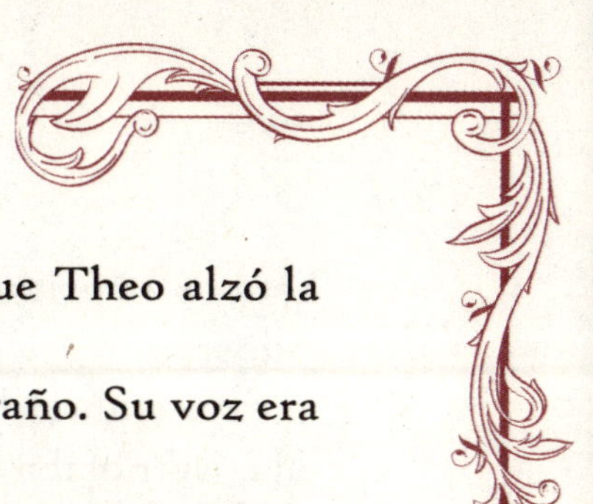

lo observaba como si lo conociera, así que Theo alzó la mano y lo saludó con vacilación.

—Hasta que te encontré —dijo el extraño. Su voz era aterciopelada.

—Disculpa..., ¿nos conocemos? —preguntó Theo. No quería ser descortés, pero le disgustaba mentir y no iba a fingir que sabía quién era.

El extraño ladeó la cabeza y caminó hacia Theo. Se detuvo cuando estaba a escasos centímetros de él y se quedó callado por unos cuantos segundos. El ambiente se estaba tornando incómodo. El aire se empezó a sentir bochornoso.

—¿En serio no me reconoces?

Theo tragó saliva, ¿era su imaginación o la pregunta había sonado como una advertencia?

—Lo siento, no tengo muy buena memoria.

Eso le provocó una carcajada al extraño. Pero no era una risa amigable, sonaba vacía.

—Ya me di cuenta —dijo y metió ambas manos en sus bolsillos—. Además, siempre has sido incapaz de mentir...

Theo se tensó.

—¿Entonces sí nos conocemos?

El semblante del extraño se tornó más severo. Sus ojos negros se afilaron y se clavaron en Theo, que sentía como si quisiera acuchillarlo con la mirada. Sus instintos le gritaban que corriera, pero por alguna razón, sus piernas no estaban cooperando.

—Nos conocemos desde antes del tiempo y hemos vivido muchas vidas juntos —dijo el extraño con seriedad—. Y ¿sabes? En todas esas vidas hemos sido enemigos; en algunas incluso hemos peleado hasta la muerte.

Esta es la primera en la que somos completos desconocidos.

Theo abrió la boca para responder, pero nada salió de ella. Temblaba de pies a cabeza.

—Lo que no logro comprender es... ¿por qué yo te recuerdo en esta vida y tú a mí no? —agregó el extraño—. Llevo años buscándote.

—¿Para qué? —Fue lo primero que salió de la boca de Theo cuando recuperó el aliento—. Lo que dices no tiene sentido, no existe tal cosa como la reencarnación. ¿De dónde sacaste esa historia?

Lo que decía el extraño sonaba como el disparate más grande, pero, entonces ¿por qué una parte de Theo le creía? Algo en su interior le decía que no mentía, que era la verdad más absoluta que había escuchado jamás.

—Pensé que si te encontraba podríamos continuar con nuestra eterna enemistad, pero si no recuerdas nada, no tiene sentido. No sería divertido —dijo el chico.

—¿Divertido? ¿Pelear hasta la muerte?

El extraño le sonrió de una forma tan siniestra que un escalofrío recorrió a Theo de arriba abajo.

—Sí, definitivamente eres tú. En cada vida el mismo santurrón.

—Basta, deja de jugar.

—No estoy jugando.

Theo apretó los labios.

—¿No te parece raro que todo lo bueno e inocente te siga? ¿O que los bebés siempre te sonrían?

—¿Cómo sabes eso? —preguntó Theo, alarmado.

La pregunta había salido de su boca como un reflejo, pero ya conocía la respuesta. El extraño lo conocía. Lo

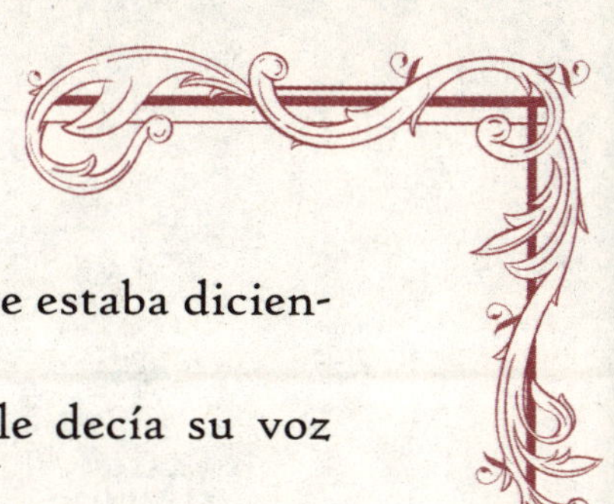

conocía bien. Y no de esta vida. Lo que le estaba diciendo era verdad. Todo era verdad.

«Es verdad, es verdad, es verdad», le decía su voz interior.

Ni siquiera necesitaba pruebas, su alma ya lo sabía.

—Theo, eres un ángel —dijo el extraño.

Theo quiso negar con la cabeza, pero no lo hizo. Su parte racional le decía que eso era imposible, ¿cómo iba a ser un ángel? Pero algo dentro de él se removió al escuchar esas palabras. Fue como si una pieza que no sabía que tenía perdida encajara en lo más profundo de su ser.

—¿Cómo te llamas? —preguntó Theo.

Tal vez, si le decía su nombre, sería capaz de recordar.

Pero ¿realmente quería recordar?

El extraño negó con la cabeza.

—No, no va a ser tan fácil —dijo con un toque divertido en la voz, pero que a la vez sonaba... derrotado—. Si un día lo descubres, llámame y vendré por ti.

—¿Es una amenaza?

El extraño se encogió de hombros y no dijo nada más. Empezó a caminar y, al pasar junto a Theo, le tocó el brazo a modo de despedida. Fue un contacto breve, pero se sintió familiar. El chico de los ojos negros se fue lentamente por el pasillo hasta que Theo lo perdió de vista.

Algo le decía que no volvería a verlo. Por lo menos, no en esta vida. Y tenía sentido que no le hubiera dicho cómo se llamaba.

Después de todo, saber el nombre de un demonio te da poder sobre él.

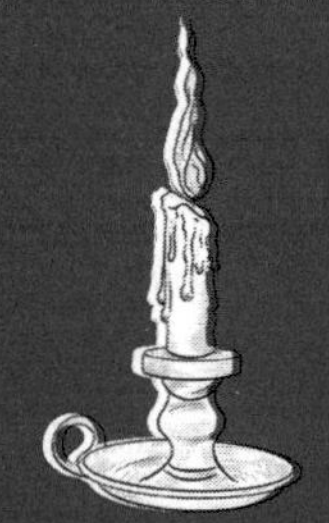

LA ADORACIÓN

Camila siempre fue una persona religiosa. De pequeña amaba pasar sus días en la iglesia, disfrutaba de ir a eventos espirituales e incluso hacía amigos después de la misa. Mientras más crecía, más se involucraba en la organización de todo lo que tuviera que ver con la casa de Dios.

En la adolescencia fue elegida líder de su grupo juvenil de catecismo. Entre sus responsabilidades estaba la de planear reuniones para rezar o para estudiar la Biblia. También organizaba retiros espirituales y bazares para recaudar dinero para hacer renovaciones a la casa donde vivían las monjas, entre otras cosas.

Pero lo que más disfrutaba era la adoración al Espíritu Santo.

Camila se sentía más cercana a Dios cuando hacía sus adoraciones. De niña le

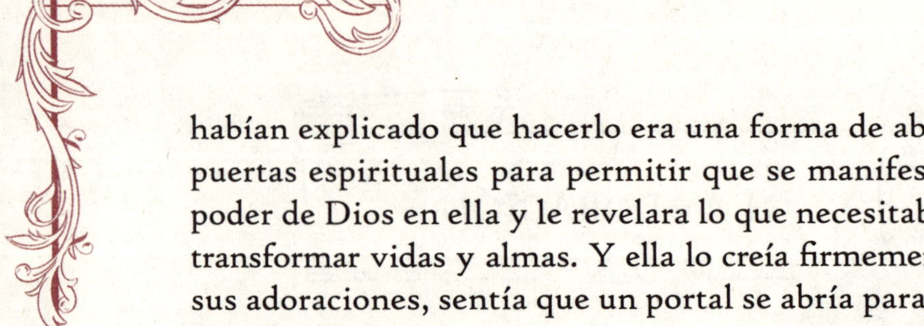

habían explicado que hacerlo era una forma de abrir sus puertas espirituales para permitir que se manifestara el poder de Dios en ella y le revelara lo que necesitaba para transformar vidas y almas. Y ella lo creía firmemente: en sus adoraciones, sentía que un portal se abría para que el Espíritu Santo entrara.

Con el paso de los años, la adoración la llevó a ver muchas cosas que solo hicieron que creyera más en Dios, que creciera su fe.

Hubo una ocasión en la que Camila estaba reunida en una capilla con más gente. Todos adoraban mientras un padre lideraba la oración y caminaba por el pasillo. La costumbre es mantener la cabeza inclinada hacia el suelo o los ojos cerrados al rezar, pero ese día, a Camila la estaba distrayendo la voz del sacerdote. Se escuchaba muy entrecortada mientras rezaba. Sonaba extraño.

Camila decidió levantar la cara para ver qué estaba pasando y lo que vio la dejó helada.

Algo, o alguien, empujaba al sacerdote del hombro. Era una fuerza invisible y parecía como si quisiera quitarlo del camino. Los empujones eran insistentes y, tan fuertes, que uno casi logró tumbarlo hasta el suelo, pero el sacerdote no se dejó vencer. Se sostuvo con firmeza y continuó. Nunca dejó de rezar. Nunca interrumpió la oración.

Ella no apartó sus ojos del padre durante el resto de la adoración. Cuando fue momento de terminar, el hombre caminó hacia el altar y posó ambas manos sobre la mesa para apoyarse.

En cuanto todos se fueron, Camila se levantó de su lugar y fue directo con el sacerdote.

—Fue difícil la adoración de hoy, ¿verdad, padre?

El hombre abrió los ojos de par en par, sorprendido. De no ser porque conocía a la muchacha desde hacía años, le habría mentido para no asustarla, pero él sabía que Camila era lista, más que lista.

—Sí, lo fue —le respondió después de soltar un suspiro—. Me empujó durante toda la adoración, pero lo importante es ser fuerte cuando ocurre algo así.

—¿Qué lo estaba empujando, padre? —preguntó Camila sin titubear y sin miedo, con una profunda curiosidad.

El padre se tardó en responder. Aunque Camila no se caracterizaba por su paciencia, se contuvo y esperó.

—Sabes que cuando estamos en oración abrimos puertas espirituales, ¿correcto? —dijo el padre después de unos momentos—. Pues hay veces que son fuerzas malignas las que intentan entrar, en las que algo oscuro entra y quiere quebrarte. Es ahí cuando más fuerte tienes que ser.

Camila sintió cómo un escalofrío la recorría desde la espalda hasta los pies. No lo admitiría en voz alta, pero en ese momento sintió terror. ¿Y si un día le tocaba a ella? ¿Sería capaz de resistir? Sí había percibido fuertes presencias durante la adoración, pero siempre eran seres de luz. Jamás imaginó que por la puerta también pudieran entrar seres malignos.

Después de ese suceso no volvió a ser la misma.

Se volvió más precavida, observaba con mayor detenimiento a su alrededor. Estaba más alerta y oraba con más decisión. Con el tiempo, tuvo la certeza de que lo que presenció aquel día la ayudó a mantenerse centrada cuando después vio a una de sus amigas caer al suelo y convulsionarse.

Tal vez «amiga» no era la palabra adecuada, se conocían pero no eran íntimas, pues Camila era muy cercana a Dios como para tener odio en su corazón, pero tampoco eran íntimas. Solo se conocían.

Aquel fin de semana era importante para Camila. Realizaría un retiro espiritual que ella había estado organizando por meses. Le emocionaba mostrar sus grandes habilidades de planeación y esperaba que sus compañeros apreciaran su trabajo.

Faltaba un día para que llegara el momento del retiro y ya solo restaban detalles mínimos por revisar. Se encontraba en la iglesia recogiendo unos papeles cuando Pedro, un compañero de su grupo de religión, se le acercó.

—Oye, Camila, ¿te acuerdas de Victoria? —dijo Pedro, algo nervioso—. Sus padres solían venir a nuestra iglesia, y está en la escuela conmigo.

—Sí, la recuerdo —contestó Camila, frunciendo el ceño.

Victoria era una persona a la que veía en ocasiones muy selectas. Había notado que a Victoria no le importaba mucho cultivar amistades con mujeres; le gustaba ser el centro de atención y se molestaba cuando la recibía otra mujer.

—Ah, excelente. —Pedro se aclaró la garganta y se metió las manos en los bolsillos del pantalón—. Es que últimamente ha estado rara, ha faltado un par de veces a la escuela, pero hoy se me acercó para preguntarme por el próximo retiro espiritual y le dije que era este fin de semana. Me preguntó si podía unirse y le dije que no había problema. No lo hay, ¿verdad?

Todo esto lo dijo sin respirar y casi se quedó sin aire. Hasta se había sonrojado un poco.

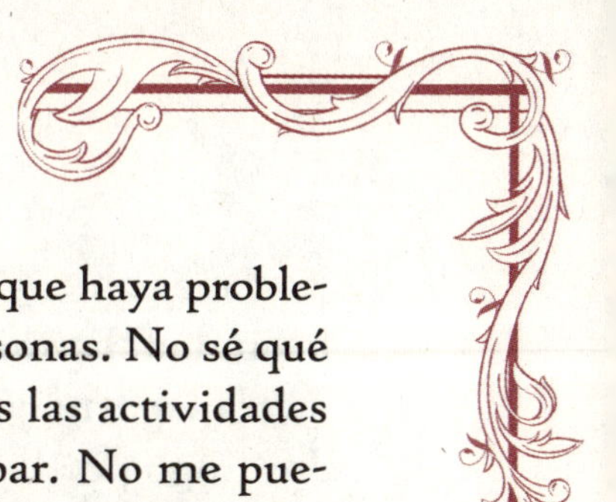

—Mmm... —Camila titubeó—. No es que haya problema, pero todo está planeado para seis personas. No sé qué haría con siete. Necesitaría cambiar todas las actividades porque ya ni siquiera seríamos número par. No me puedes decir estas cosas con tan poca anticipación, Pedro.

Le molestaba ser ese tipo de persona, pero más que le cambiaran los planes. ¡Se había esforzado mucho organizando cada detalle del retiro!

—Lo sé, y te ofrezco una disculpa, solo que realmente sentí que lo necesitaba. No puedo explicarlo, pero algo me dijo que tenía que invitarla. —Pedro juntó ambas manos a la altura del pecho—. Por favor, di que sí.

Camila vio sinceridad en los ojos de Pedro y suspiró con pesadez.

Si bien ella había organizado el retiro, no tenía el poder de negarle la asistencia a nadie. Cualquier persona podía unirse. Todos eran bienvenidos cuando se trataba de Dios. Además, Pedro era un buen amigo, apoyaba a Camila cuando podía y nunca le había pedido un favor así.

—Está bien, no te preocupes. Tienes razón, hoy mismo haré los cambios en las actividades —dijo Camila con una sonrisa—. Claro que la recibiremos el fin de semana.

Cuando Camila se proponía algo, no había fuerza que la detuviera, así que logró organizar las actividades para que funcionaran con siete participantes y redistribuyó las habitaciones para que todos estuvieran cómodos durante su estadía en el retiro.

Al día siguiente, se encontraba fuera de la iglesia junto con sus cinco compañeros del grupo de religión. El aire que se respiraba en el ambiente era de paz y emoción, pues desde hacía tiempo esperaban el retiro.

En esta ocasión sería en unas cabañas a las afueras de la ciudad. La misma iglesia había contratado un servicio de transporte que los llevaría el viernes y los recogería el domingo por la tarde.

—Ya es tarde, ¿no? —dijo Rebeca mirándose las uñas.

—Ya debe de venir en camino, me mandó un mensaje hace poco —contestó Pedro.

Estaban hablando de Victoria.

—La esperamos. No pasa nada —dijo Camila, determinada a que nada le arruinara el fin de semana.

Al cabo de unos cinco minutos, por fin llegó Victoria. Lucía extraña. Parecía desorientada, entre triste y enojada. Camila llevaba un tiempo sin verla, pero la recordaba como alguien sonriente y con mucha energía.

—Ella es Victoria —la presentó Pedro con una sonrisa y luego miró a la recién llegada—. Vicky, creo que ya conoces a Camila. Ellos son Majo, Rebeca, Natalia y Santiago.

Todos se saludaron y luego subieron a la camioneta. De pronto, Camila se percató de que se sentía ansiosa. No sabía por qué, había organizado este tipo de retiros en múltiples ocasiones. Esperaba que cuando al fin llegaran a las cabañas y pudieran hacer la adoración, el Espíritu Santo se llevaría toda su ansiedad.

Después de unas horas llegaron y dejaron sus pertenencias en los dormitorios asignados. Ya estaba oscureciendo y habitualmente la primera actividad de la noche era empezar con la adoración.

Camila amaba iniciar el retiro así, pues abría la puerta para que el Espíritu Santo estuviera con ellos todo el fin de semana.

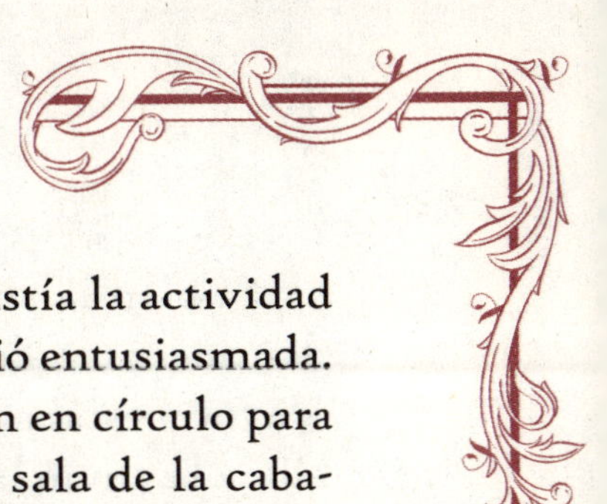

Le explicaron a Victoria en qué consistía la actividad y ella escuchó con atención, incluso pareció entusiasmada.

Llegó el momento, y todos se sentaron en círculo para comenzar con la oración. Estaban en la sala de la cabaña principal, entre la cocina y la entrada. Camila consideraba un gran privilegio ser la encargada de liderar la sesión. El aire se sentía fresco y sereno, perfecto para empezar. Cerró los ojos y el sonido de los rezos de todos invadió el lugar.

Camila podía percibir cómo su alma se llenaba de calma y luz. Santiago había comenzado a hablar en otras lenguas, lo cual no era extraño, ya que al tener el don de la palabra, le sucedía bastante seguido que durante la adoración, algunos seres se comunicaran con él en lenguas extrañas.

Pero de pronto sucedió algo raro.

Santiago empezó a hablar más rápido, casi con urgencia. Y Victoria cayó abruptamente al suelo.

Todos abrieron los ojos, asustados, pero Camila recordó las palabras que el sacerdote le había dicho en aquella fatídica ocasión:

«Es ahí cuando más fuerte tienes que ser».

Y lo sería.

Alzó la voz y continuó con la adoración, sin quitarle los ojos de encima a Victoria. Con terror, la vio retorcerse en lo que parecía un ataque epiléptico, se mordía la lengua y de su boca salía baba y espuma.

—¡No se detengan! —exclamó Camila y continuó la oración.

El grupo le hizo caso. Confiaban en ella y, a decir verdad, no tenían otra opción. No sabían qué más hacer.

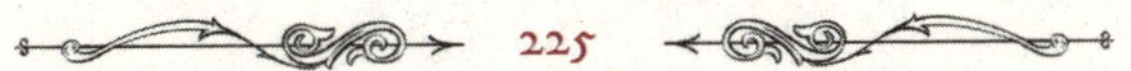

Si bien la adoración debía continuar, Camila no podía quedarse de brazos cruzados mientras parecía que Victoria estaba agonizando. El Espíritu Santo estaba con ella y le envió la respuesta en forma de recuerdo: alguna vez, en un programa de televisión médico, mostraron qué hacer cuando alguien experimentaba un ataque epiléptico. Uno de los riesgos más grandes era que la persona se golpeara durante el ataque, entonces sabía que tenía que protegerle la cabeza con una almohada.

Camila siguió rezando mientras corría a los cuartos para buscar una. Agarró la primera que vio y regresó corriendo directamente con Victoria para colocar la almohada entre su cabeza y el piso. Se quedó con la chica mientras todos seguían orando con ímpetu.

Su corazón, su alma y su mente le gritaban que completara la adoración. Podía sentirlo, sus compañeros estaban en la misma frecuencia que ella.

Pero esta no era una adoración común. Camila no percibía la iluminación de siempre, sino todo lo contrario. Había algo ahí entre ellos que era oscuro y maligno y que había entrado por la puerta espiritual. Camila dudaba de su fortaleza para resistir y salvar a Victoria.

No sabía si sería capaz de salvarlos a todos.

Pero no se rindió. Siguió orando con todo su ser, acompañada de sus compañeros, que compartían la misma fe.

Al cabo de unos minutos más, que se sintieron como una eternidad, por fin pudieron cerrar el ciclo. Cuando terminaron de orar, Santiago dejó de hablar en otras lenguas y el cuerpo de Victoria se relajó, como si algo la hubiera abandonado dejándola como una muñeca de trapo rendida en los brazos de Camila.

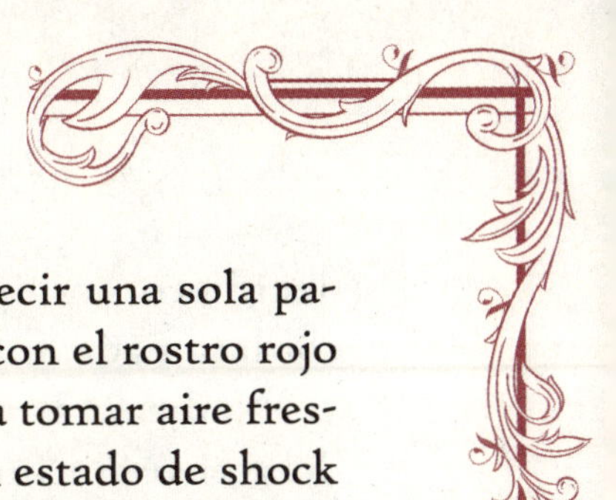

Todos los presentes se miraron sin decir una sola palabra. Majo y Natalia estaban llorando, con el rostro rojo y húmedo. Rebeca salió de la cabaña para tomar aire fresco, mientras Santiago parecía salir de un estado de shock al ver a Pedro dirigiéndose hacia Camila y Victoria para ayudarlas.

—¿Está bien? —preguntó Santiago, ya en español.

—Creo que sí —dijo Camila.

Sorprendentemente Victoria parecía estar bien. Respiraba de forma apacible y lucía como si estuviera dormida. Entre Pedro y Santiago la cargaron y la llevaron a su dormitorio. Luego, todos se reunieron en la sala para discutir lo ocurrido.

—¿Qué fue lo que pasó? —preguntó Pedro.

Camila suspiró antes de contestar.

—Algo malo entró mientras manteníamos la puerta espiritual abierta —respondió tan tranquila y segura que los demás solo asintieron.

Parecía que todo el aire hubiera sido expulsado de la cabaña, dejando una sensación de vacío. El grupo estaba más agotado que nunca y, después de casi diez minutos de silencio, Pedro volvió a hablar:

—Deberíamos tomar turnos para dormir —sugirió—. Para vigilar que todo siga bien...

Rápidamente acordaron dormir de dos en dos para cuidarse entre todos y revisar a Victoria periódicamente.

Fue de las peores noches de Camila.

Al día siguiente, Victoria se despertó tranquila y se veía más alegre, más dispuesta en general. Cuando los demás le preguntaron por lo sucedido, pareció no tener idea de lo que le estaban hablando, así que

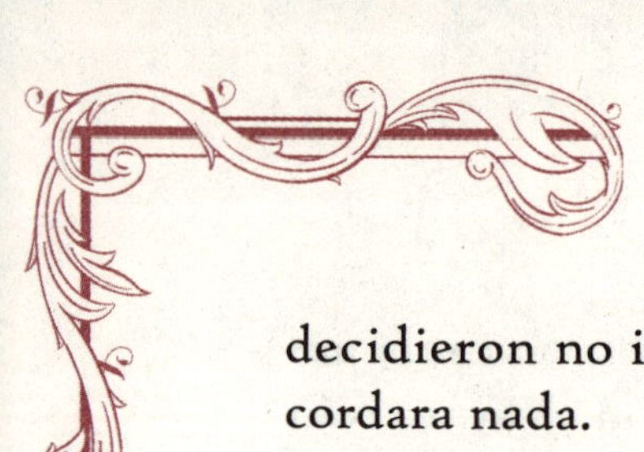

decidieron no insistir. Tal vez era mejor así, que no recordara nada.

Nadie se atrevió a hablar de aquel suceso, y el resto del retiro continuó sin otro percance, tal como Camila lo hubiera querido desde el principio.

Ella recuerda ese fin de semana como el que marcó su vida. Se acuerda de esa adoración como la más fuerte y aterradora de todas las que ha experimentado. Es un recuerdo grabado con todo detalle. Todavía es capaz de revisitarlo en su mente como si lo estuviera viviendo de nuevo.

Han pasado diez años desde aquel retiro y, aunque ya no está tan involucrada en la iglesia, Camila sigue frecuentando a su grupo de amigos del catecismo. Algunas veces han retomado el tema de Victoria en aquella adoración.

Hasta la fecha Camila es devota y ora todos los días. Está segura de que si no fuera por las complicaciones de la adultez, continuaría organizando eventos y retiros religiosos. Y cuando le preguntan si es creyente, siempre responde con determinación:

—Totalmente. No hay una fibra de mi cuerpo que no crea en Dios. He visto cosas inexplicables y les he abierto puertas a seres divinos.

Nunca menciona que algunas veces esas puertas dejan entrar otras energías más oscuras.

Aún le aterra pensar que, aquella noche, le abrió la puerta a algo perverso. Pero resistió, ¿no? Eso es lo importante.

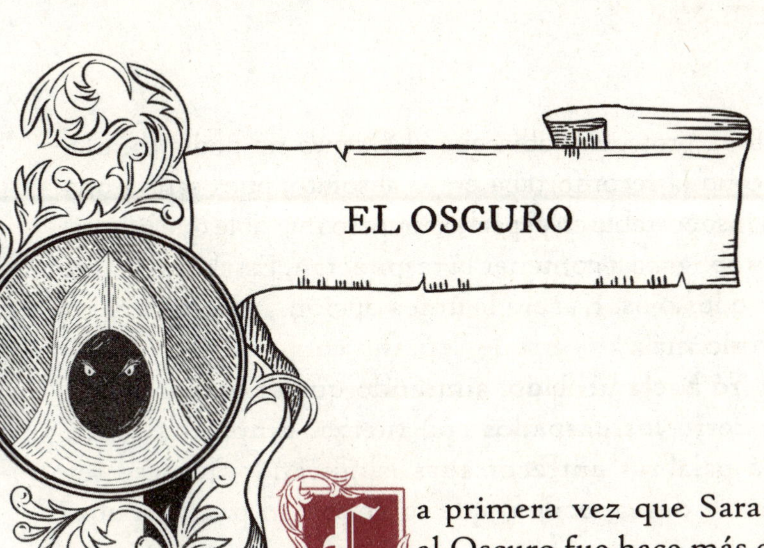

EL OSCURO

La primera vez que Sara sintió al Oscuro fue hace más de diez años, pero aún puede evocarlo con la misma claridad con la que recuerda su propio nombre.

Aquella noche despertó de un sueño profundo. Al inicio, había tenido un sueño hermoso, cálido, hasta que poco a poco se desvaneció y se tornó en algo retorcido, una pesadilla macabra que la hizo abrir los ojos de golpe.

Entonces lo vio.

Estaba ahí, de pie, observándola.

No tenía rostro, sin embargo, ella sentía su mirada penetrante. Era como si la oscuridad misma hubiera cobrado forma y la desafiara, inmóvil, paciente, expectante. Pero este ser no era solo oscuridad. Y ella sabía quién era. El ángel caído que se había atrevido a desafiar a Dios.

Su fe la protegía. Sabía que el Oscuro no podía tocarla, pero eso no la reconfortaba en lo absoluto, pues sentía una presión insoportable en el pecho, un peso invisible que la oprimía y la obligaba a contener la respiración. Estaba aterrada.

Cerró los ojos. Esa era la única opción. No quería y no debía verlo más.

Se giró hacia un lado, sintiendo que el cuerpo le pesaba, y cerró los párpados con fuerza. Empezó a rezar. Susurró palabras entrecortadas, suplicando que ese ser maligno se desvaneciera, que la dejara en paz. No obstante, por más que oraba, él no se iba.

Ya no lo veía, pero no necesitaba hacerlo para saber que seguía ahí.

Esperando.

Rezó hasta que el sueño la venció.

Al día siguiente, decidió contarle a su esposo Enzo. Le relató todo lo ocurrido con voz temblorosa y lágrimas en los ojos.

—Creo que tu pesadilla fue demasiado vívida —le dijo Enzo mientras la abrazaba para darle consuelo. Era obvio que no le creía, pero agradeció que a pesar de eso intentara tranquilizarla.

Los años pasaron como si nada.

Sara no volvió a ver al Oscuro; aun así, lo pensaba con más frecuencia de la que le habría gustado. Una mañana se despertó inquieta, sintiendo como si algo la hubiera acechado entre las sombras de la habitación, como si la hubiera observado toda la noche desde el pie de la cama mientras dormía.

—¿En qué piensas? —le preguntó Enzo al verla tan ausente.

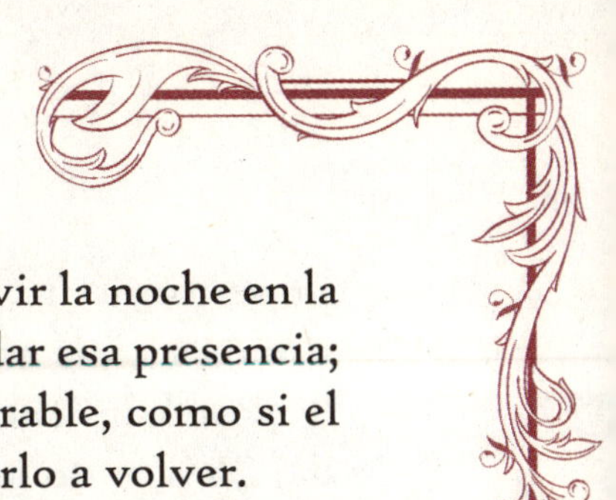

Sara sacudió la cabeza, no quería revivir la noche en la que ese ser la visitó. No le gustaba recordar esa presencia; la ponía nerviosa y la hacía sentir vulnerable, como si el solo hecho de pensar en él pudiera invitarlo a volver.

—En los pendientes de hoy —dijo nerviosa—. Tengo que llevar a Luciana a la escuela.

Luciana era su hija. Había nacido con una discapacidad, pero creció siendo increíblemente independiente dentro de lo que su condición le permitía. A pesar de las dificultades para moverse con la misma agilidad que otros y su incapacidad para hablar, se expresaba a su manera, con sonidos que ya eran su propio lenguaje. Luciana sería como una niña pequeña para siempre, aunque ya no era nada pequeña, pues tenía veintidós años.

Sara la amaba con todo su corazón.

—¿Y por qué estás tan callada? Te ves nerviosa —dijo Enzo.

—No lo estoy. Solo me agarraste distraída —respondió, regalándole una sonrisa—. Ya casi es hora de que te vayas al aeropuerto, ¿listo para el viaje?

Enzo iba a asistir a un torneo de golf con sus amigos en una playa fuera de la ciudad. Llevaba meses esperando ese viaje.

—Sí, no puedo creer que por fin llegó el día —comentó con emoción.

—Me avisas cuando subas al avión. —Le dio un pequeño beso de despedida—. Gánales a todos.

Se despidieron y Sara se fue con Luciana a atender sus pendientes del día.

El día pasó como si nada, aunque esa inquietud con la que había despertado no la dejó en paz. Tenía un mal

presentimiento, pero decidió no darle importancia y continuó con sus actividades como de costumbre.

Por la noche, una vez que Luciana se quedó dormida, Sara pudo irse a la cama. Cerró la puerta del cuarto, se acostó y se dispuso a dormir. Apenas estaba cayendo rendida cuando de repente un ruido hizo que abriera los ojos.

La puerta de su habitación estaba abierta de par en par y se había azotado contra la pared.

Era Luciana, se había despertado y decidió ir al cuarto de sus padres a pasar el tiempo.

—Luciana, ya vete a dormir.

Luciana la miró con el ceño fruncido, soltó un pequeño sonido de queja y salió de la habitación. Sara se puso de pie y la siguió en silencio hasta su cuarto, la ayudó a acostarse y se quedó unos minutos a su lado, hasta asegurarse de que volviera a quedarse dormida.

Sara regresó a su habitación, volvió a cerrar la puerta y se quedó dormida sin demasiado esfuerzo.

Pero no duró mucho así.

Un golpe seco la despertó. La puerta se había abierto otra vez.

Iba a regañar a su hija, pero de inmediato se percató de que Luciana no estaba en la habitación. Su corazón comenzó a latir con fuerza cuando se percató de que frente a ella, apenas iluminada por la luz que se colaba por la ventana, había una figura. Una sombra.

Claro, era Enzo, pues la silueta era alta y masculina.

—¿Enzo? —murmuró con voz entrecortada.

No obtuvo respuesta. La figura rodeó lentamente la cama y se subió en ella, como si quisiera acostarse a su lado.

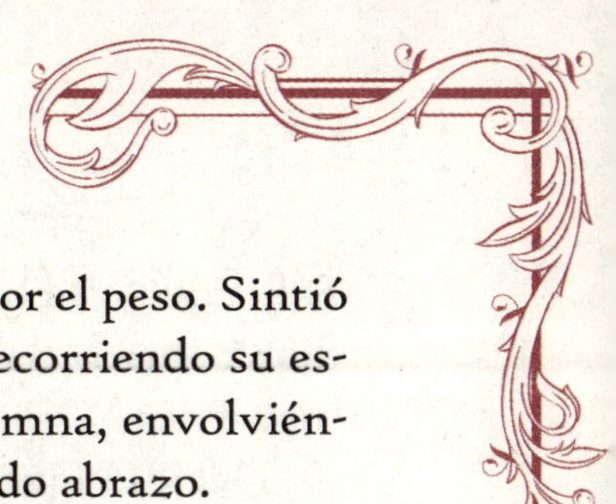

Sara sintió que el colchón se hundía por el peso. Sintió también unos dedos largos y huesudos recorriendo su espalda, subiendo con lentitud por su columna, envolviéndola. Su cuerpo se congeló en ese horrendo abrazo.

Era Enzo. Tenía que ser Enzo, ¿verdad?

Ese contacto, esa presencia... no era cálida, pero sí familiar. Era pesada, densa, como si la oscuridad misma la estuviera tocando. Un miedo abrasador comenzó a apoderarse de ella, paralizándola.

¿Por qué tenía miedo de su propio esposo? ¿Por qué no le respondía?

Y en ese momento lo supo.

Quien estaba ahí, con ella, no era Enzo.

En un segundo de lucidez, todo tuvo sentido: Enzo no estaba, se había ido de viaje. Era imposible que fuera él.

Sara sintió cómo el terror la desgarraba desde adentro. Cerró los ojos con fuerza y empezó a rezar una y otra vez. Temblaba y suplicaba mientras sentía aquella presencia maligna envolverla. Rezó como aquella primera vez que la vio. Rezó como si su vida dependiera de ello. Hasta que de pronto, el peso desapareció y el aire volvió a fluir.

Pasaron varios minutos antes de que pudiera atreverse a abrir los ojos.

Sara seguía en su cama. Todo estaba en su lugar. Intentó convencerse de que había sido un sueño. Una pesadilla. Seguro Luciana había abierto la puerta otra vez y su mente le había jugado una mala broma.

Con el corazón todavía latiendo con fuerza, se levantó para revisar si Luciana estaba despierta y merodeando por la casa a oscuras, como de repente solía hacer. Tomó su celular y vio que pasaban de las tres de la madrugada.

Sabía que muchas personas creían que esa era la hora del diablo, pero ella nunca lo había considerado así hasta ese momento.

Decidió ignorar ese pensamiento, y caminó con cautela hasta llegar al cuarto de su hija. Cuando entró, ahogó un sollozo al comprobar que Luciana seguía dormida. Se obligó a mantener la calma, era consciente de que si había algo más en su casa, debía ser capaz de proteger a su hija. Esa noche no durmió.

Pasó mucho tiempo antes de que Sara se atreviera a hablar sobre su segunda experiencia paranormal. Ni siquiera lo habló con Enzo cuando regresó de su viaje porque estaba segura de que no le creería y, además, prefería intentar olvidar lo que había vivido. Creía que si no volvía a mencionarlo sería como si eso nunca hubiera pasado, pues muy en el fondo sabía que lo que vio y sintió esa noche solo podía significar una cosa: el Oscuro había vuelto a visitarla.

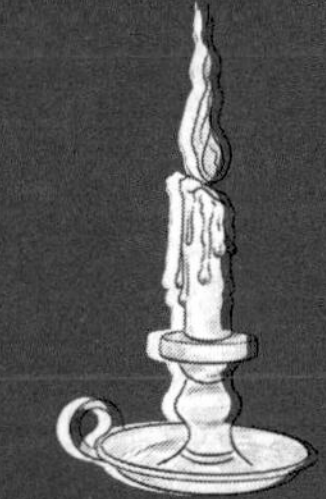

YES
NO
OUIJA
ABCDEFGHIJKLM
NOPQRSTUVWXYZ
12345
90
GOOD BYE

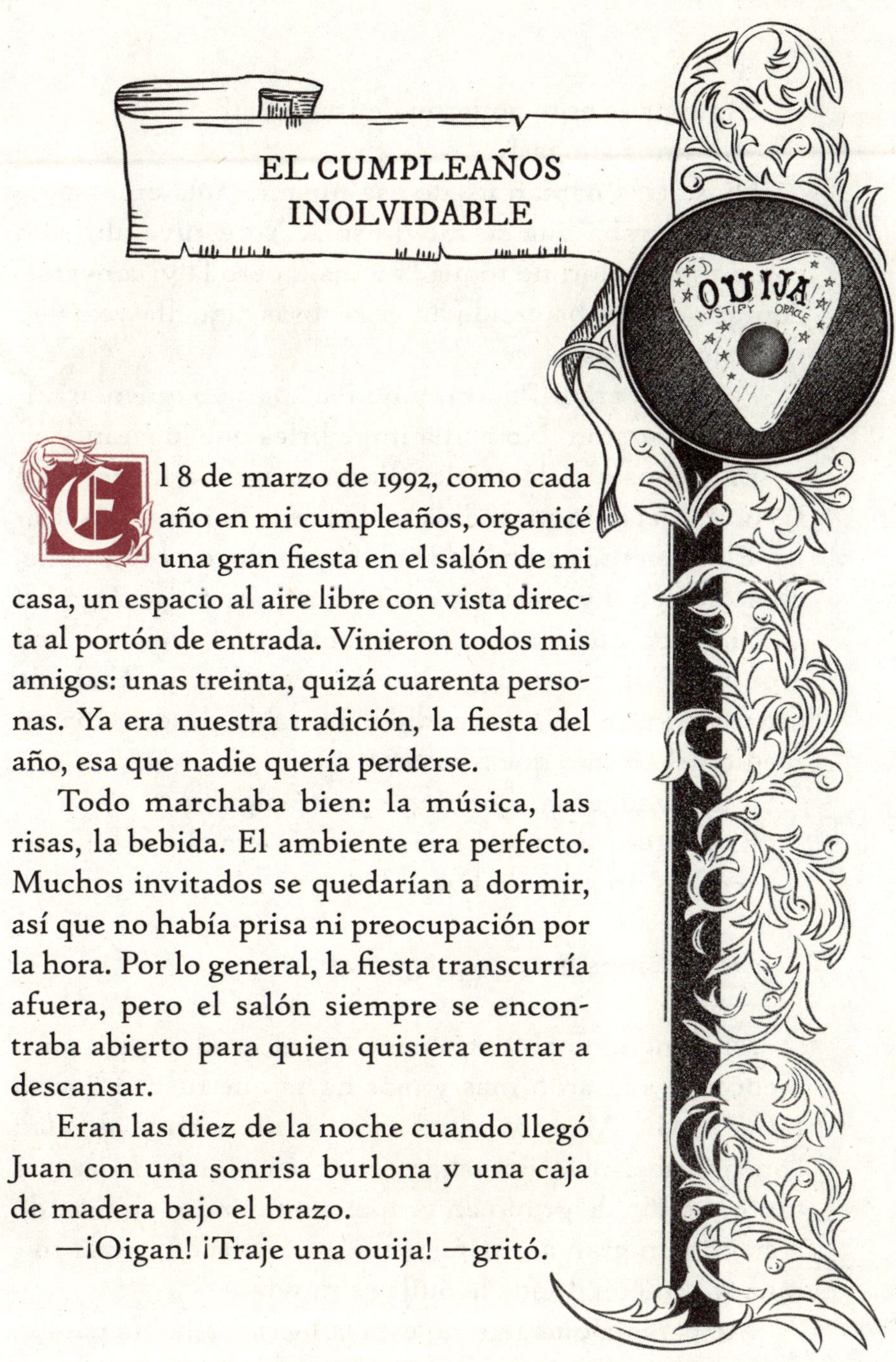

EL CUMPLEAÑOS INOLVIDABLE

El 8 de marzo de 1992, como cada año en mi cumpleaños, organicé una gran fiesta en el salón de mi casa, un espacio al aire libre con vista directa al portón de entrada. Vinieron todos mis amigos: unas treinta, quizá cuarenta personas. Ya era nuestra tradición, la fiesta del año, esa que nadie quería perderse.

Todo marchaba bien: la música, las risas, la bebida. El ambiente era perfecto. Muchos invitados se quedarían a dormir, así que no había prisa ni preocupación por la hora. Por lo general, la fiesta transcurría afuera, pero el salón siempre se encontraba abierto para quien quisiera entrar a descansar.

Eran las diez de la noche cuando llegó Juan con una sonrisa burlona y una caja de madera bajo el brazo.

—¡Oigan! ¡Traje una ouija! —gritó.

Algunos se emocionaron de inmediato.

—¡Vamos a jugar!

Días atrás habían usado esa misma tabla en casa de Juan. Él juraba que se movía sola. Yo estuve ahí solo como espectador; no toqué la ouija... pero la vi moverse. Aunque nunca he creído en esas cosas, aquella vez algo me dejó inquieto.

Pero esta era mi fiesta, y no iba a ser yo quien arruinara la diversión. No podía impedirles que jugaran.

Entramos al salón y decidimos apagar la mayoría de las luces, dejando encendida solo la de la esquina más lejana. El ambiente cambió; se volvió pesado, casi sofocante, como si algo invisible nos advirtiera que no siguiéramos.

El grupo que iba a jugar se sentó en el suelo, en una esquina. Colocaron dos sillas enfrentadas, y debajo de cada una, una vela encendida. La tabla descansaba en medio del círculo que formaron.

—¿Hay alguien aquí? —preguntó alguien.

El puntero se movió lentamente hacia el *sí*.

—¿Eres un espíritu bueno?

—*Sí*.

—¿Podemos hacerte preguntas?

—*Sí*.

Al principio había seis personas alrededor, pero poco a poco, se sumaron más y más hasta que fueron doce o tal vez más. Algunos miraban curiosos y otros se reían con nerviosismo, sin saber cómo reaccionar. Mientras tanto, yo iba de grupo en grupo: atendiendo, platicando y siendo un gran anfitrión, pero no dejaba de lanzar miradas al rincón donde la ouija se movía.

Me parecía que algo no estaba bien. Ya había pasado

más de media hora cuando de repente uno de los invitados que jugaba alzó la voz.

—¡Ya no quiere seguir con la sesión!

Me acerqué.

—¿Qué pasó? —quise saber.

—Le preguntamos si quería seguir... y dijo que no. Luego preguntamos si alguien la estaba incomodando... y dijo que sí.

—¿Quién la incomoda?

—Vamos a preguntarle —dijo uno de los que tenían las manos sobre la tabla.

El puntero empezó a moverse. Letra por letra, deletreó un nombre que todos conocíamos:

—*Rodrigo.*

—¿Rodrigo? ¿Va a venir? —preguntó una amiga.

—Dijo que sí —respondí—, pero creo que no ha llegado, no lo he visto.

—Preguntémosle a la tabla si está aquí.

Así lo hicieron y la respuesta fue inmediata.

—*Sí.*

—¿Ya ven que es puro cuento? —Se burló alguien desde atrás—. ¡Rodrigo no está!

Justo en ese momento, en el portón de entrada, a unos cien metros de distancia, aparecieron unas luces.

Eran los faros del auto de Rodrigo. Nadie más tenía ese tipo de faros, eran inconfundibles.

—No inventen, ¡tienen que estar bromeando! —gritó otro amigo, incrédulo.

El auto avanzó lentamente y se estacionó de reversa, como siempre lo hacía. Rodrigo bajó el vidrio y nos dedicó una sonrisa.

—¡Oigan, perdón por llegar tarde! ¿Qué están haciendo? —preguntó risueño.

—Jugando a la ouija.

Su expresión cambió de inmediato. Se le borró la sonrisa y palideció.

—Mejor no hubiera venido. Guarden eso o me voy ahora mismo.

Todos nos quedamos en silencio.

—¡Guárdenla, en serio! ¡No me bajo hasta que lo hagan!

—¡Ya, ya! —dijo Juan resignado—. La guardamos.

Rodrigo bajó del auto y caminó hacia nosotros. Su rostro estaba muy serio y contrastaba por completo con la sonrisa con la que había llegado a la fiesta.

—¿Qué tienes? ¿Por qué reaccionas así? —le pregunté.

—No puedo ver esa tontería —dijo con la voz tensa—. Tuve una experiencia muy fuerte hace poco. Estaba jugando y la tabla me dijo que me iba a morir. Obviamente no le creí, pero decidí alejarme de esas cosas. No quiero volver a ver una ouija en mi vida.

Nadie supo qué decir.

Era evidente que queríamos saber más, pero a juzgar por la expresión en su rostro, era un tema sensible así que decidimos dejarlo pasar.

La fiesta siguió, al menos en apariencia, pues el ambiente ya no era el mismo. Era como si hubiéramos sido... drenados, como si esa revelación se hubiera llevado nuestra energía. De todos modos la pasamos bien.

¿Quién hubiera dicho que ese sería el último día feliz en mucho tiempo?

Una semana después, Rodrigo murió.

Fue en un accidente automovilístico. Iba con varios

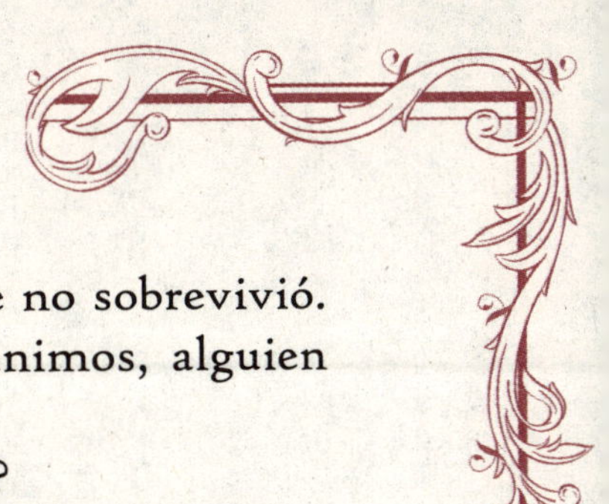

de nuestros amigos. Él fue el único que no sobrevivió. Desde entonces, cada vez que nos reunimos, alguien inevitablemente menciona aquello:

—¿Te acuerdas de tu fiesta, cuando...?

Nadie lo ha olvidado. Yo tampoco, aunque quisiera, porque esa noche vi cómo se movía el puntero en la tabla, cómo señalaba cosas que nadie podía ni debía saber. Vi cómo deletreaba su nombre, el de Rodrigo.

Algo fundamental cambió en mí. Empecé a creer.

Dejé de ser escéptico porque la ouija habló y tuvo razón.

AGRADECIMIENTOS

La Sociedad de las Pesadillas agradece que hayas llegado hasta acá. Muchas gracias, querido lector, por acompañarnos en este camino paranormal y por apoyarnos en cada paso que damos. Este libro existe gracias a ti, que confías en nosotros y estás allí. No hay palabras que puedan describir lo inmensamente agradecidos que estamos contigo, así que solo lo diremos las veces que sean necesarias: gracias, gracias, gracias.

Queremos agradecer a Planeta por la confianza y por ser nuestra casa editorial. El que crean en nosotros y en nuestra visión significa muchísimo. Son el mejor equipo que podríamos tener. Gracias especiales a Marielo y a David, nuestros editores. También queremos agradecer a Carmina Rufrancos por creer en nosotros en cada proyecto. A Claudia López, Adrián Manzano, Marilú Ortega, Óscar Espinoza, Jessica Cano y a todo el equipo que nos cuida.

A nuestro *management* en Dogma, por todo. Gracias por ayudarnos a construir nuestro camino y por nunca soltarnos. Crecer con ustedes es de lo más maravilloso que nos ha pasado. Estamos muy agradecidos, siempre. Gracias Sergio Martínez, Mafer Rojas, Alex Narro,

Alonso Quijano, Guillermo Rivera y a todo el equipo. Los amamos.

No pueden faltar las gracias a nuestros seres queridos, familiares, amigos y conocidos que nos contaron sus vivencias paranormales para este libro de historias reales. Gracias por sus testimonios del más allá.

Claudia Ramírez: agradezco profundamente a todas las personas que han creído en mí y me han acompañado en cada historia que comparto. A mis amigos de La Sociedad de las Pesadillas, que me cambiaron la vida al invitarme a investigar fantasmas. A mi familia: mi papá, mi mamá y mis hermanos, quienes son mi pilar más grande y quienes siempre apoyan mis sueños.

Andrea Ramírez: agradezco a todos los amantes de lo paranormal que ven los videos de La Sociedad de las Pesadillas, sin ustedes esto no sería posible. Asimismo, le agradezco a mi esposo Daniel por creer en mí y apoyarme en todo momento, ¡te amo! Por último, gracias a mis papás por siempre estar ahí para mí.

Patricio Ramírez: quiero agradecer a la comunidad amante de lo paranormal, la cual ha formado gran parte de mi vida. Gracias a mis amigos de La Sociedad de las Pesadillas, a mi familia que siempre me apoya, y a mi pareja, a quien amo con todo mi corazón y es parte importante de mi motivación y de todo mi esfuerzo. Asimismo, le dedico esto a Hades, que me ha guiado a mis metas y me ha centrado en mis objetivos; mis logros también son los suyos.

Gerardo Avendaño: agradezco profundamente a quienes me han acompañado en este viaje, en especial a mis papás y mi hermana, por ser mi hogar y siempre hacerme sentir su apoyo. A mis compañeros de La Sociedad de las Pesadillas, por volverse mi segunda familia y hacer de lo paranormal una forma de vida y de amistad. A quienes nos siguen y nos leen, por creer en lo que no se ve y por permitirme contar historias que merecen ser contadas. Este libro también es suyo.

Renata Revelles: le quiero agradecer a mi esposo por ser mi mayor fan y empujarme a creer en mí misma. A mi mamá y a mi hermana por siempre estar ahí, a mis amigos, que me confiaron sus historias y me dejaron escribirlas, a La Sociedad de las Pesadillas por permitirme explorar el mundo desde otro punto de vista. Y sobre todo, al séptimo miembro del grupo: la gran audiencia que nos ve. A ustedes les debemos este gran sueño, muchísimas gracias.

Raiza Revelles: agradezco a todos aquellos que por años se han sentado a prestar oídos a mis experiencias paranormales y ahora me han permitido la entrada a sus bibliotecas personales. Gracias a mi familia, a mis compañeros de La Sociedad de las Pesadillas y a todos aquellos que están conmigo en este camino. Gracias también a Hécate por iluminar la senda de lo desconocido con su antorcha y acompañarme en cada paso.

Toda La Sociedad de las Pesadillas reitera el agradecimiento a nuestra audiencia (un abrazo especial a los Patreons), ¡gracias por confiar en nosotros! Prometemos seguirnos esforzando por darle voz a los que ya no están y a los rechazados. Prometemos seguir investigando con honestidad, pasión y respeto. Prometemos conservar nuestra esencia y cuidar con el corazón todo el cariño que nos dan. Les aseguramos que es mutuo.